典·藏·版

唐家三少经典幻想代表之作
《神印王座 典藏版》盛世启航！
全新修订 精装典藏 限量发售

神印王座

定价
32.80
元/册

万众瞩目 无上荣耀

请跟随英勇的少年骑士，守护人类最后的领土！
每一个神印王座都是一件真正的神器，上面有神留下的烙印。
我的目标就是有一天能够成为一名神印骑士！

第1册内容简介：

为救母亲，少年龙皓晨决意加入骑士圣殿。他勉强通过了骑士侍从的考核，迎来了新的教官。教官非常严厉，给他设置了重重考验，不过，这位严厉的教官也教会他许多知识，尤其是骑士精神的准则在他心中打上了很深的烙印。

第2册内容简介：

猎魔团选拔赛进入到了最后阶段，龙皓晨、杨文昭和采儿全都进入了四强。而最终的前三名将不能在一个猎魔团之中。在这种情况下，龙皓晨和采儿会如何选择？最终谁又将获得个人赛冠军。龙皓晨所在的猎魔团又会有谁？悬念将在本册揭晓！

《神印王座 典藏版》第3～第4册精装版2017年10月强档上市

琴帝

典藏版

2

唐家三少 著

CNS PUBLISHING & MEDIA 中南出版传媒
湖南少年儿童出版社
HUNAN JUVENILE & CHILDREN'S PUBLISHING HOUSE

图书在版编目（CIP）数据

琴帝 : 典藏版. 2/ 唐家三少著. -- 长沙 : 湖南少年儿童出版社，2017.6（2023.6重印）
ISBN 978-7-5562-3255-0

Ⅰ. ①琴… Ⅱ. ①唐… Ⅲ. ①长篇小说－中国－当代 Ⅳ. ①I247.5

中国版本图书馆CIP数据核字(2017)第108541号

QINDI DIANCANG BAN

琴帝 典藏版2

唐家三少 著

责任编辑：阳 梅 梁 洁 刘青蓝
特约编辑：孙宇程 唐文丽
装帧设计：张 鼎 杨湘豫

出版人：刘星保
出版发行：湖南少年儿童出版社
社址：湖南省长沙市晚报大道89号 邮编：410016
电话：0731-82196340（销售部） 82196313（总编室）
传真：0731-82199308（销售部） 82196330（办公室）
常年法律顾问：湖南崇民律师事务所 柳成柱律师

经销：新华书店 印刷：湖南天闻新华印务有限公司
书号：ISBN 978-7-5562-3255-0
印张：18 字数：260千字
开本：710 mm×1000 mm 1/16
版次：2017年6月第1版
印次：2023年6月第7次印刷
定价：29.80元

目录

CONTENTS

目录

CONTENTS

第二十二章

琴画之战

叶音竹心中一震：画宗？东龙八宗之一的画宗吗？

秦殇虽然没有向叶音竹讲述太多有关东龙八宗的情况，但也告诉过他，东龙八宗分为两大部分，分别是魔法和武技。其中代表魔法一方的四宗就是琴、棋、书、画，而代表武技的四宗则是梅、兰、竹、菊。琴宗在魔法四宗中排名第一，画宗敬陪末位。虽然这排名不代表东龙八宗绝对的实力，但也在一定程度上反映了各宗的实力。

叶音竹没有问，因为他知道现在不是问的时候，所以不再拒绝，点头道：“那好吧。”

双方其他学员逐渐退下。在魔法部学员们的呐喊声中，今年新生大赛的最后一战，终于要开始了。

马良身穿标准的召唤系灰色魔法袍，魔法袍衣袖非常宽大。马良比叶音竹矮一点，相貌虽然不算太英俊，却给人阳光的感觉，很容易令人生出好感。

当叶音竹取出自己的海月清辉琴时，马良手中也多了一样东西。从表面上看，那似乎是一根魔法杖，一根很奇特的魔法杖。

杖身长约两尺，闪耀着微弱的红色光芒；法杖顶端有一颗白色的水滴形宝石，宝石的尖端朝外，尖端足有三寸长。可能在普通人眼中，这只是一根奇特的魔法杖，叶音竹却知道，这就是画宗的画笔。

琴、棋、书、画四宗代表的是四种魔法。琴宗属于精神系魔法的分支神音系，棋宗属于空间系魔法的分支领域封印系，书宗类似于元素类各系，是四宗中唯一一个修炼综合性魔法的派系，画宗修炼的则是召唤系魔法。

叶音竹虽然听秦殇简单介绍过四宗，但真正面对其中一宗的人，这还是第一次。

马良微微一笑，道："叶兄，你之前的比赛我都看过了。虽然精彩，不过，你和内斯塔对战的那一场，才使我确认了自己的判断。我知道你的实力很强，今天，就让我们公平一战。"违反彩虹等级的实力进化，正是东龙八宗的象征。

马良一边说着，一边将魔法杖在掌心中轻转一圈。他那轻松的神色也在这一刻变得严肃起来。他右手急挥，口中似乎念着什么咒语。一道道黄色的光弧出现在他魔法杖前端，在空中逐渐勾勒出一幅图案。

在别人看来，马良似乎在画专属召唤系的魔法阵，同时配合咒语。只有叶音竹知道，马良之所以念念有词只是为了掩人耳目。除极特殊的情况以外，东龙八宗中的魔法四宗使用魔法，都是不需要咒语来辅助的。

马良的动作很快，那画笔形态的魔法杖在空中如同行云流水一般挥动，只是一眨眼的工夫，一幅狼形图已经完成。奇异的一幕出现了，被他勾勒出的所有光线竟然在他最后一笔完成之时瞬间扩展，融合于空中，刹那间，那扩展的光芒已经完全凝聚在一起。

"嗷！"狼嚎声中，一只身长超过三米的巨大青狼已经从图中钻了出来，直朝叶音竹扑去。

坐在主席台上的弗格森看到这一幕不禁有些惊讶地道："好奇怪的召唤魔法阵，以前似乎没见过。现在的年轻人啊，真是一个比一个令我吃惊。"

召唤系魔法是最怪异也是最特殊的魔法。除了级别是按照彩虹等级来划分的以外，其他的任何情况都和其他系魔法不同。而召唤系的魔法师在召唤不同魔兽时，其手段也是千奇百怪。这也是马良不怕自己画宗的身份被识破的原因。

超过三米长的青狼是一只三阶魔兽风狼，属于常见魔兽。虽然马良的实力表面上是黄级，但熟悉东龙八宗的叶音竹知道，这个马良至少是绿级初阶的水准了，只是不知道画宗的第二阶段叫什么。以马良现在的魔法等级，肯定可以召唤出四、五阶的魔兽。一旦魔兽达到一定数量，叶音竹就很难应付了，他可没忘记在之前的两场比赛中，巨龙给自己带来了多少麻烦。

想到这里，叶音竹的身体已经迎着那只狼冲了出去。他左手抱着海月清辉琴，右手前伸，碧丝悄然甩出，带着黄色斗气光芒在空中幻化成一圈圈碧绿色的光环，直接朝着风狼的头部袭去。

风狼的速度很快，在扑向叶音竹的时候，一道道风刃已经从它口中飞快喷出，虽然只是橙级的风刃，但作为风系专属魔兽，风狼可以瞬发橙级风刃。可惜，它今天遇到了叶音竹。

黄竹二阶的竹宗斗气，相当于彩虹等级中的绿级中阶，没有给风狼任何机会。所有风刃在遇到碧丝的刹那，立刻被绞得粉碎。碧丝准确地套上了风狼的头部，下一刻，叶音竹已经从风狼身边闪过，朝马良冲了过去。

当叶音竹从风狼的身边掠过的时候，它那巨大的身体就化为点点光芒消失了。

召唤系魔法师召唤来的魔兽，是由元素能量凝聚而成的，这也是召唤魔法的特殊性。一旦魔兽死亡，就会变成元素形态消失。因此，对于召唤系魔法师来说，最重要的有两点：一是熟练使用各种召唤魔法阵，二是拥有强大的魔法力。只有有源源不断的魔法力作为支持，才能通过元素转化召唤更多更强的魔兽。

马良没想到叶音竹这么快就能解决风狼，此时，他的画笔依旧在快速地挥动着，因为他的第二幅画，也就是第二个魔法并没有完成。

叶音竹的速度虽然无法和苏拉的速度相比，但凭借着绿级的竹宗斗气，一眨眼的工夫，他就已经来到了马良面前，抬起右手，碧丝化为一道修长的碧绿色的光芒，直接朝着马良的右手袭去。

就在这时，马良脸上露出一丝诡异的笑容。碧丝确实袭在了他的手腕上，但叶音竹清晰地感觉到自己的碧丝竟然袭在了空处。面前的马良，已经逐渐化为虚影消失了。

“叶兄，不好意思，刚才我先给自己施加了一个替身兽魔法。”马良的声音从背后传来。当叶音竹转过身时，发现马良已经在场地的另一边了，距离他足有五百米。而马良的画笔，依旧在快速地挥动着。这第二幅召唤魔法的图显然比之前那一幅复杂多了。

琴宗与画宗的对决吗？叶音竹突然想起了比赛前马良说的话，他深吸口气，没有再去追击，而是在原地朝着马良坐了下来。既然是琴宗与画宗的对决，那么，自己就不应该使用竹宗的武技。

叶音竹把海月清辉琴横于双腿之上，双手在琴弦上轻拨，七声爆音同时响起。对于普通神音师来说，很难在五百米之外将声音传入对方耳中，但对于拥有斗气的叶音竹来说，这根本不是问题。

七声爆音如同七个炸雷一般在马良耳边响起，他脸色骤然一变，手的速度顿时慢了下来。不过，由于叶音竹刚才的失误，此时他的第二幅画已经完成了。

激昂的咆哮声中，一个巨大的身体挡住了叶音竹的视线。那充满力量的体魄，强悍的气息，厚实的鳞甲和头上水晶般的巨角，都告诉了叶音竹这是什么。金晶暴龙，正是和奥斯丁的坐骑一样的金晶暴龙。

马良召唤出来的金晶暴龙明显要比奥斯丁的小了许多，并不是金晶暴龙王，即便如此，马良的金晶暴龙也拥有五阶巅峰魔兽的水准。金晶暴龙刚一出现就以惊人的速度朝着叶音竹狂奔而去，丝毫不显笨重。

通红的双眼，近乎疯狂的气息，充分显示出它暴龙的本性。金色的龙躯在阳光照射下闪闪发光。从表面上看，马良的金晶暴龙比内斯塔的红龙还要猛上几分。

召唤出金晶暴龙使马良的脸色有些发白，以他的魔法力召唤五阶巅峰魔兽，还是会有极大的消耗。不过他对金晶暴龙很有信心，因为金晶暴龙不但是坚实的肉盾，同时也是威力强悍的攻击者。他相信，即使叶音竹再次召唤出那个紫发男子，一时半会儿也不可能毁灭自己的暴龙。于是趁此机会，他赶紧坐在地上闭上双眼，将手中画笔横放在双腿上，开始冥想，尽可能地恢复自己的法力。

八指齐颤，优美的旋律倾泻而出。柔和的节奏、欢快的韵律，充满了令人心胸舒畅的感觉。就在这动听的一曲《绿水》之中，一道道晶莹的黄色光刃从海月清辉琴的琴弦上飘洒而出。

音刃丝毫不显得突兀，仿佛就是叶音竹演奏中的一部分，闪烁着微弱的光芒，升入空中，目标是正在飞速接近叶音竹的金晶暴龙。

金晶暴龙的身体实在太大了，虽然它并不是金晶暴龙王，但它的身长也超过了八米。这样巨大的身体根本不可能避开音刃的攻击。剑胆琴心境界发出的一道道音刃，准确地命中在它坚实的“铠甲”上，令人吃惊的一幕出现了，音刃竟然如同实体一般，撞击在金晶暴龙身上，带起了一串串火花。

“嗷！”金晶暴龙再次咆哮一声，这一次的咆哮声中多了几分痛苦的感觉。音刃在它那厚实的鳞片上留下了一道道痕迹。虽然无法破开它的防御，但大量的音刃攻击顿时令它的前冲之势停顿了一下。

此时叶音竹的心已经完全沉浸在琴曲之中，一切都是那么的和谐自然。进入了剑胆琴心境界之后，一直以来困扰他的音刃无法与乐曲完美结合的问题迎刃而解。每一个最简单的音符，都夹杂着一道充满破坏性的音刃。

音刃和风刃不同，风刃是以快速和锋利的切割来重创对手。而音刃在击中金晶暴龙的瞬间会产生剧烈的震颤，凭借着音律的高频振动，像锯条一般切割着金晶暴龙厚实的鳞片，其破坏性根本就不是风刃所能相比的。

金晶暴龙每前进一步，至少会有十道音刃迎击而上。在叶音竹精准的控制下，所有音刃都指向它胸前的一片区域。在不断的攻击中，金晶暴龙的鳞片上的裂痕已经变得越来越大，开始有一些细小的鳞片被音刃击碎掀飞，带给它的痛苦也变得越来越强烈。

随着金晶暴龙距离叶音竹越来越近，它受到的音刃冲击也越来越密集。叶音竹双手划过琴弦，十四道音刃同时破空而起，在空中交叉着朝金晶暴龙飞去。

就在这时，金晶暴龙血红色的双眼突然变成了金色，一团元素之力骤然涌上它那根水晶般的长角。金色光束激射而出，与从正面飞来的十四道音刃撞击在一起。金属撞击般的铿锵声响起，音刃与光束同时破碎。

金属系魔法是一种偏门魔法，属于元素类魔法的分支，对内可以增强自身防御力，对外可以发动如同金戈一般的强势攻击，是金晶暴龙的天赋魔法。

或许是被音刃打得太疼了，金晶暴龙前冲的脚步停了下来，头顶上的水晶角和背后扬起的巨大龙尾不断发出一道道金色的光芒与音刃对轰。

叶音竹的脸上，出现淡淡的笑容。如果金晶暴龙在《绿水》的威力发挥出来之前执意冲过来，那么叶音竹只有与其肉搏才可能挡住它的攻击。而此时金晶暴龙以魔法的方式和叶音竹对轰，它就没有任何获胜的机会。

按照彩虹等级来划分，五阶巅峰金晶暴龙的实力相当于人类青级初阶的实力，比叶音竹的实力足足高出好几阶。所以，叶音竹的音刃无法完全挡住金晶暴龙狂暴的轰击。但是，音刃的弹射速度要远远比金晶暴龙的速度快。一道道音刃将金晶暴龙的金属魔法力削减到最弱的程度，当它来到叶音竹身前时，已经不可能穿透月神守护的防御了。

正在这时，马良突然睁开双眼，心中暗道：不好。

马良很清楚琴宗真正的实力，而音刃又完全是叶音竹自创的。于是他控制着金晶暴龙不再冲击，他很难判断叶音竹的琴曲会令比赛出现什么样的变化。短暂的犹豫后，他深吸一口气，抬起了自己的左手，一个水晶瓶出现在他掌心之中。水晶瓶是透明的，能够看到其中有大半瓶鲜红的液体。

金晶暴龙的攻击速度越来越慢，眼中的狂躁也逐渐消失，相应地，叶音竹也减缓了音刃攻击的速度。当叶音竹以宝雁衔芦势弹奏出一串动听的旋律时，金晶暴龙竟然完全停止了对叶音竹的攻击。

叶音竹微微一笑，向金晶暴龙道："你累了，到一旁休息休息吧。"

一向以脾气火暴著称的金晶暴龙居然点了点它那颗巨大的头颅，转身朝旁边走去。它那巨大的身体，也随着它的走动，化为点点金光悄然消失。

虽然《绿水》并不是琴宗的九大名曲之一，却有平心静气、驱除一切负面情绪的效果。当曲调进入三分之一后，叶音竹不但平复了金晶暴龙的攻击欲望，同时也切断了金晶暴龙与它的召唤者马良之间的联系。失去了与主人之间的联系，元素形成的召唤魔兽自然就不存在了。

看到这一幕，远处的马良先是叹息一声，说道："叶音竹，你真的很强。我不得不用自己最强的力量来与你战斗了。"然后眼含深意地望着叶音竹。两人心中都明白，这场对决并不只是新生大赛那么简单，他们还分别代表着自己的魔法宗派，所以，这也是东龙八宗的一场内部较量。

《绿水》对马良的作用不大，因为叶音竹刚才将主要的音律都集中在控制金晶暴龙上，才能在这么短的时间内将一只五阶巅峰的魔兽击败。所以，马良除了之前召唤魔兽消耗了魔法力外，并没有受什么伤。

叶音竹双手按弦，使《绿水》的余韵退去，他微笑着对马良说："请指教。"琴宗与画宗的一代新星，此时就在米兰魔武学院的中央试炼场遥相对望。此时此刻，他们之间的比试才真正开始。

马良伸出左手，在自己面前画了一个圈，然后他左手中指上一枚样式古朴的银色戒指亮起了一团银色的精光。在马良画圈之际，他的面前突然多了五件东西，每一件东西都很大，就那么飘浮在他身前，释放着微弱的银色光芒。庞大的元素气息疯狂地朝着那五件东西涌去，顿时，空气也好像变得黏稠了。

那五件东西分别是一根银色的长角，一串不知道是什么生物的巨大牙齿，一个银色的光球，一颗巨大的银色眼珠和一块菱形的巨大鳞片。

看见这些东西，坐在主席台最前面的魔法部系主任几乎同时站了起来，就连召唤系系主任也不例外，他们眼中都透露着惊骇的目光。弗格森站在最前面，叹息一声，道："恐怕音竹要输了。银龙五器，居然是堪比神器的银龙五器。这可是召唤魔法师梦寐以求的辅助召唤的魔法物品啊。"

"不，不是银龙五器，而是银龙六器。除了银龙角、银龙牙、银龙心、银龙眼和银龙鳞之外，他手中的那瓶红色液体，恐怕是银龙血吧。这臭小子身上居然有这样的法宝，连我都不知道。”

召唤系系主任的眼睛仿佛要喷出火来，那绝对是欲望之火。对召唤魔法师来说，没有什么东西比这种顶级辅助召唤的物品更有吸引力了。

空气中的黏稠感令叶音竹的脸色也变得凝重起来。看着马良身前的银龙五器，感受着扑面而来的巨大压迫力，他知道，那绝对不是自己所能对抗的魔法物品。其魔法元素气息很强大，甚至已经不比紫级魔法差了。在那巨大的压力下，叶音竹连弹奏琴曲都变得困难了，更不要说移动身体了。

马良眼中充满了自信，说道：“叶音竹，认输吧。虽然凭借魔法物品赢你，令我深感汗颜，但我不想输。我面前的这五件东西，都来自银龙，加上我手中的银龙血，合称为银龙六器。虽然在所有巨龙之中，银龙的肉体搏斗能力是最弱的，但是它的魔法威力是最强的，仅次于神圣巨龙，拥有九阶巅峰的魔兽实力，所以银龙又称为魔法龙。凭借着银龙六器，我全部的魔法力可以召唤出银龙发动一次攻击，那是你绝对承受不住的。我不想伤害你，所以……”

“继续吧。”叶音竹突然打断了马良的话，“爷爷教导过我，在战场上，不论面对什么样的敌人，都不能退缩。即使再强的敌人，也会有他的破绽。”他的心很平静，眼神依旧是那么清澈，动作也还是那么优雅。面对银龙六器带来的巨大压力，他依旧能够稳稳地坐在那里，就连主席台上的老师们也不禁对他刮目相看，弗格森更是满意地连连点头。只不过，弗格森已经准备出手阻止比赛了。

马良无奈地道：“真的要继续下去吗？如果你挡不住银龙的攻击就开口认输吧，我想，我还能勉强收回魔法。”收回发出的魔法，对魔法师的反噬是极强的，尤其是在这种越阶使用的情况下。马良虽然不想伤害叶音竹，但他渴望获得这场比赛的胜利。因为在他看来，这是画宗超越琴宗的绝佳机会。所以，他宁可让自己遭受魔法反噬，也一定要战斗到最后。

当马良缓缓地打开那装有银龙血的瓶子时，空气中的魔法元素近乎疯狂地朝他奔涌而去。他身前的银龙五器同时释放出一道道银色光芒，形成一圈光环吸收着到来的魔法元素。

画笔在银龙血中轻蘸，马良仿佛怕浪费一滴似的快速地盖上了瓶子，手腕一转，一幅血红色的图画已经被他勾勒出来了。

微弱的银色光芒逐渐变得耀眼起来，银色光环开始扩张，无形的威严和巨大的压力使空气为之凝固。银龙特有的魔法压力，令中央试炼场内的所有魔法元素都远离了叶音竹，汇聚到银龙六器的中心。以银龙六器施展魔法的一大好处就是，在银龙气息覆盖的范围之内，其他魔法师都无法使用魔法，这也是它堪比神器的重要原因。

叶音竹没有动，坐在那里眼神专注地看着马良将那一幅银龙的图案逐渐勾勒出来。他的精神力已经无法感受到一丝魔法元素的存在，以致于他的琴魔法在这时也无法发挥作用。叶音竹没有使用斗气攻击，因为他知道，自己的竹宗斗气不可能突破马良身体周围那一圈银色的光环。但是他突然发现，在与内斯塔战斗时体内奔涌的那团热流再次出现了。外界的巨大压力，似乎令那团热流涌动得更加剧烈了。

精神联系突然产生了一丝细微的波动，那是来自紫的疑惑。很明显，远方的紫感觉到了叶音竹的危机，正在试图与他沟通，希望被他召唤到学院里来与他共御强敌。

但是，这一次叶音竹没有召唤紫，因为他心里很清楚，在银龙六器辅助下产生的召唤魔法，即使是紫也不可能抵挡得住。他不希望紫受到任何的伤害，所以他稳定着自己的精神，通过两人之间的微妙联系告诉紫自己没有问题。

银色的光芒变得越来越亮，氤氲之气开始在马良头上盘旋。此时，他每画出一笔，脸色就会变得苍白几分，仿佛极其吃力，大滴大滴的汗水正从他额头上流下，滴落在魔法袍上。之前召唤金晶暴龙已经消耗了马良部分魔法力，此时虽然有银龙六器的辅助，但是，使用这个召唤魔法的消耗实在太大了，如果不是有银龙血的辅助，恐怕马良早已被吸干魔法力，变成干尸了。

主席台上，妮娜突然笑了，她侧身向一旁的召唤系系主任道：“维埃里，我们打赌如何？”

维埃里此时完全被银龙六器牢牢吸引住了，他头也不回地道：“赌什么？”

妮娜微笑道：“就赌这场比赛的胜利。”

维埃里这才惊讶地回过头来，说道：“怎么？你认为这场比赛还有什么悬念吗？你没看到你们神音系的学员被压制得都无法继续弹奏了吗？难道你认为他还能赢？”

妮娜很认真地点了点头，道：“是，我认为他能赢，而且是肯定会赢。”

维埃里不屑地哼了一声，说道：“妮娜主任，你不是在做白日梦吧？”

妮娜微笑道：“如果你不信的话，那我们就打赌吧。如果音竹赢了，我要你们召唤系的永恒替身傀儡。”

维埃里大惊失色，道：“你、你怎么知道永恒替身傀儡在我们召唤系？”说完这句话，他才意识到自己说漏嘴了，想捂住嘴却发现已经于事无补了。

妮娜微笑道：“那你敢不敢赌呢？”

维埃里看看场中逐渐成形的银龙，再看看一脸自信的妮娜和周围抱着看好戏心态的其他系的系主任们，一咬牙，道：“那你输了呢？你能给我什么？”

妮娜淡然道：“如果我输了，神音系藏宝库内，你可以随便选三件东西。”

此言一出，众人皆是一片惊呼。神音系是所有系中最富有的。就算神音系的藏宝库中没有神器，三件珍藏物品加起来的价值也不会低于一件神器的价值。

维埃里怎么也不会相信，比赛进行到这里叶音竹还有可能翻身，他眼珠连转，说道：“好，我跟你赌了。院长，请您为我们作证。”

弗格森有些惊讶地看了一眼脸色平静的妮娜，虽然他不知道为什么妮娜在这时候还会有这样的把握，但还是点了点头，他右手在空中微微一划，低喝一声：“赞美法蓝！”一个简单的契约魔法就完成了。

马良终于艰难地完成了最后一笔，刹那间，那血红色的图案放大了无数倍，与此同时，银龙五器腾空而起，释放出无比夺目的光彩。银龙鳞瞬间扩张；银龙牙整齐排列；银龙心进入那图画的中央；银龙角傲立于图画的最前方；银龙眼一分为二，充斥着冰冷的光芒。一条巨大的银龙已经升入中央试炼场上空。

叶音竹第一次见到九阶魔兽。银龙的身体并没有他想象中那么大，身长在十米开外，只比金晶暴龙大一点而已；鳞片不像金晶暴龙身上的鳞片那样厚实，看上去晶莹而绚丽；银色的龙眸和独角上都布满了美丽的花纹；腹下四爪微微收缩，银色光彩似乎是一团团魔法元素形成的小旋涡；巨大的龙翼向身体两旁伸展，犹如巨大的遮天屏障一般。

银龙盘旋在半空，无形的威严和来自元素能量真实的压力似乎令大地也喘不过气来。在它身体周围的每一寸空间，都有宛如实体一般的魔法元素，不需要任何咒语，这些魔法元素就已经形成了一面强如紫级一阶的元素盾。

银龙出现，叶音竹感觉自己的身体似乎不能动了，只能勉强凝聚起自己体内的一丝精神力收回了海月清辉琴。他用尽全身所有的力量，一点一点站了起来，就像是永不弯曲的竹，宁可折断也决不屈服。终于，他挺直了自己的腰杆，眼中的光芒是那样湛然。

马良用画笔支撑着自己的身体，看着空中那巨大的银龙，不禁露出骄傲的神色。虽然召唤银龙抽空了他所有的魔法力，身体透支得至少需要十天才能恢复，但第一次释放出如此强大的魔法依旧令他很自豪。银龙一击，虽然只有一击，却可媲美紫级的攻击力。

“去吧，银龙，用实力捍卫你的骄傲和尊严！”

巨大的银龙在他的命令下挥动双翼，带着身体周围那一圈紫级的魔法元素盾，就像一颗银色的流星，朝着叶音竹直冲而下。即使马良的魔法力还无法真正操纵银龙发挥出最强的实力，但仅仅是这简单的冲击，也完全达到了紫级魔法的强度。

银色的流星带着绚丽的尾焰去了。中央试炼场内的空气完全凝固，庞大的气息在一瞬间令这里变成了真空。所有的元素已经完全被银龙吸收了。即使隔着中央试炼场的防御罩，银龙的威严也依旧压迫得观战的学员们喘不过气来。

“音竹！”一个凄厉之声从场外响起，那纤瘦的身体全力撞击在试炼场的防御罩上。但是，不论他如何努力，也不可能冲入这媲美紫级的防御罩。

银龙在呼吸之间已经来临，那不是撞击，而是吞噬。虽然银龙释放的只是刹那的芳华，但它的毁灭力已经足够了。

叶音竹向两旁张开双臂，享受般地闭上了自己的双眼。他是在迎接死亡的到来吗？

弗格森紧张了，但妮娜坚持不让他中断比赛。

马良也紧张了。他骇然发现，银龙召唤比他想象中的更可怕，再想收回魔法已是不可能，银龙的冲击已经不可逆转。马良的脸色变得更加苍白，他只能眼睁睁地看着叶音竹孤傲而立的身躯被银龙吞噬。

所有人都被眼前的一幕惊呆了。神音系的第一名男学员，难道就要这样在比赛中陨落吗？此时此刻，只有主席台上的妮娜还带着一丝淡定自若的笑容。

金色的光环像救世主一般，在银龙接触叶音竹的一瞬间出现在他的左腕，仅仅是一瞬间，叶音竹的身体就蒙上了一层金色的光芒。

他本就英俊，又拥有极其优雅的气质。此时，在那金色光芒的环绕之下，叶音竹就像神明一般耀眼。似乎他就是星辰，降落于人间的星辰。

银龙吞噬了叶音竹，然而在金色光芒完全将叶音竹笼罩的那一刻，银龙却仿佛变得透明了。观战的每个人都清晰地看到，被金色光芒包裹着的叶音竹，竟然在银龙体内穿梭。

“轰！”试炼场范围内的所有魔法元素在银龙六器的作用下同时爆炸，能产生什么样的威力？

第二十三章

永恒替身傀儡

中央试炼场内完全沸腾了。

拥有魔法防护的坚实地面，此时完全破碎。以叶音竹之前站立的位置为中心，无数碎石腾空而起，整个地面随之下陷。幸亏弗格森和各系的老师们提前将自身魔法力灌输到防御罩中，中央试炼场的防御罩才没有瓦解。尽管如此，爆炸产生的剧烈震动，还是令中央试炼场周围的地面出现了大片龟裂。

马良的身体就像破麻袋一般被抛飞，重重地撞击在防御罩上，他还没来得及吭一声就晕了过去。在他昏迷的同时，五道银光从爆炸的中心点飘出，融入他手上那古朴的戒指之中。幸好他离爆炸的中心比较远，再加上银龙是他召唤的，所以他才没有被炸死。

场外观众看着场中的飞沙走石，听着沙石落地的密集响声，一时间都愣住了。谁能想到新生大赛会出现这样的情况？即使是五年级的学员也不一定能够拥有如此强悍的破坏力。

“快，救人！”弗格森毕竟是院长，第一个反应过来。此时教师中没有人比他更加焦急，刚刚收了一名百年难遇、资质绝佳的弟子，就这么没了吗？

防御罩开启，扑面而来的灰尘令不少学员咳嗽起来。老师们纷纷从主席台上下来，朝试炼场扑去。

就在这时候，一道纤细的身影在第一时间冲入试炼场之中，目标正是马良。

“我杀了你！”那身影先是发出凄厉的怒吼，然后以惊人的速度扑向昏迷的马良。那身影的手中，闪烁着一道黑色闪电。他的速度极快，连老师们都没反应过来，只能眼睁睁地看着黑色闪电刺向马良的心脏。

“苏拉，不可！”就在所有人都来不及阻止那黑色闪电的时候，一道紫光突然从还未消退的灰尘中疾射而出。

“当！”黑色闪电一顿，苏拉骤然停了下来。那道黑色闪电竟然被一根紫色的长针刺穿了，长针正好留在黑色闪电之上，看上去极为怪异。

苏拉没有再扑向马良，他转过身，痴痴地看向逐渐消失的烟雾，喃喃地道：“音竹，音竹你没死？”

修长的身影缓缓地从烟雾中走出来，叶音竹的黑发上早已经沾满了灰尘，好似变成了灰色，脸上脏得甚至看不到原本俊秀的面容，只有身上那一袭白衣还是那么洁净。

“音竹！”这一刻，苏拉忘记了一切，甚至连自己的声音变得远不像男人的也没有察觉。刺客的速度在刹那间发挥到极限，苏拉像乳燕一般猛地撞入叶音竹怀抱之中，纤细的手臂紧紧地搂住叶音竹的身体，生怕他消失了似的。苏拉的泪水夺眶而出，身体剧烈地颤抖着，从大悲到大喜，他的气息极不稳定。

“轻点，轻点。你想勒死我吗？我身上脏。”叶音竹微笑道。

“不管，我不管！你吓死我了。”真情流露的苏拉大哭出声，连这是什么场合都已经忘记了。

“好了，不哭了。”叶音竹有些手足无措地安慰苏拉。

“你弄坏了我的匕首，很贵的，你赔。”

“好，好，我赔。”叶音竹一边答应着，一边想起两人所有的钱似乎都在苏拉那里。

弗格森带着老师们赶到了场地中央，只见之前叶音竹站着的地方，出现了一个直径超过二十米的巨坑。试炼场是完蛋了，至少要经过一个月的修整才能恢复。但此时弗格森的心情好得不能再好，叶音竹没事，还有什么能比这个更令他开心的呢？

维埃里抱起昏迷的马良，一脸茫然，他实在不明白这究竟是怎么回事。银龙，那是银龙啊！

“喀喀。”妮娜的咳嗽声在维埃里身边响起。

“维埃里主任，不要忘记我们的赌约。”此时妮娜脸上的冰冷早已不在，充满了胜利的笑容。

维埃里似乎想到了什么，猛地从地上站起来说道：“生命守护，是生命守护对不对？你故意整我。”

妮娜露出一副惊讶的样子，说道：“故意整你？我有吗？是你自己答应和我赌的，我可没有勉强你。院长和各位老师都可以证明。难道说，就许你的学员使用媲美神器的银龙六器，不许我们神音系的学员使用生命守护吗？似乎没有这样的道理吧？”

“你！”维埃里目瞪口呆地看着妮娜，顿时语塞。

一旁的弗格森咳嗽一声，强忍着不让自己笑出声来，说道：“好了，维埃里主任，愿赌服输吧。”

“可是院长，我那永恒替身傀儡……”

神音系看台。

神音系女生们看着叶音竹从灰尘中走出来，不禁同时松了口气。

“海洋，你刚才捏疼我了。”香鸾在海洋耳边低声笑道。

海洋喘着粗气，看了香鸾一眼，道：“可我衣服的下摆都被你撕破了。是不是怕叶音竹死了，你的承诺就没法儿兑现了？”

香鸾俏脸一红，说道：“海洋，你什么时候变得这么伶牙俐齿了？”

海洋微微一笑，道：“你呢？以前我可没看你担心过哪个男孩子。”

香鸾哼了一声，道：“不过，叶音竹这家伙似乎不喜欢女人。否则，他怎么会放着咱们神音系这么多美女不选。你看，他还和一个男人抱在一起呢。”

“那是他们兄弟情深，真情流露。”说完这句话，海洋的脸也红了几分。

暗魔系看台。

月冥轻轻地拍着自己的胸口，说道：“还好他没事，不然，谁陪我去送回冥雪呢？他真的很强啊！”

风系看台。

罗兰看着场地中央的叶音竹，没来由地兴奋起来，说道：“这个死家伙，居然这样都死不了，生命力比那些笨龙还强。”

重骑兵看台。

内斯塔哈哈一笑，说道：“看来，我又多了一个对手。”

弗格森站在场地中央，微笑地注视全场，不需要使用扩音设备，他的声音已经传遍所有看台：

“下面，我宣布几件事。第一件，新生大赛结束。冠军，神音系；亚军，召唤系；季军，重骑兵系。这三个系的参赛学员，将得到学院的重点培养，同时，学院还将免除这十五名学员五年的学费和住宿费。三个系的主将将分别得到武器或者魔法物品，重骑兵系一件，召唤系两件，神音系三件，由他们在学院宝库中自行挑选。”

这是新生大赛的奖励标准，没有任何人会怀疑。

弗格森接着道：“第二件，我正式宣布，叶音竹不仅是神音系学员，同时也是我的嫡传弟子。之前他的魔法力由赤级直接提升到黄级，是因为我赠送他的魔法物品掩盖了他本身的真实实力。”

此话一出，全场哗然。众人都明白了，难怪叶音竹这么强，原来他是院长的弟子。同时，也解除了他们对叶音竹的实力越级提升的疑惑。毕竟没有人敢怀疑米兰魔武学院院长、米兰帝国首席宫廷魔法师弗格森。

“第三件，兽人族的秋季抢粮行动就要开始了。为了更好地提升本学院学员的实力，学院将挑选一批学员，加入军队共抗外敌。当然，学院将会选择各系最出色的学员参加这次实战。好了，新生大赛到此结束。从明天开始，各系正式开课。我想，你们都已经看到了今天这两名学员的实力，想要变得和他们一样强大甚至是超越他们，就要付出更多的努力。我希望看到咱们米兰魔武学院能够涌现出更多优秀的人才。”

三件事宣布完毕，也就意味着这一届新生大赛彻底结束，学员们的学习也将从明天开始步入正轨。

神音系无疑是这一届新生大赛的最大亮点，让无数人大跌眼镜。从第一战到最后一战，神音系一战到底，获得了最后的冠军。而作为神音系主将的叶音竹，自然也成了这一届新生中最引人注意的对象。他用自己的实力向所有人证明了，神音师并不是一个鸡肋职业。

“音竹，你这紫竹针还真是锋利，居然能把我的匕首刺穿。”苏拉半躺半坐地在自己床上把玩着那根阻止他干掉马良的紫竹针，一脸轻松地说道。

此时已经接近傍晚了，好不容易送走所有道贺的人，两人才清闲下来。

叶音竹笑道：“紫竹针本身就极为锋利、坚韧，我又将斗气凝聚在一点，穿透力自然强些。不过你那黑匕首看上去不错，怎么这么不结实？我原本只是想撞开它而已。”

苏拉没好气地道：“我是穷人，能有什么好匕首呢？对了，音竹，你什么时候拜院长为师的，我怎么不知道？”

叶音竹低声道：“其实我是那天和内斯塔比赛之后才拜院长做老师的。院长为了帮我掩饰越级提升，才说我早就是他的弟子了。”对于苏拉，他认为没有什么需要隐瞒的。今天比赛结束时，苏拉那真情流露的样子已经深深地印在了他脑海之中，他永远也不会忘记。除了紫以外，他已经将苏拉当成了自己最好的朋友。

苏拉扑哧一笑，道：“看来，院长还真是喜欢你呢。那么，这次去前线打仗，有没有你一份？”

叶音竹道：“应该有吧。老师说让我准备。苏拉，现在不是和平时期吗？怎么今天我听老师的意思是要和兽人开战呢？”

苏拉翻了个白眼，道："叶音竹，以后你不如叫叶笨蛋吧。常识性问题你怎么都不知道？兽人生活在极北荒原苦寒之地，根本就不会耕种，只能利用大自然中的一些天然食物维持生活，或者通过一定的贸易，用极北荒原的特产来和人类国家换粮食。

"春夏两季因为植物繁茂、动物繁衍，所以兽人的食物供给还不会太困难。但一到冬季的时候，兽人的食物立刻就会出现供应困难。所以，每当秋季来临的时候，兽人就会出动军队，想尽办法从与其接壤的人类三国边境弄些粮食。对兽人来说，这就是打秋风。战事规模一般不会很大，都是一些局部作战而已。每当秋季来临，米兰帝国、阿斯科利王国、佛罗王国就会集中兵力，在边境与兽人抗衡，尽可能地减少本方的损失。这就是我们即将参加的边境保卫战。"

"我们？苏拉，难道你也要参加吗？"叶音竹惊讶地看着他。

苏拉得意地笑道："新生大赛虽然没有我们刺客系，但在行军的时候是少不了我们的。一般军队配备的探子都是普通轻骑兵而已，像我们这样的刺客在军队里可是最受欢迎的兵种。一个好的刺客能够带给军队很多有用的信息，甚至还可以去刺杀对方主将。作为一年级刺客系的老大，你说我该不该参加呢？"

"你是刺客系新生中的老大？"叶音竹说着，嘴角处的笑意变得更浓了。

"怎么？不服气啊！在擂台上我未必打得过你，但如果到了地形复杂的地方，你就未必是我的对手了。"说着，他手中那被刺穿了的匕首上闪过一道绿光。

叶音竹心中一惊，绿级斗气，而且是中阶。从斗气强度上来看，苏拉竟然在内斯塔之上，这是他万万没有想到的。

"苏拉，我弄坏了你的匕首，这个给你作为赔偿吧。"说着，叶音竹从怀中摸出一个东西扔给苏拉。

苏拉抬手准备接过。那是一个由紫水晶雕琢而成的人形雕塑，奇怪的是，人形雕塑没有脸部，除此之外，那雕塑看上去并没有什么特殊的地方。当苏拉将它接入手中后却惊讶地发现，这紫水晶人像内蕴含着一种非常独特的元素波动，具体是什么他也感觉不出来。

“这是什么东西？”苏拉好奇地问道。

叶音竹道：“下午妮娜奶奶来的时候给我的，说是她从召唤系那边赢来的，叫什么永恒替身傀儡。只要把血滴在上面，它就能认主了，好像是护身的东西吧。”

“你说什么？永恒替身傀儡？”苏拉猛地从床上坐起来，一脸震惊地看着叶音竹。

“是啊，就是永恒替身傀儡，怎么了？”叶音竹很自然地说道。

苏拉的声音中多了些颤抖，他说道：“音竹，你知不知道永恒替身傀儡是干什么的？”

叶音竹摇了摇头，道：“不知道。”

苏拉正色道：“永恒替身傀儡又称不死之身，是低阶神器。它是神器啊！”

“哦。”叶音竹伸展了一下自己的身体，并没有因为“神器”二字而惊讶。

“喂，我说的你听到没有？”苏拉对叶音竹的态度实在有些不满意。

叶音竹微笑道：“神器就神器吧。它现在是你的了。”

苏拉全身一僵，看着叶音竹那清澈的眼眸，心道：他竟然要将这样的神器送给我。

苏拉轻轻地摇了摇头，道：“不，我不能要。虽然我不知道妮娜主任为什么会对你这么好，连神器都赠送给你，但这是你的东西。作为魔法师，你比我更需要它。永恒替身傀儡只有一个作用，就是免疫一切包括斗气在内的物理攻击，这在神器之中是绝无仅有的，它的效用不比任何神器差。”说着他走到叶音竹身前，将紫晶人像递到了叶音竹面前。

“苏拉，我们是朋友吗？”叶音竹皱眉道。

“当然是朋友。”苏拉毫不犹豫地回答道。

“既然如此，朋友之间还有什么你的我的，我的就是你的。送出的东西我怎么能收回？难道你认为我们之间的友情还不如一件神器珍贵吗？”叶音竹的声音中多了几分愤怒，他那清澈的双眼中甚至有一丝受伤。

“可是，永恒替身傀儡一旦认主就不可改变，并且会随着主人的死亡而消失。在龙崎努斯大陆的历史上，一共出现过三个永恒替身傀儡，其中两个的主人都已经死了。也就是说，这是最后一个，它的价值甚至无法用金钱来衡量。”

叶音竹没有再说话，眼神已经恢复了平静。他站起身，淡淡地道：“我出去走走。苏拉，希望我回来的时候，它已经认主。”说完这句话，他拍了拍苏拉纤瘦的肩膀，转身走出了房间。

苏拉整个人都怔在那里。自从认识叶音竹以后，他还是第一次看到叶音竹露出这样的表情。他知道，自己已经伤害了叶音竹。晶莹的泪珠顺着两腮流下，苏拉轻轻地说道：“音竹，你真的认为我比什么都重要吗？傻瓜，你真的是个傻瓜。”

看着手中的紫晶人像，苏拉突然发现，这无比珍贵的神器已经不算什么了，至少和他与叶音竹之间的关系相比，这只是一个物品，仅此而已。

苏拉用力擦掉泪水，他笑了，他的笑容很甜。他用双手捧着紫晶人像，就像捧着他和叶音竹之间的感情。他知道，自己已经得到了这个世界上最珍贵的东西。于是他毫不犹豫地咬破自己的手指，将一滴鲜红的血液滴在了紫晶人像之上。

鲜血像滴在海绵上一般，悄然消失。一圈淡淡的紫色光晕从人像脚下升起，眨眼间蔓延到整个人像上。渐渐地，人像开始发生变化，仿佛活了一般，一层层紫色的光晕不断蔓延，它的形体也开始改变。

纤细而修长的人像胸前微微鼓起，精致的五官慢慢浮出。鲜血是苏拉与永恒替身傀儡之间的桥梁，那淡紫色的光晕在人像完全变成另一个模样后骤然放大，就像当初紫融入叶音竹身体时那样，融进了苏拉的身体。

叶音竹站在别墅外的小路上，看着自己居住的宿舍，自言自语道：“苏拉，不要让我失望。如果我们的友情可以用物品来衡量，那还是友情吗？”

叶音竹伸出手，看了一眼纸条上的地址，再看一眼自己的宿舍，腾身而起，利用竹宗斗气，几个腾跃就消失在路径的尽头。

召唤系作为魔法部的重要组成部分，学员宿舍的条件也是非常不错的，但和神音系几乎每人一栋小别墅相比，还是有不小的差距。只有那些实力强大或者钱多到花不完的学员，才能独自拥有自己的宿舍。马良显然是前者。

此时，马良正眉头紧蹙地躺在床上，他的头很疼。并不是因为下午过度透支魔法力，而是因为召唤系系主任维埃里足足在这里烦了他一个下午，刚刚才离去。不过他也有些庆幸，庆幸银龙六器中除了银龙血以外的五器都已经认主，否则的话，维埃里说不定真的要拿它们去弥补永恒替身傀儡的损失了。

“马良，我来了。”清亮的声音从宿舍外传来，令马良精神一振。

马良赶忙从床上坐起身，说道：“叶兄吗？快进来。”

叶音竹闪身而入。今天马良在试炼场上给他的纸条上，写的就是这间宿舍的地址。

马良身体有些摇晃地拉过一把椅子，恳切地道：“叶兄，今天真是谢谢你。我都听说了，如果不是你出手阻止，恐怕我已经被你的朋友干掉了。本来我以为自己能够控制银龙，可谁知道最后那一下还是失控了。幸好你吉人天相，否则我真不知道该如何交代。”

叶音竹微笑道：“比赛难免有意外，都已经过去了。你叫我音竹吧。”

看着叶音竹，马良也笑了。他突然发现，琴宗的传人比他想象中还要可爱，单纯得甚至不会去记仇。

马良走到窗边向外看了看，这才转过身来，低声道：“音竹，真没想到会在米兰魔武学院遇到你。如果我没猜错，你一定是秦宗主的弟子吧，也只有秦宗主才能教导出你这么出色的高手。”

叶音竹笑道：“我算什么高手，那天和内斯塔比赛的时候我才进入剑胆琴心境界，倒是你比我强多了。今天如果不是有生命守护挡住你的攻击，我早就输了。”

马良苦笑道：“我用的同样不是自己的力量。大家都有魔法物品，只是你的生命守护正好克制了我只能用一次的银龙。好了，我们也别客套了。是秦宗主让你来这边的吗？”

叶音竹点了点头。

马良若有所思地道："那这么说，学院里已经有三个我们东龙八宗的人了。音竹，以后你做什么一定要小心一点。虽然我不知道为什么院长会为你掩饰越级提升的事，但这样的幸运以后未必会有。作为东龙八宗的一员，今后不论做什么，你都要更加小心。"

叶音竹有些惊讶地看着他，问道："为什么？难道我们东龙八宗就这么见不得人吗？"

马良眼中闪过一道寒光，说道："当然不是。因为我们现在实力不够，还远远无法和法蓝七塔抗衡，所以只能隐忍，否则，一旦被当作异端抓走，就不可能活着回来了。"

叶音竹皱眉道："我不明白我们和法蓝七塔有什么关系。"

马良惊讶地道："你不知道？难道秦宗主没有跟你讲过我们东龙八宗的事吗？"

叶音竹茫然地摇头，道："秦爷爷从来都没对我说过，只是说在别人面前要尽量隐藏自己的实力，不要将我们琴宗的事说出去。"

马良沉思道："不对啊！以你的实力，应该知道我们东龙八宗的秘密才对。既然你不知道，那我就不方便告诉你了，以后秦宗主一定会说的。你只需要记住我的话，万事小心，努力修炼，提升自己的实力就行了。我们都在米兰魔武学院，以后就相互照顾吧。哦，对了，棋宗这一代的弟子也已经进入了学院，和我们同年，他是跟我一起来的，就是新生大赛上空间系的主将。不过你们错过了，所以还没见过面，改天我把他引见给你。我的伤大概需要养上一周，还好能够赶上今年的边境保卫战，到时候，咱们就可以并肩作战了。"

叶音竹走在回宿舍的路上，心中不禁充满了疑惑。

"东龙八宗的秘密究竟是什么呢？为什么爷爷没告诉我，秦爷爷也没说过？或许，这次爸爸离开碧空海的原因就和东龙八宗有关吧。"

叶音竹离开碧空海来到米兰帝国已经有一段时间了，他的心智正在飞快地成熟着，尤其是当他进入剑胆琴心境界之后，更是进步神速。

刚一走到宿舍门口，叶音竹就闻到了一阵香气，肚子马上就发出了咕噜声，他这才觉得饿了。

“音竹，你回来了，正好吃饭。我都弄好了。”一进门，叶音竹就碰上了正在忙碌的苏拉，被苏拉一把拉了过去。今天的晚饭格外丰盛，四菜一汤，而且有两个荤菜。自从两人住在一起之后，这是最好的一顿饭了。

“苏拉，你？”

苏拉微笑道：“我什么？吃饭吧，我可不想听你说废话。看着。”说着，苏拉的身体微微一晃，叶音竹只觉得眼前一花，苏拉竟然就变成透明的了。是的，他整个人完全变得透明了。

叶音竹试探着伸手去摸，骇然发现，自己的手就那么从苏拉身上穿了过去，他吃惊地道：“苏拉，你怎么了？”

苏拉笑道：“傻瓜，这就是永恒替身傀儡的效果啊！永恒替身傀儡一旦生效，就会和主人融为一体，只要受到攻击或者受到我意念的控制，就随时都可以让我变成这样的虚幻之体。我发现，它不但能够帮我免疫一切物理和斗气攻击，还能令我的速度增加，真的很适合刺客使用。”

叶音竹像个孩子似的用手在苏拉的身体里搅和了几下，发现确实没有任何触到实体的感觉。

“太奇妙了，这真的是太奇妙了！你岂不是无敌了？”

苏拉失笑道：“怎么会啊？还有魔法能够伤害到我。魔法攻击可不是永恒替身傀儡所能抵御的，只能依靠我自己的斗气。好啦，先吃饭吧。”说着，他眨眼间又变回了实体模样。

色香味俱全的晚餐让叶音竹吃得不亦乐乎，他并没有发现，在他将永恒替身傀儡送给苏拉之后，苏拉的情绪出现了不小的变化，连看着他的目光，都变得柔和了。

清晨，当阳光带给米兰魔武学院新的生机，叶音竹已经早早地来到了神音系一年级的教室。今天是第一天上课，他很想知道在学院能够学到什么东西。当然，他来这么早，还有另外一个原因。

当神音系的女生们陆续来到教学楼后，叶音竹找到了海洋、蓝曦、雪玲和孔雀。

“你们想要什么类型的奖品呢？可惜只有三件，不能一人给你们一件了。”叶音竹有些不好意思地向她们说。昨天比赛结束之后，弗格森让比赛前三名的系的主将在今天上午去选择奖品。

她们对视一眼，蓝曦惊讶地道：“音竹，那是学院奖励给获胜系主将的吧。”

叶音竹笑道：“我们是一起参赛的啊！获得的奖励当然要大家平分，我可不能独占。以后不用交学费和住宿费对我来说已经是很好的奖励了。”

海洋静静地看着叶音竹，摇了摇头，道：“我什么都不需要，你们商量吧，我先回去上课了。”说完，不等叶音竹开口，她就转身离开了一年级教室。

孔雀哼了一声，道：“总是那么冷冰冰的，就像谁欠她什么东西似的。我也不要，我也不缺什么东西。”

雪玲和蓝曦同时点了点头。雪玲爽朗地笑道：“音竹，你的好意我们心领了。不过，我们真没有什么需要的东西。更何况，如果没有你的话，我们都不会参加比赛。你为了获得最后的冠军付出了多少，我们都看在眼里。在比赛场上，如果没有你的照顾，恐怕我们也会受伤，那些奖励是你应得的。”

蓝曦赞同地道：“是啊！音竹，你只要记得有空教我弹琴就好了。”

“那好吧。”叶音竹有些无奈地道，“那我就随便选了。如果以后你们有什么需要的话，再跟我说。”

如果单以魔法物品的数量来看，米兰魔武学院的藏宝库不会比米兰帝国皇家藏宝库里的东西少，单是各国贵族和米兰皇家赠送的东西就数不胜数。叶音竹、马良和内斯塔在弗格森的带领下经过三重关卡，通过一个加持了强力魔法防御的大门才来到这里。

弗格森低声念了一句咒语，关闭了身后的大门，微笑道：“好了，你们现在可以随便挑选。这里虽然有很多普通武器和魔法物品，但也有不少精品，至于能选到什么，就看你们的运气和眼光了。”这里是只有院长才有权力开启的，如果没有他的带领，就算是九阶魔兽也不可能闯进来。

藏宝库很大，放眼望去，一排排多宝格林立，大多数物品都闪烁着晶莹的宝光，令人眼花缭乱。这里的各种元素波动极不规则，给人一种很不舒服的感觉。

“我的铠甲让叶音竹这小子弄坏了，我就要一件铠甲好了。”内斯塔早就想好了自己的目标，直接朝着左边放有防御物品的多宝格走去。

马良微微一笑，道：“我要一件魔法防御类的宝物，最好还有一件能够让我在使用魔法时减少魔法力消耗的。”说完，马良便朝着右边的魔法物品走去。以他现在的实力使用银龙六器实在太勉强了，他自然急于寻找适合自己的东西。

“音竹，那你呢？你有三个选择。”弗格森向叶音竹微笑道。

叶音竹有些茫然地道：“老师，我也不知道该选什么。要不，您替我选吧。”

弗格森莞尔一笑，道：“那可不行，要是我替你选了，出去后别人还不说我徇私啊！你自己挑选吧。不过，我可以提醒你一句，有的时候，越不起眼的东西有可能越珍贵。”

叶音竹心中一动，问道：“老师，那这里有没有琴呢？”

琴宗的五张古琴都被他弄丢了，现在他手里只有妮娜主任赠送给他的那张海月清辉琴。不同的琴曲要用不同的古琴演奏，才能起到最好的效果。

弗格森微笑道：“可能有吧，你自己去找。我先出去了，一个小时后来接你们。记住，你们只有一个小时的时间。时间一到，不论选择了什么，你们都必须跟我离开。不要想多拿东西出去，这里的每一件物品都有魔法印记，只有在我消除了物品的魔法印记之后，你们才能将它带出去。”

第二十四章

琴中神器

正在叶音竹犹豫着自己应该选择什么的时候，他突然听到内斯塔惊呼道：“哇，好大的剑啊！这要什么人才能用得了？”

剑？叶音竹有些好奇地快步走过去，绕过几个多宝格后，他看到了目瞪口呆的内斯塔。

内斯塔此时正注视着自己面前的武器，那是一柄巨大无比的剑，大得令人咂舌。

这个藏宝库本身就很大，高度更是超过十米，就算这样那柄剑都需要斜着放。剑刃宽约一米，长度肯定超过十米，厚半米，整个剑刃呈现暗蓝色。剑刃上没有血槽，因为对这么大的剑来说，血槽根本没有任何意义，连叶音竹都估计不出它的重量。剑刃中央有着一道暗蓝色的花纹，花纹样式古朴，足见其年代的久远。如果它不是斜放在那里，加上那长度超过三米的巨大剑柄，恐怕谁也不会认为它是一柄剑。

或许是因为不需要，在这柄剑上，除了那一道古朴花纹之外，再没有别的装饰。然而那厚重的感觉和淡淡的血腥气息却能让人感觉到，它绝对不简单。

叶音竹缓步上前，跟内斯塔同时抚摸那暗蓝色的剑刃。突然，一股触电般的感觉令叶音竹全身一震，那是一种霸道无比的气息，仿佛可以将天地撑开，但又夹杂着莫名的亲切感，仿佛这柄剑认识他似的，在呼唤着他。

“内斯塔，你有什么感觉吗？”叶音竹问道。

内斯塔茫然摇头，说道：“感觉？什么感觉？这柄剑真是奇特啊！我看，它完全可以将成年巨龙斩开。我的血魂枪已经是最长的龙枪了，有八米左右，这柄剑居然超过十三米，这简直太不可思议了。我看，这么重的剑也只有极北荒原的比蒙巨兽才能使用，而且还要是黄金比蒙。可是，比蒙有利爪，从来不使用任何武器。”

叶音竹有些疑惑地看着内斯塔，难道那霸道而亲切的感觉只有自己才能发现吗？可这又是为什么呢？叶音竹再次看向那暗蓝色的剑刃，透过剑刃，发现自己的双眼竟然散发着淡淡的紫光，原本英俊柔和的脸在那紫色双眸的映衬下竟然威武了许多。

淡淡的热流在经脉中流转，那种充满力量的感觉再次出现。叶音竹注视着那巨大剑刃上的花纹，突然，他发现那花纹似乎变了。剑身上的暗蓝色仿佛在这一瞬间变成了晶莹的紫色，充满了霸道和杀伐之气的紫色。那些花纹飞速变化着，不一会儿，两个古朴的大字“紫晶”在剑身的正中央闪闪发光。

两个简单的字却令叶音竹心弦震动。紫晶剑吗？这就是它的名字？

“我就要它了。内斯塔，你不会也想要吧？”

“啊？音竹你疯了？难道你真想转型当战士？可是，这剑也太大了，不适合你。”内斯塔惊讶地看着他。

叶音竹摇了摇头，道：“不，我不是要当战士，我只是喜欢这柄剑。或许，我的朋友也会喜欢。我就要它了。”

内斯塔无奈地道：“谁让你是冠军，可以随便挑三件东西，随便你吧。不过，看起来，论体积的话，这柄剑在这里绝对是第一名。我可对它没兴趣，我更希望能够得到一件合适的铠甲。”说完，他不敢浪费时间，赶忙朝着藏宝库放有铠甲的方向去了。

叶音竹没有将紫晶剑收入空间戒指中，因为他记得弗格森说过，这里的物品都有魔法印记，况且这柄巨剑实在太大了，重量何止千斤，只能先放在这里，等一个小时后弗格森解开上面的魔法印记了再收到空间戒指内。

叶音竹松开放在紫晶剑上的手，那种亲切的感觉立刻消失了。他转过身，准备到藏宝库里面去看看，他想找一下这里有没有琴，如果有古琴的话，那自然是最好的选择。

正当叶音竹准备转身离开武器这边的时候，突然，他的目光落在一个不起眼的东西上。那是一柄匕首，通体漆黑，在五光十色的其他物品中显得有些突兀。最奇特的是，它本身竟然毫不反光，这一点和苏拉的匕首有些相像。

叶音竹上前几步，将匕首拿了起来。匕首长约一尺二寸，柄长四寸，刃长八寸。柄的尾端雕刻着一个狰狞的恶魔头像，尤其是恶魔的眼睛，由两颗细小的红宝石镶嵌而成，闪烁着妖异的光芒。

他握着这柄匕首的感觉和紫晶剑刚好相反。紫晶剑触手时满是亲切的感觉，这柄匕首在入手的一瞬间，他立刻产生出强烈的憎恶感。冰冷的气息顺着掌心经脉瞬间传遍他全身，全身所有的毛孔仿佛都因为这冰冷而封闭了，极不舒服。匕首表面有一层很淡的黑色气流，似乎也正是因为这层黑色气流，才令匕首任何部位都不会反光，即使有那两颗红宝石也是如此。

很快，叶音竹就明白为什么自己会对这柄匕首产生排斥感了，因为匕首上的暗元素波动极为恐怖。庞大的暗元素似乎被什么魔法封印在这柄匕首中，因此才有一丝丝冰冷、邪恶的感觉不断从匕首上散发而出。

虽然不喜欢，但叶音竹能清晰地感觉到这柄匕首很强。当它入手之后，周围的大部分武器所散发出的光芒都黯然失色，只有紫晶剑依旧一点变化也没有。

就是它吧！虽然不喜欢，但苏拉是刺客，想来他一定很喜欢这种不反光的匕首。那天他在情急之下用紫竹针刺穿了苏拉的匕首，破掉了上面并不是很强的魔法阵。虽然他已经将永恒替身傀儡送给了苏拉，但在海洋她们四人拒绝了他的好意之后，他就决定从这里选一柄匕首给苏拉。

叶音竹将匕首放在紫晶剑旁边，准备挑选完最后一件物品后回来一起拿。突然，紫晶剑上暗蓝色的光芒一闪，一股霸道气息骤然而出。伴随着清澈的龙吟之声，黑色的匕首居然被那股霸道的气息冲击而起，化为一道乌光从叶音竹身边擦过，剑刃完全没入旁边的多宝格内。

虽然只是擦过，并没有接触到，但那瞬间的冰冷还是让叶音竹全身微微战栗了一下。难道说，紫晶剑是在排斥那柄匕首吗？当他再转身看向紫晶剑的时候，竟然觉得紫晶剑有一种君临天下的感觉。没错，就是君临天下。

“音竹，怎么了？”马良和内斯塔几乎同时赶了过来。叶音竹也没有隐瞒，将刚才发生的事说了，两人不禁啧啧称奇。

马良道：“这匕首不错，我喜欢，可惜我不是战士。至于这巨剑，我就不敢想了。就算它再好，我没法使用的话要它干什么？音竹，你可要想好了啊！”

叶音竹微微一笑，道：“选择了我就不想改了。不论怎么说，我很喜欢它。好啦，你们去选吧。这匕首和巨剑都是我的了，反正以内斯塔的性格，是不会用匕首的，我没说错吧？”

内斯塔哈哈一笑，道：“你倒是了解我。我的奖品已经选好了，就在那边，待会我穿上给你们看看。”说完，他兴冲冲地跑了。

马良也继续自己的淘宝之旅，叶音竹则开始在藏宝库中到处看。

眼看一个小时就要到了，叶音竹还没有选中自己的第三件奖品。他在整个藏宝库转了一圈，并没有发现古琴的踪迹。而且，不知道为什么，在看过黑色匕首和紫晶剑之后，其他的不论是魔法物品、武器还是防具，他都有些看不上了。或者说，是没有什么能令他特别动心的。

“这里好东西真多，可惜就只能选两件。音竹，你选好了没有？”马良走到叶音竹身边问道。

“还没有，差一件，我也不知道该选什么好了。这里没有我想要的古琴。”

马良道：“或许是你没找到吧。我觉得这里东西挺多的，刚才我也看到了一些其他的乐器，怎么就唯独没有古琴呢？难道你们琴宗就没有什么寻琴的特殊方法吗？”

听他这么一说，叶音竹的眼睛骤然一亮，对啊！自己怎么忘记了那个方法呢？于是他立刻将海月清辉琴从空间戒指中召唤而出，左手抱琴，右手轻抚琴弦。淡黄色的魔法力悄然出现在他右手四指之上，随着手指从琴弦上划过，低沉的嗡鸣声响起。

藏宝库是一个密闭的空间，琴音一响，顿时在整个宝库中回荡。在琴音响起之后，叶音竹迅速地将右手按在琴弦之上，阻隔了余音，同时侧耳倾听，精神完全集中。

突然，叶音竹面色一喜，朝着一个方向快步走去。

在学琴的时候，秦殇对他说过，好的古琴在听到其他古琴的琴音时会产生一定的共鸣，而这种共鸣之声只有神音师才能够听到。此时，在藏宝库之中，他果然捕捉到了这样的声音。和大多数古琴的低沉嗡鸣不同，那琴的共鸣之声非常清脆。叶音竹相信自己不会听错，古筝和琵琶虽然也是弦乐，但声音中多了铿锵，少了古琴的婉转悠远。

这会是一张什么样的古琴呢？

在琴音的指引之下，很快，叶音竹就来到了藏宝库的一个角落。马良出于好奇跟在他身后。角落里依旧是一个多宝格，上面摆放着的各种魔法物品散发着淡淡的光晕，然而并没有古琴在上面。

叶音竹收回海月清辉琴，一边认真地依靠自己的魔法力辅助听力，一边小心地向清脆琴音发出的方向走去。

终于，他找到了琴音发出的确切位置，那竟然是一枚戒指。戒指的样式很简单，黄玉质地，看上去莹润却无光。嗡鸣的琴音就是从戒指里发出的。

这是一枚空间戒指，叶音竹立刻就判断出了戒指的属性，同时，他惊奇万分。在空间戒指的阻隔下，依旧能够听到琴音的共鸣，这到底是一张什么样的古琴啊！太难以置信了！不论是他丢失的琴宗的五张古琴，还是现在的海月清辉琴，只要在空间戒指中，就不会有任何感应。这张古琴却不是这样，那就只能证明一个问题，这张藏在戒指中的古琴，超越了叶音竹以往见过的任何古琴。

叶音竹拿起戒指，试着用精神力去沟通。一般来说，只要空间戒指没有认主的话，就不会有精神烙印，任何魔法师都可以通过自己的精神力与戒指沟通，拿到里面的东西。当然，如果魔法师的空间戒指没有精神烙印，里面也不会存放贵重的东西。眼前这枚戒指显然很特殊。

叶音竹很快就找到了他的目标。随着精神力的联系和催动，光芒一闪，一张古琴出现在他双手之上。

那是一张通体橙色的古琴，样式古朴，七根琴弦晶莹通透，不知是什么材质，一层淡淡的橙色光晕流转在上，仅是看那琴上的光，就仿佛能感受到它所散发的悲伤之气。琴弦产生的共鸣依旧在继续，似呜咽，似轻吟。虽然没有拨弦，但那琴音中的爽朗清脆令人心神俱醉。

叶音竹一只手托琴，另一只手轻抚琴上，整个人都呆滞了，此时此刻，他眼中充满了柔情。

马良站在叶音竹身后丝毫也不敢打扰，虽然马良不太懂琴，但心知肚明，此时的叶音竹已经进入了一个特殊境界，而将他引入这个境界的就是这张古琴。古琴上没有任何元素的波动，却有情绪。

不论是武器、防具还是其他种类的魔法物品，由低到高，一般分为普器、精器、灵器、魂器和神器五个级别。其中，魂器和神器的首要特点就是情绪。情绪的产生，是因为魂器和神器中有灵魂存在。像魂器极品银龙六器，就有着银龙高贵霸气的情绪。

而此时，眼前的这张橙色古琴是马良见过的所有器物中情绪最浓郁的一个。即使是他的银龙六器也远远无法与其相比。马良不知道这究竟是什么样的古琴，但他清楚，叶音竹这次可真是找到宝了。

正如马良想的那样，此时的叶音竹已经完全沉浸在另一个境界里。叶音竹的心神进入一个橙色的空间，周围的东西都不见了，只有那橙色的古琴在低低地吟哦着。

若有若无的声音，在叶音竹内心深处响起，声音凄婉。那起伏不定的情绪，仿佛在寻找一个奇妙的旋律进行倾诉。

“我是神手中的一颗珍珠，在神的手中，我轮回了五百年。五百年前，我是一个叫蓝明珠的姑娘。在十八岁那年，我爱上了一个叫秦治的男人。虽然他比我大二十岁，但我依旧喜欢他喜欢到毫无顾忌。记得那是一个阳光明媚的早晨，为了追寻一只可爱的白羽雀儿，我来到一片枫林之中，然后我听到了琴声，清澈婉转，像平静的溪流一样，那是天籁之音！

“我看见了他——秦治，一个轮廓分明的白衣男子。他端坐在红叶之间，额前的头发微微垂在脸庞上，双手轻弹，随之而出的是万物皆醉的天籁之音。从那时开始，我便义无反顾地爱上了他。随着那婉转流云的琴声，伴着漫天的红叶飘落，我情不自禁地舞起了《霓裳》。就这样，我在漫天满地的红叶中为一个陌生的白衣男子起舞。

“蓝迪亚斯的蓝家，权倾天下，富甲天下。我多么希望我只是一个普普通通的女孩啊！可我不是，我是蓝明珠，是蓝家家主唯一的掌上明珠。秦治，那个大我二十岁但我喜欢得不得了的男人，只是一个居无定所的流浪汉，甚至还是一个连神音师都算不上的吟游诗人，靠弹琴卖艺为生。

“‘身份低微，年龄太大，他不配娶你。你与他往来，有损蓝家颜面！’父亲这样说。然后我们的来往被限制了。

“但我是蓝家大小姐，我是父亲唯一的女儿，我从来没怕过任何事任何人。所以我千方百计地去找他，坦白地对所有人说：我爱他，不管怎么样，我都要和他在一起。然而，在一个下着淅沥小雨的晚上，当我再次偷跑出去找他时，却看见他倒在地上，身上的血如同一朵鲜红的蔷薇在黑夜中绽放。

“‘父亲做的，是他，是他！’我这样想。

“秦治曾经对我说，如果我高兴一次，他或许只能为我高兴几天，但如果我伤心一次，他一定会为我伤痛几年。现在我的父亲杀了他，我没有流泪，反而张狂地笑着，因为泪已经流进了心里。

“那是父亲的杰作！

“我发誓，我只是想吓吓父亲，我真的没打算杀了他。但是，又是我把那条蛇放在父亲床上的，那是我对他杀秦治的报复。然而，事实只有一个，我杀了我的父亲。是的，我杀了那个爱我宠我任我胡作非为，甚至拔他胡子也不会和我瞪眼的父亲！无论他对别人怎么坏，但对我，他是一个好父亲。

“这个世界上已经没什么值得我留恋了，于是我用剪刀在手腕上划了一条优美的弧线，然后了无牵挂地笑了。

“我成了神手中的一颗珍珠。自从知道了神的存在，我就明白一切皆有可能。在神的手中，我求了整整五百年。我求神让我去见他，神总是对我说，‘因果乃天定，缘已尽，即使你再见他，他也不认识你了。’我说我不介意，我只是想看看他，看看那个让我爱了五百年，思念了五百年的男人。

“神说，我已经是神的一部分，如果我一定要去，记住一定不要流泪。神讲求的是心境不能沾染尘世间的一切，不能影响尘世间的一切，心静，不惊，不喜，不悲，不愤。

“我说我不会，因为我在神的手中已经轮回了五百年，早有了神缘。我只是去看看他，了却一段心愿，然后便回来，在神的手中继续我的轮回。

“于是，神让我变成一只美丽的蝴蝶。

“一天，两天……我飞过了无际的海洋。

“一月，两月……我飞过了广阔的荒漠。

“一年，两年……我越过了重重的高山。

“我终于来到了那片枫林，依旧是红叶漫天纷飞。他的今世，依旧如五百年前明朗洒脱。但我仅仅高兴了片刻，因为我看见了一个人，一个身穿粉红罗裳的年轻姑娘在他的面前轻舞着。同样是那张橙色的琴，他弹着《静夜思》，脸上全是微笑，眼中尽是她的身影。

“他握住了她的手，满目深情地说：‘你真美。’

“他们依偎在一起。

“‘你真美。’五百年前他在这片枫林中也对我说过这样的话。

“我不在意的，我只是来看看他，真的，仅此而已。

“谁说我不在意？我又怎么能不在意？我做得到吗？我做不到，我高估了自己。

“我飞到他的眼前，飞到他的耳边，绕着他大叫：‘我是明珠，五百年前你的明珠，你知道吗？’

“他听不见，他只是满怀柔情地对那姑娘说：‘雅，你看这蝴蝶多可爱！’那姑娘却撒娇道：‘你的意思是说我不可爱？’他马上紧张起来，连忙解释说：‘不，不，你是天底下最美最可爱的，即使这蝴蝶也比不上你！’

“我哭了，我还是哭了，我终于哭了。

“神说我不能哭。

“我想起了一些东西：那橙色的琴，美妙的旋律，如火般的红色枫叶……

“我感觉自己在消失，好像变得越来越淡。在变成一缕轻烟后，我钻进了端放在他膝上的琴身中。神的声音在我耳边响起：‘流泪后，你会变成那一瞬间你想到的东西，永不再轮回。’

“我成了琴魂，他手中那张琴的琴魂。我常常想起五百年前枫树林的那些事，想起这些，我的情绪就非常激动，如同飞瀑流雨般不可阻挡。我也常常如当年在神手中轮回时那样安静恬然，无欲无求。我想说的是，我的这些情绪都通过琴音表达了出来，希望他能听懂。

“他或许真的听懂了。他抛弃了尘世间的一切，倾心于琴。他跋涉万里，取来南山的千年桐木，先以四十九味药材泡之，然后用文火轻烤九九八十一天取出，之后于温和阳光下晾晒一百零八天，取那张橙色琴的弦，也就是有着我灵魂的琴弦，花费三年，制成了飞瀑连珠琴。

“我终究成了飞瀑连珠琴的琴魂。”

橙色的世界消失了，周围的一切重新回到了现实之中。叶音竹突然感觉自己的脸很湿，此时，他才惊觉自己早已泪流满面。

晶莹的泪珠滴在那晶莹的琴弦之上，裂成无数水珠悄然滚落，不知是人在流泪，还是琴在流泪。

飞瀑连珠琴，竟然是飞瀑连珠琴！秦殇谈到过这张琴，他的形容只有简单的一句：“琴中极品之极品！”

那个名叫秦治的男人，正是他们琴宗的第一代宗主。

叶音竹不知道为什么飞瀑连珠琴会在这里，但他知道，自己永远也不会与这张琴分开，永远都会守护在它身边，分担它的悲伤，分担它的哀怨。

离开碧空海之前，秦殇对叶音竹说过，如果想用自己的力量和法蓝七塔相抗衡，那么，就必须找到琴中神器。

琴中的神器是什么？自然是琴。在当世，只有三张琴可称为琴中神器，以蓝明珠为魂的飞瀑连珠琴，正是其中之一。

“音竹，你怎么了？”弗格森关切的声音响起，将叶音竹从伤感中叫醒过来。他发现，自己把飞瀑连珠琴抱得更紧了。

叶音竹看向弗格森、内斯塔和马良。此时，内斯塔已经穿上了一件暗红色的铠甲，上面有着绚丽的花纹，配上他那高大的身躯显得威风凛凛。这件铠甲与他的血魂枪至少在颜色上是非常配的。而马良则换上了一件胸前有一排灰色晶体的魔法袍，手中还多了一串不知道是什么宝石组成的项链。

“老师，我要这张琴。可以吗？”他的眼神中没有希冀，有的只是坚定。

弗格森微微一笑，道：“当然可以。一张好琴能够被一名优秀的神音师拥有，也是它的福气。连我都不知道，原来在藏宝库中还收藏着这样一张绝妙的琴。”

直到回到教室，叶音竹都还没有从飞瀑连珠琴的故事中清醒过来。他不知道琴魂是否真的存在，但那个故事是如此的凄婉动人。或许是因为他的泪与琴魂所在的琴弦碰触过，所以，即使已经将飞瀑连珠琴收在了空间戒指之中，叶音竹依旧能够清晰地感觉到琴弦与自己的心弦在共同颤抖。

叶音竹的左手中指多了一枚黄玉戒指。他决定了，这枚戒指中，除了飞瀑连珠琴他不会再放其他任何东西。

此时在台上讲课的是一名四十多岁的女教师，虽然叶音竹不认得她，但她肯定认识这个神音系的主将。看着叶音竹失魂落魄地走进来坐在蓝曦身边，她也没有多说什么，继续讲她的课。可惜，课上讲了什么，叶音竹一个字也没有听进去。

“音竹，你怎么了？”蓝曦悄悄地捅了他一下，低声问道。

“啊？”叶音竹骤然惊醒，一声不算低的惊呼顿时引得女生们发出一阵低笑。蓝曦更是羞得满脸通红，低着头不敢看上面的老师。

“叶音竹同学，你有什么疑问吗？”女教师目光柔和地问道。

叶音竹呆呆地坐在那里，在女孩子们眼中，这样英俊发呆的他实在有些可爱。

“老师，乐器真的有自己的灵魂吗？”

“当然有。作为一名神音师，如果想演奏出更美妙的乐曲，就必须要先体会到乐器的灵魂。或许，这是一个虚无缥缈的东西，但是我相信，即使是再普通的乐器，它的灵魂也一定存在。”

叶音竹眼中的迷茫和困惑散去，他从座位上站起身，恭敬地向女教师鞠躬行礼，道：“谢谢老师，我明白了。”

下课铃声正好在此时响起，第一天的课就这么结束了，下午是自由修炼时间。米兰魔武学院的教学是非常宽松的，而且能来到这里学习的学员们，也都很努力。

走出教学楼，叶音竹长出一口气，伸展着自己的身体，此时，他的心情已经恢复了正常。女教师的话点醒了他。乐器都是有灵魂的，飞瀑连珠琴有，海月清辉琴也有。自己能够体会到飞瀑连珠琴的情绪，听到琴魂讲述自己的故事，那就证明它已经认可自己了。

当叶音竹回到宿舍的时候，苏拉也回来了。要知道，神音系的宿舍虽然距离神音系教学楼很近，但距离武技部非常远。

“苏拉，你们提早下课了吗？怎么这么早就回来了？”

“赶回来给你做饭啊！”苏拉一边在厨房忙碌着一边兴奋地说道，“音竹，我今天试了一下永恒替身傀儡对速度的增加效果，比我想象中还要好。它让我的速度提升了至少百分之三十。”

叶音竹笑道：“任何魔法物品都要在最合适的人手中才能发挥出最大的威力。你天天这么辛苦地收拾房间，还要做饭给我吃，我先支付点佣金给你吧。”

苏拉扑哧一笑，道：“给我佣金？你有钱吗？飘兰轩那边的工资可还没发呢。”

叶音竹嘿嘿一笑，手上光芒一闪，那柄从藏宝库中挑选的黑刃匕首出现在他手掌之中。叶音竹把它递到苏拉面前，问道：“你看这个能当多久的佣金呢？”

看到匕首，苏拉先是一愣，紧接着，他立刻就想到这是叶音竹今天在藏宝库中特意给自己选的，双手在身上擦了擦洗菜弄上的水渍之后就接了过来。

“这是？”冰冷的气息，邪恶的刀锋，恶魔的那双红宝石眼睛，无不深深地吸引着他。苏拉的身体颤抖了。

“天使叹息，这竟然是天使叹息！”苏拉猛地抬起头，看着叶音竹，眼中充满震惊。

“原来它叫天使叹息啊。看不出，它的样子这么狞恶，倒有个好听的名字。看来它很不错，难怪我带走它和紫晶剑的时候，老师似乎有些心痛。”叶音竹若无其事地说道。

“好听？你知不知道，天使叹息还有一个称号？”苏拉握着匕首抬起手，在空中虚画出一个美妙的弧形，阴冷的气息扑面而来，令叶音竹打了个寒战。

“是什么？”

“诅咒之刃。”苏拉沉声道。

“它虽然不是神器，但也是高阶魂器。诅咒之刃在攻击魔法防御时，攻击力能提升百分之两百；在攻击物理防御时，攻击力提升百分之一百五。无声无息，任何斗气灌注其中都不会释放出光芒。之所以称为诅咒之刃，是因为被它所伤之后，如果没有光明系青级以上的魔法治疗就将血流不止而亡。在我们刺客界，它被称为无冕之王。”

“哈哈，看来我是挑中宝了。苏拉，你看这个能当多少佣金呢？”叶音竹有些得意地说道。

苏拉没好气地道：“天使叹息对于战士或者魔法师来说，或许只是一件不错的武器，但对于我们刺客来说可以算是无价之宝了。这个东西当佣金？它就算是买下一座城市的奴隶都有富余。你这傻瓜，送给别人的东西不是神器就是魂器，真是个散财童子！”

叶音竹单纯的脸上难得露出一丝坏笑，他说道：“我觉得很赚啊。我把它送给你，你就给我收拾一辈子的房间，给我做一辈子的饭好了，反正这东西对我也没用。”

第二十五章

紫级八阶的美女

“你……”苏拉的脸上飞起两片红晕，他看着叶音竹，一时间竟然痴痴地说不出话来。他发现，自己的心跳得很厉害。周围的一切都不重要了，此时在他脑海中，只有叶音竹刚刚说的这句话。

“喂，回魂了。你锅里的东西好像要煳了。”叶音竹在苏拉额头上敲了一下。

“啊！我的排骨！”苏拉惊呼一声，拿着匕首就往厨房里面跑。他一边忙活一边喊道：“音竹，这东西我收下了。不过，你可别想我伺候你一辈子。我们是朋友，你的就是我的。”

叶音竹扑哧一笑，道：“随便你吧，反正你以后别管我要佣金就行了。”其实，他的钱全在苏拉那里，身无分文用在他身上再合适不过。

天气一天天变冷，每天只有中午那明媚的阳光还能带来几分火热的感觉。叶音竹和苏拉两人下午都没课，午饭后，他们直接朝着米兰城内走去。叶音竹已经两天没来飘兰轩了，现在比赛结束，正好回来上班。

“音竹，你知道吗？这几天你没去飘兰轩，不知道多少人向我们这些服务生询问呢。”苏拉微笑着道。

叶音竹傻乎乎地问道：“问什么？”

“笨蛋，当然是问你为什么没去啊。我们只能回答说你请假。没想到你居然那么受欢迎。不过，你的琴弹得真是不错。还好安雅老板吩咐所有服务生不得把你是米兰魔武学院学员的事情说出去，否则你在学院里也安静不了。据我观察，飘兰轩虽然位置偏僻，但能够到那里喝茶的人，都有着不俗的身份，而且都是大贵族。”

“苏拉，你懂得真多，好像就没有什么是你不知道的。”叶音竹有些羡慕地看着他。

苏拉得意地道：“当然了。你以为谁都像你一样，小笨蛋。”

“我小吗？我个头可比你高多了。”叶音竹比了比，他足足比苏拉高出大半个头。

“高有什么用？以后你应该叫我苏拉老师才对。你看，我教了你多少东西。”

叶音竹惊讶地道：“不是只有年纪大的人才能当老师吗？苏拉，难道你只是外表年轻，其实已经……”

“你，真是被你气死了。达者为师，你懂不懂啊？”

“不懂。”

苏拉无话可说。

当两人来到飘兰轩的时候，这里还没开始营业，他们一进门就碰上了迪达。自从来到这里工作以后，不论是叶音竹还是苏拉都很受欢迎。叶音竹自然是因为琴弹得好，苏拉则是因为干活的速度很快，而且手脚又很干净，所以其他的服务生对他也很关照。或许是因为这里服务生们的收入都不错，所以彼此之间几乎没有发生过什么矛盾。

“音竹，你可来了。你要是再不来，我一定还会每天被客人追着问。”迪达一边取笑着叶音竹，一边将两人让了进来。

苏拉看了叶音竹一眼，道：“我去换工作服了，你上去吧。待会儿我送茶给你。”

“好。”叶音竹答应一声，在迪达的陪同下，朝他之前每天弹琴的那个固定位置走去。

“迪达大哥，真不好意思，这两天学院有事，所以我才……”

迪达微笑道：“没事。老板说过，你有事尽管去忙，不用担心这边。反正你的工资也是按天来计算的。不过，我发现老板很喜欢你弹的琴曲。每次你弹琴的时候，老板都会一个人坐在三楼的楼梯口，一坐就是一下午。当然，我们也很喜欢你的琴音。那绝对是醉人的享受。”

说话间，叶音竹已经来到了自己那个特殊位置。当他坐进去之后，迪达将纱幔放下，使人无法从外面看到他的样子。叶音竹很喜欢这样，因为这样能令他不受干扰地弹琴。在他背后，就是那棵巨大的古树，每当他坐在这里的时候，似乎都能感受到大树的心跳。那清新的空气和亲和的感觉，无不令他身心俱爽，也能更好地弹琴。

随着外面传来嘈杂的声音，飘兰轩开始营业了。正在这时候，纱幔挑起，苏拉从外面探进头来。

“给，先喝点茶再开始吧。别那么拼命，弹一首你就休息一下。每次你一弹就是一下午，手不累吗？”苏拉一边关切地说着，一边将茶壶、茶杯放在他面前，并给他倒上一杯。

茶水是淡蓝色的，看上去晶莹清透，一股淡淡的清香传来，沁人心脾。

“苏拉，今天这是什么茶，怎么和以前的不一样？”叶音竹端起来喝了一口，茶有些苦涩，苦涩过后，却有一丝甜甜的感觉，唇齿留香。

叶音竹因为低着头，所以并没有看到苏拉脸上浮现出来的红晕。“这是勿忘我，纯天然野生花，也是进贡皇宫的饮品，有滋阴补肾、养血生精、清心润肺、平肝养目、养颜恒春等功用。喝吧，反正是好东西。这茶可是最贵的，是我偷偷地泡给你喝的。”

“勿忘我，勿忘我，这个名字真不错。苏拉，你不会是怕我忘了你吧？怎么会呢，我们是好兄弟。不过，你的记性真好，刚来这里工作没多久，倒是快成花茶专家了。”说着，叶音竹又喝上了一口。

苏拉将纱幔拉好，拿着托盘走了，因为他怕自己再留下去会让叶音竹看到自己变得通红的脸。苏拉轻轻地按着胸口，安抚着怦怦乱跳的心，暗问自己：我这是怎么了？为什么会鬼使神差地选择这种花茶呢？

喝了一杯茶后，叶音竹开始了自己下午的演奏。依旧是海月清辉琴，一首首低沉动人的琴曲从他双手八指之中倾泻而出。听过他弹琴的人都感到有些奇怪，和以往相比，今天的琴音似乎有了些变化，其中的天真感似乎减少了许多，反而多了几分成熟。他们又哪里知道，这是赤子琴心到剑胆琴心的进化。

叶音竹一如既往地弹奏着。每当他进入属于自己的节奏时，整个人就完全融入琴曲之中，演奏根本停不下来。琴心境界的提升，再加上在飞瀑连珠琴刺激下心境的飞跃，令他今天的琴曲变得更加动听，也更能让人沉醉。

即使没有一丝魔法力存在，外面的客人也都听得如痴如醉。没有一个人说话，只是偶尔会有一些杯盏碰触的声音。每当这时候，发出声音的人立刻就会被其他人怒目相视。飘兰轩的清雅，因为叶音竹的到来无形中又提升了一个档次。

“安雅，你在吗？”一个轻柔却令每个人都清晰听到的声音突然从飘兰轩一层响起。

这个声音似乎有一种特殊的节奏，当它入耳的时候，叶音竹突然感觉到心神一滞，随即琴音戛然而止，一曲《幽兰》就这么中断了。

客人们用责怪的目光向一楼看去时，谁也说不出责怪的话来。因为找安雅的是一个女子，一个相貌非常美的女子。她和安雅很像，从她的容貌上根本看不出她的年纪，她有少女的清纯也有女人的妩媚。眉宇间，也与安雅有着几分神似，但是她多了几分安雅所没有的威严。或许她的美略逊于安雅，可她身上所散发的高贵，却在安雅之上。

飘兰轩的客人都被她的高贵、美艳和威严所震惊。淡绿色的长裙勾勒出她美妙的身姿。最动人心魄的，是她那双淡绿色的眼眸，在绝美的高贵之中，蕴藏着一丝极度的冰冷。

女子一边说着，一边登上了阶梯。有服务生想要拦住她，却被一股无形的力量阻挡在外，根本就无法靠近。当她走到一楼和二楼阶梯中间时，停下了脚步，向叶音竹所在的位置微微点头，歉然道："真是对不起，打断了你的演奏，但我找安雅确实有急事。"

"没关系。"叶音竹双手按于弦上。虽然演奏被打断的感觉令他很不舒服，但他生性豁达，并且对方已经认错了，他也就不会多想什么。

客人们大多是第一次听到叶音竹的声音，很多人都在惊讶，原来飘兰轩的神秘琴师居然如此年轻。

安雅冰冷的声音从上面传来："你来干什么？这里不欢迎你，你走。"

在叶音竹开始演奏的时候，安雅就已经出现在三楼的楼梯口处，静静地坐在那里，一边喝她最喜欢的玉美人茶，一边听叶音竹弹琴。对于她来说，这是一天最享受的时刻。

"安雅，难道我们就没有和解的可能吗？"说话间，那女子继续缓步上行。安雅则从上面缓缓走下来。两名综合评价不分高低的美女，就这么在对视中逐渐走近，而叶音竹恰好处在两人的中心位置。

"迪达。"安雅突然叫了一声。

"小姐。"迪达在一楼躬身行礼。

安雅淡淡地道："请客人们都离开吧，今天的所有消费算我的。"

"是，小姐。"迪达恭敬地答应一声，立刻和服务生一起向客人们表达安雅的歉意。

安雅的话众人自然都听到了，没有谁发出怨言，虽然有些不愿意，但众人还是一一起身离开了。

每天必到的老马走在最后，看了一眼和安雅相望的女子，道："安雅小姐，需要帮忙吗？"

安雅眉头微皱，说道："不需要。你走吧。"

老马轻叹一声，深深地看了安雅一眼，有些无奈地摇了摇头，这才转身离去。

此时，整个飘兰轩内，就只有叶音竹、服务生、安雅和那名女子。

“安琪，你来找我干什么？我们之间，早已经没有任何关系了。难道我到米兰帝国来你还不想放过我吗？”安雅的目光变得更加冰冷了。因为距离很近，就算隔着纱幔，叶音竹也能看到她们脸上的表情。此时，一向温柔的安雅看上去像是在强忍着愤怒，眼神冰冷得吓人。

安琪转过身，看向那棵巨大的古树，说：“我们真的没关系了吗？不管怎样，我们都是亲姐妹，这个事实怎么也无法改变，不是吗，我的妹妹？”

“谁是你妹妹？你不配！”安雅怒斥一声，一股无形的巨大压力从她身上骤然而出。

叶音竹虽然已经从赤子琴心提升到剑胆琴心，身上还穿着月神守护，胸前更是戴着可以在精神魔法中保持清明的心灵守护。但此时此刻，当安雅在愤怒中突然发威的时候，庞大的压力还是令他喘不过气来，身体完全僵硬了。

周围的一切在安雅所带来的巨大压力下仿佛已经完全塌陷，那种痛苦的感觉，根本无法用言语来形容。此时叶音竹所承受的，只是压力的一小部分而已。

安琪似乎并没有受到安雅所带来的压力影响，一层丝毫不弱于安雅的威压从她身上释放出来。她微微一笑，道：“妹妹，你的实力又进步了。看来，虽然你离开了家，但并没有影响到你的修炼。你应该知道我是为什么而来，交出那件东西，我以后再也不会来打扰你。”

在安琪与安雅带来的双重压力下，叶音竹仿佛感觉自己的身体要破碎了。幸好那救命的热流再次出现，才让他勉强支撑着没有倒下去。他不禁在心中暗想：安雅姐姐究竟有多强啊？

“你做梦！安琪，这里不是动手的地方，我们到城外去。”安雅的脸色变得更加难看了，眼神中流露出的尽是愤怒，但此时她似乎感觉到了叶音竹的痛苦，有些担忧地向纱幔处看了一眼。

安琪眼中光芒一闪，笑道：“那好，我们走吧。”庞大的气息骤然收敛。突然，她的身体像一抹幻影般闪过。纱幔中的叶音竹只觉得全身一紧，不论是斗气还是魔法力，在那一瞬间都被完全封印了。紧接着，腾云驾雾般的感觉令他精神一阵恍惚，原来安琪已经提着他飞出了飘兰轩。

没错，就是用飞的。海月清辉琴在叶音竹被抓起的一刻从膝上滑落，还好没有跌出平台，不至于摔坏。

“放下他，我们之间的事和他没关系。”安雅更加愤怒的声音在后面响起，她也在飞。是的，也在飞。

“音竹！”苏拉的惊呼声在渐渐远去。

周围能看到的一切都在闪电般消失着。叶音竹虽然身体动不了，但大脑还能思考。

她们为什么能飞？似乎自己的两位爷爷达到了紫级之后都无法飞翔。秦爷爷说过，只有风系魔法师才能凭借自身的魔法进行短距离飞翔。她们是风系魔法师吗？魔法的飞行速度有这么快吗？

此时的叶音竹，虽然心中充满了疑问，但丝毫没有担心自己的安全。

周围的景物风驰电掣般掠过，叶音竹什么也看不清，只能闻到安琪身上淡淡的香味。香味很好闻，似乎是一种纯天然的香料，只是她此时散发出的阴冷气息将整体的感觉破坏了许多。

虽然安琪的力量大得吓人，但她的身上很软，只可惜叶音竹现在的姿势实在不怎么舒服。

没过多久，安琪突然停了下来，身形在半空一转，落在地面上。周围是一片树林，叶音竹能够肯定的是，现在他们已经不在米兰城内了，至于这是哪里，他也不知道。

安琪将一只手扣在叶音竹的肩膀上，看着瞬间飘落地面的安雅道：“不要妄动，否则，我可不能保证你这小情人的安全。”

“他不是我的情人，只是我的员工，你放他走。”安雅冷冷地注视着安琪。

安琪微微一笑道：“真的不是吗？可是，在他演奏的时候，我从你脸上看到了前所未有的专注神情，你的眼神已经出卖了你。”

安雅眼中闪过一道厉光，说道：“你胡说什么？我和他怎么可能！难道你忘记了我们是多大年纪的人了吗？”

安琪道：“我当然没有忘记。不过，我们的年纪虽然不小，可按照比例来说，也不过就相当于三十岁的人类，还年轻得很。就算你的小情人渐渐老去，我们也不会有太大的变化，不是吗？”

“我们人类？难道你不是人类吗？”叶音竹有些好奇地问道，他现在能做的也只有说话了。

安琪面色一冷，不理叶音竹，向安雅道：“我再给你最后一次机会。交出那件东西，我就把你的小情人还给你，今后也不再打扰你的生活。否则的话，我就先杀了他，然后再从你手中抢。”

“不，那件东西我是绝对不会给你的，你不配。”安雅恨声道。此时，她仿佛想起了什么痛苦的往事，脸上优雅全无，冰冷得似乎能将空气冻结。

“那么，我就只有杀了他了。”说着，安琪扣住叶音竹肩膀的手骤然收紧，一股不可抵御的力道疯狂而出。那似乎是斗气，又似乎是魔法的特殊能量，顷刻间冲入叶音竹体内，好像要将他的身体撕碎。

“不要！”安雅失声惊呼，以闪电般的速度扑了上来。

安琪并不想这么快杀叶音竹，手上力道微微松了一点，带着叶音竹的身体飞速后退，躲开了安雅的袭击。

灼热的气流从四肢传来，肩头的剧痛似乎是引发这些热流的源头。澎湃的热力骤然上冲，使得叶音竹大叫一声，然后他那黑色的双眼瞬间变成了深紫色。月神守护迸发出一股充满弹性的力量，混合着特殊的气息，竟然把安琪的手从叶音竹的肩膀上弹了起来。

“啊！”安琪惊呼一声，没等她再做出反应，安雅已经全力扑了上去。两人的双手刚一接触就发出一阵轰鸣之声，两人同时飞速后退，而倒霉的叶音竹正好在她们碰撞中心不远处，顿时被一股强大的余震之力送了出去。

安琪飘落到地面，疑惑地看着自己的手。她怎么也想不到，叶音竹居然能够从她的掌中逃脱。

叶音竹虽然一直撞倒几棵大树才停下来，但在月神守护释放的乳白色光芒保护下并没有性命之忧，只有肩头受伤。他顿觉疼痛欲裂，尤其是之前安琪传入他体内的那股能量，依旧在不断肆虐着。幸好他的体内莫名的热流不断上涌，将那毁灭性的力量逐渐驱散。

叶音竹下意识地拉开身上的月神守护朝肩膀处看去，他惊讶地发现，自己的肩膀上竟然多了一层紫色的结晶。此时，那些紫色结晶的颜色正在逐渐变淡，缓缓地融入他的身体之中。

安雅一落地，几乎没有任何停顿，甚至没给自己缓口气的机会就再次腾身而起，身体在半空幻化出七道身影，从不同的方向朝着安琪攻去。

此时，安雅身上释放出的竟然是纯正的紫色光芒。紫级！没错，安雅就是一名紫级强者，而且她身上的紫色是如此浓重。

安琪哼了一声，道："不是说不是你的小情人吗？你这么拼命，不就是怕我伤害到他？你不愿意让我做什么，我就偏偏要做。"

安琪的双手在胸前微微一圈，一团紫色的液体在她身前流转。她所释放出的紫色元素的颜色深浅几乎和安雅一样，可见两人的实力相差不大。

如果此时弗格森在这里的话，一定会惊讶地发现，这两个看上去如此美丽而年轻的女子，竟然都拥有紫级八阶的实力。

没错，就是紫级八阶。

"音竹。"灵魂深处，似乎有人在呼唤他的名字。叶音竹清晰地感觉到，自己的身体仿佛被什么东西拽着瞬间抽离。眼前的一切顿时变得模糊了，周围一片空白，似乎有无数的光影从自己身边闪过。

安雅和安琪在能量碰撞前的瞬间都看到了这奇异的一幕——跌飞出去的叶音

竹竟然逐渐在淡化，最后完全消失了。

当周围的一切重新变得清晰时，叶音竹发现自己来到了一个陌生的地方。这个地方很冷，至少比他原本所在的地方要冷上许多。周围只有一片荒芜的丘陵，甚至还能看到远处的地面上残留的雪。此时他所在的地方正是一个小山包，这里还有一个人，一个叶音竹既熟悉又亲切的人。

“紫，我这是在哪里？”叶音竹惊喜地看着站在身边的高大身影，之前空间转换的不适应已经化为乌有。

紫看着叶音竹，他那深邃而沉静的目光中带着几分责怪，道：“这里是极北荒原。音竹，遇到危险为什么不召唤我？昨天如此，今天还是如此。你还当我是兄弟吗？”

此时，叶音竹恍然大悟。原来是紫通过两人之间的平等本命契约感觉到了自己有危险，所以才将自己召唤到了这里。叶音竹不知道的是，幸好紫将他召唤到了极北荒原，要不然，那两名紫级八阶的巅峰强者战斗时释放出的余波就足以令他受创了，就算不死也会重伤，更何况安琪已经将他当成了目标。

“不是的，紫。我们当然是兄弟。昨天是因为我有把握应对危险才没有召唤你，而之前的一切发生得实在太快了，我还没来得及召唤你。”说到这里，叶音竹有些不好意思地挠了挠头。

紫无奈地道：“音竹，你要记住，不论什么时候，只要你遇到了危险，一定要在第一时间召唤我，不要有任何顾忌。还好你这次不是在战斗中，否则的话，就算我想将你召唤过来也不可能了。”

“紫，先不说这些了。我在这边能待半个小时吧。我今天给你准备了个礼物，本来也是准备晚上召唤你到我那边送给你的。”

紫眉头微皱，说道：“礼物？我不需要礼物。”

叶音竹笑道：“虽然我不知道你能不能用，但我有感觉，这件礼物你一定会喜欢。不过，你可要小心了，它很大。”说着，他抬起自己带着空间戒指的左手，光芒一闪，一道无比巨大的暗蓝色光彩出现在两人面前。

巨大的物体出现，叶音竹惊呼一声。紫上前一步，用他的双手，硬生生地托住了即将倒下的物体，将它缓缓地放倒在地。

这正是叶音竹从米兰魔武学院藏宝库中得到的紫晶剑。随后，紫的目光再也离不开这柄巨剑了。

叶音竹此时惊讶得目瞪口呆。虽然他知道紫的力气很大，但他万万没有想到，紫居然能够凭借自己的双手托住这柄剑，还能将它稳稳地放到地面上，尽管看上去有些吃力，但紫毕竟还是做到了。

在将这柄剑收起来的时候，叶音竹试过移动它，但即使他用出了全部斗气，也没能让这柄剑移动分毫。

“紫晶！竟然是紫晶！”紫的声音充满了激动。

紫的双手缓缓地抚摸着紫晶剑的剑刃，他那双一直有着坚定目光的眸子此时多了一抹泪光，甚至连身体也在微微颤抖着。

“紫，你没事吧？可惜它实在太大了。我记得你上次想买一柄重剑。”说到这里，叶音竹不禁觉得有点不好意思，紫晶虽然是重剑，但也太重了点。紫在人类中虽然算是高大的，但在这柄剑面前实在太渺小了，以他的手掌甚至连粗大的剑柄都无法握住。

“音竹，谢谢你。”紫站起身。当他转过来面对叶音竹的时候，叶音竹惊讶地发现，紫的脸上竟然流下了两行泪水。

紫哭了。紫竟然为了一柄剑而哭了。

“紫，你怎么了？”

紫摇了摇头，一向冰冷的脸上露出了笑容，道：“我是太高兴了。音竹，这柄剑对我很重要，真的很重要。能不能告诉我，你是怎么得到它的？”

叶音竹点了点头，道：“当然可以。我获得了米兰魔武学院新生大赛的冠军，这是我的奖品之一。当时在藏宝库看到它的时候，我就觉得它很奇特，尤其是当我摸上剑刃的时候，我能感觉到它的威严和亲切。它的花纹在那时出现了变化，让我看到了上面的字，而这些是别人感觉不到的。看到它，不知道为什么我就想起了你，所以，我就选了它，准备送给你。可惜我的空间戒指是安雅姐姐送的，不能送给你。这么大的剑，你要怎么拿啊？”

紫笑了，这一次，他仰天长笑，仿佛内心的郁结在这一刻完全散发了一般。他有些疯狂地对着天空喊：“天意，这一定是天意将紫晶剑送到我身边。音竹，你知道为什么在你接触到它的时候会感觉到亲切吗？那是因为你身上有我的气息，平等本命契约使你拥有了我的一部分力量。”

叶音竹恍然道：“按照你这么说的话，我最近力量大增，还有我刚才肩膀上出现的那一层紫色晶体，都是源自你的力量了？紫，能跟我说说这柄剑的来历吗？我知道你身上有很多秘密。当然，如果不方便说的话，就算了。”

紫摇了摇头，道：“你身上的那些变化确实是因为我们之间的契约，同样，我也从你身上得到了不少好处。我能够给你增加的，就是防御和力量。现在有些事你还是不知道为好，我只能告诉你，这柄紫晶剑是我先祖之物，早已经遗失多年。你将它找回来送给我，就是我的恩人，也是……”

说到这里，他停下来，用一只手抓住叶音竹的肩膀，正色道：“音竹，我知道你有很多问题想问我。等你进入紫级的时候，我一定会把自己的一切都告诉你。你现在只需要知道，我是你的兄弟，永远的兄弟，就足够了。”

紫终究还是没有说出剑的来历，叶音竹也没有再问。紫得到紫晶剑的兴奋足以令他满足，就像他看着苏拉得到永恒替身傀儡以及天使叹息时一样。

紫大步走到紫晶剑前，伸出右手，手掌在剑刃上用力地一划，顿时，鲜血流淌而下。紫此时目光灼热，仿佛根本就不知道疼痛。他的手抚上了紫晶剑的花纹，从花纹的起点开始，按照纹路的顺序缓缓地抚摸，让他手上的鲜血完全沾染在那花纹之上。

叶音竹清晰地看到，紫手上流出的血竟然是淡紫色的。

“紫，你的血会流光的。”

“不会有事的。”紫继续着他的动作。他的目光很执着，以往的冰冷此时都变成了火热。

他那淡紫色的鲜血在流经剑身纹路之后竟然被直接吸了进去，而紫晶剑由原本的暗蓝色开始蜕变，璀璨的紫光逐渐从剑刃上释放出来，叶音竹曾经感受到的霸气再次出现，而且，这一次变得更加明显。

随着鲜血的流失，紫的脸色变得越来越苍白，但他的神情极为专注，叶音竹几次想阻止他继续下去，都被他拒绝了。

当那淡紫色的鲜血流过最后的纹路时，紫晶剑终于露出了它的本来面目。巨大的剑身，仿佛是一整块紫水晶雕琢而成，通透的紫光充满了强烈的杀气，十分霸道。在阳光的照射下紫光流转，此时此刻，它虽然只是躺在地面上，却仿佛就是天地的中心。

紫显得很虚弱，叶音竹还是第一次看到他如此虚弱。站直身体，他甚至有些踉跄，在叶音竹的搀扶下才能站稳。此时此刻，叶音竹却从他眼中看到了和身体状况截然不同的光彩。

低沉的咒语声从紫口中吟唱而出，语调非常怪异，低沉而浑厚，不属于叶音竹所认知的任何一种语言，听起来非常特殊。在紫抑扬顿挫的声音中，一层柔和的紫色光芒从紫身上释放出来，飘洒到紫晶剑之上，此刻，他们似乎能彼此沟通。

随着紫吟唱咒语的速度越来越快，他身上释放的紫光也变得越来越炽烈。令人震惊的一幕发生了，原本无比沉重的紫晶剑，在这时候竟然变得有些模糊，化为一团能量骤然释放，通过与紫之间的光芒逐渐融入了紫的身体之中。

第二十六章

飞瀑连珠琴的威力

虽然强烈的紫色光芒带来无比强大的力量，但叶音竹并没有受到太大的影响，或许是因为他与紫之间有平等本命契约。此时，叶音竹能清晰地感觉到，紫的力量变得越来越强大，一种极为特殊的元素气息，伴随着紫晶剑的紫色光芒，疯狂地向紫体内涌入。

紫身上的虚弱感随着紫晶剑的注入而逐渐消失，他的双眼变得越来越明亮，眼神也变得越来越犀利，全身骨骼不断发出噼啪声。虽然从外形上看，他的身体并没有变大，但在那紫色光芒的作用下，他的身体似乎正在发生质的变化。

灼热的气流突然从小腹处升起，令叶音竹放开了扶着紫的手。随着那股灼热的气流越来越强烈，叶音竹惊讶地发现，自己的斗气竟然受到这股热流的影响，疯狂地运转起来，就像一个饿了很久的人突然得到了大量食物一般，疯狂地吞咽着。

黄竹二阶斗气在这股热流的作用下不断飞速提升，令叶音竹大为吃惊的是，只是一会儿的工夫，他的斗气就已经冲破了黄竹三阶，向着四阶进发。

要知道，在正常情况下，竹宗斗气的修炼和大陆上其他斗气的修炼并没有什么不同，没有长时间的努力，想要进阶几乎是不可能的。不久前，他因为和紫之间的契约从一阶提升到了二阶，现在居然在这么短的时间内再次进化，这是叶音竹万万没有想到的。同时，叶音竹还发现，自己的身体似乎在那股热流的影响下开始出现了变化，就像紫一样，骨骼不断噼啪作响，一层淡淡的紫气出现在皮肤表面，就像莹润的晶体逐渐凝结一般。

热流游遍叶音竹的全身，给他带来了无比舒适和美妙的感觉。叶音竹没有动，他隐隐感觉到，正是因为紫的提升，他才一起得到了好处。

紫晶剑逐渐缩小，紫和叶音竹身上的紫气变得越来越浓郁。一块块清晰可见的紫色结晶像铠甲一样出现在紫的皮肤上。

紫的身体似乎变大了几分，他全身都在疯狂地吞噬着这股同源的能量。身体没有丝毫排斥，实力在不断地提升。

“音竹，我要沉睡一段时间。回去后，你要好好保重。”紫的声音在叶音竹的脑海之中回荡。

叶音竹也不知道过了多长时间，当他重新变得清醒时，自己身上的紫色气流已经完全消失了，所有的一切都恢复了正常。而此时，他发现身边的紫已经不见了，而且不知道什么时候，自己又重新回到了那片安琪和安雅战斗的树林之中。

叶音竹看看自己的双手，并没有什么变化，但此时，他感觉到自己的力量提升了，不仅仅是斗气的提升，同时还有肉体的提升，仿佛身体的每一部分都充满了爆炸性的力量。

叶音竹意念一动，黄竹斗气从体内散发而出，颜色比之前要深了许多。

从斗气的颜色和体内斗气的强度来看，叶音竹发现自己已经完成了三阶和四阶的飞跃，进入了黄竹五阶的境界。这种提升速度只能用“恐怖”来形容了。

如果按照彩虹等级来划分的话，那么叶音竹已经达到了青级中阶的水准，相当于天空战士中阶，距离叶重的斗气水平已经不远了。如果按照以前的修炼速度来看，没有五年的时间是不可能达到这样的水准的。

叶音竹的惊讶并没有持续太长时间，因为他被眼前的景象吓了一跳。

周围的树林已经不像他最初看到时那么完整了，到处都是断枝残叶，一片狼藉，空气中的元素波动极不稳定。

“安雅，你认输吧，你的魔法力是无法与我相比的。米兰城毕竟不是精灵森林，自然元素稀少使你永远也不可能追上我。交出那件东西，我看在姐妹情分上饶你一命。”

安琪的声音从不远处传来。叶音竹心中一动，赶忙朝着声音传来的方向悄悄地挪了过去。

眼前的一切令他大吃一惊。地面上不知道什么时候出现了一个直径超过百米、深十米的坑，空气中的魔法元素也完全乱了，安琪此时正站在巨坑的一边，与另一边的安雅遥相对望。两个人身上的紫色光芒都变淡了许多，安雅的脸色更是格外苍白。

不会吧，这是她们两个人战斗造成的结果？这也太恐怖了。叶音竹只觉得全身发冷。虽然他以前想过安雅的实力应该不错，但没想到她居然如此强大。

“安琪，就算你杀了我，我也不会把那件东西交给你。别忘了，你虽然比我强，但是，你想要杀我的话，也必然会付出巨大的代价。我想，这么长时间的拼斗，我们已经引起了米兰帝国的注意。用不了多长时间，米兰帝国的皇家魔法师就会赶到，到了那时候，你也别想离开这里。”安雅冷冷地看着安琪，一点也没有因为对方的威胁而退缩。

安琪冷哼一声，道：“那这么说，你是不肯了？”

安雅没有回答，依旧冷冷地看着安琪。

安琪突然笑了，妩媚的样子令在一旁偷看的叶音竹不禁一呆。

“安雅，刚才你的独角兽已经被我打伤，如果没有精灵森林的生命之水，它必死无疑。它已经跟了你两百年，难道你想看着它就那么死去？我可以用生命之水来和你交换那件东西，你看如何？”安琪说道。

安雅明显被惊到了，她怒道：“你真卑鄙！”

安琪微笑道：“那又如何？为达目的不择手段，一向是我做人的原则，否则的话，现在的精灵女王就应该是你而不是我了。妹妹，你是斗不过我的，以前是，现在也是。”

“你！”

听到“精灵女王”四个字，叶音竹不禁瞪大了眼睛，身体本能地移动了一下，发出一声轻微的响声。

“谁？”

安雅和安琪同时朝叶音竹那边看了过来。

巨大的压力丝毫不比他被紫召唤走之前的弱，幸亏他在紫吸收紫晶剑的时候得到了不少好处，身体强度和斗气都有了很大提升，这才没有出丑。

“安雅姐姐，是我。”

叶音竹觉得没有再隐藏的必要了，于是从树林中走出来。

“音竹，你没事吗？”

安雅一看是他，美眸中顿时露出一丝惊喜，赶忙将自身散发出的压力转向安琪，令叶音竹全身一轻，难以呼吸的束缚感立马消失了。

“哦，你的小情人回来了。刚才那似乎是传送魔法，没想到，他还是一名空间系的魔法师。但他实在太弱小了，就算加上他，你还是没有机会。”

安琪不屑地看了叶音竹一眼。此时叶音竹才发现，安琪脸上虽然一直挂着笑容，但眼神始终是冰冷的，那令人心寒的眼神不禁使他全身战栗了一下。

对于整个龙崎努斯大陆来说，紫级八阶绝对是巅峰强者实力的证明。不论叶音竹的斗气是黄竹二阶还是黄竹五阶，面对紫级八阶的超级强者，结果都不会有什么区别。

或许是因为看到了叶音竹没事，安雅的气势大盛，她身形一闪，从巨坑边缘飞跃而起，朝安琪扑了过去。

她可不想再给安琪一个暗算叶音竹的机会。在飞扑而起的同时，她喝道：“音竹，快跑，朝着南方跑，回学院去！”

两团紫色的光芒骤然碰撞，叶音竹能看到的只有两道幻影。

她们施展的似乎是魔法，又似乎是斗气。一圈圈狂暴的能量波动以她们碰撞的位置为中心，疯狂地向四周散发，似乎要将整个世界撕裂。

叶音竹没有走，反而在原地坐了下来。让他舍弃安雅，独自一人离去是不可能的。在他的认知中，根本就没有不战而退。明知道对手很强大，他也绝对不会抛下安雅一个人离去，更何况此时安雅的实力要略逊安琪一筹。

带着淡淡的忧伤，带着那抹绚丽的橙色，飞瀑连珠琴悄然出现在叶音竹的双膝之上。

即使已经不是第一次看到它了，但当它入眼之时，叶音竹的情绪还是因它而产生了波动。

叶音竹双手抚摸着琴弦，将外界的一切通通抛却。那拥有琴魂的琴弦柔韧而莹润，七股相同的精神气息顺着琴弦流入叶音竹的内心深处，那是飞瀑连珠琴发出的悲伤情绪。

八指悄然律动，爽朗动听的琴音叮咚响起。没有了以往的低沉吟哦，此时有的只是清亮而悠远的叮咚声，仿佛是飞流而下的瀑布，但又像是雄峻的高山，充满了巍峨之气。

从飞瀑连珠琴上弹出的每一声琴音都截然不同。那不再是让人倾听的乐曲，而是能够直接抵达人心最深处的琴声。

叶音竹弹奏的是《高山流水》，这首琴曲他苦练了很长时间，但以前不论他如何努力，都无法让这首曲子臻于完美。此时他做到了，不是因为他的技艺更高超了，而是因为他所用的是这张飞瀑连珠琴。

能够发挥出《高山流水》的完美效果的，就只有这飞瀑连珠琴。

一层层黄色的魔法琴音悄然释放，以叶音竹为中心，不断扩大着笼罩的面积。

飞瀑连珠琴太出色了，它的音质是以往叶音竹所弹奏过的任何一张古琴都无法媲美的。

心弦与琴弦的完美结合，令叶音竹能够把握住每一个音符的变化，哪怕是最简单的音符。叶音竹的双手不断变换着各种手势，以滚、拂、绰、注的特殊弹奏方法，逐渐将乐曲推向巅峰。

《高山流水》听在安琪耳中，就像晨钟暮鼓一般，不断地震慑着她的心弦。她突然发现，自己竟然无法专注于眼前的战斗，隐藏在脑海最深处的许多东西，正在逐渐出现在她的记忆之中。她仿佛又看到了自己小时候和安雅一起在精灵森林中无忧无虑生活的样子，仿佛又看到了精灵森林的美。所有的一切，似乎都是那么和谐。

安琪体内运行的斗气和魔法力在不知不觉之中飞快地衰减着，她的反应速度仿佛也开始变慢了。面对安雅的攻击，她的抵挡变得越来越困难，但奇怪的是，她并没有感觉到自己的变化。此时，她耳边只有那一曲用飞瀑连珠琴弹奏出的《高山流水》。

同样的乐曲，安雅听来却是截然相反的感觉。

原本安雅只剩下不足两成的斗气和魔法力，然而在《高山流水》的作用下，安雅体内斗气和魔法力的运行速度竟然提升了数倍。就连空气中的各种魔法元素，也在飞快地朝着她的身体集中，全身每一处机能都成倍激增。

伴随着逐渐急促却无比动听的琴音，安雅惊讶地发现，自己似乎不是在攻敌，而是在那琴曲中跳舞。一道道璀璨的紫色光芒已经将安琪完全压制，正逼迫着安琪节节后退。

此时，叶音竹的手势变了。雄峻巍峨的高山已经在乐曲中消失，而那叮咚作响的水，却飞流直下。

七十二滚拂流水正是这一曲《高山流水》中最重要的手法。叶音竹第一次在使用这手法的时候没有任何犹豫，双手八指一气呵成，行云流水一般在飞瀑连珠琴上律动而过。

叶音竹顿时将整首乐曲推向了最高潮。而安雅的双手，也在这时印上了安琪的身体。

安琪闷哼一声，身体如同箭矢般飞退，接连撞倒十余棵大树才摔倒在地，鲜血夺口而出，脸色霎时变得一片惨白。

《高山流水》的余韵在空中飘荡。叶音竹的双手轻轻地抬起，再轻柔地落在琴弦上，令余音退去。

叶音竹深吸一口气，此时他觉得很舒服，似乎比体内热流将自己的实力提升至黄竹五阶还要舒服。神器级别的飞瀑连珠琴，不仅让他完美地弹奏出《高山流水》，同时也使他的琴魔法有了大幅度的提升。

叶音竹的魔法力和紫级八阶强者的魔法力相比毕竟还是差得太远了。琴音刚结束的时候，安雅和安琪就同时从乐曲中清醒了过来。

"不，这不可能！"安琪再次喷出一口鲜血，一脸不可思议地瞪着远处的叶音竹。此时，她的眼眸深处多了几分慌张。

安雅的惊讶不在安琪之下，她低头看向自己的双手，惊讶地发现和安琪的一战结束之后，自己体内的斗气和魔法力并没有耗尽，而是在缓慢地恢复着。不用问她也知道，原本应该是输家的她，正是因为叶音竹那一首奇妙的乐曲而战胜了安琪。

"你输了，这就是事实。"安雅冷冷地看着安琪。

安琪有些困难地站起身，说道："我输了，是的。我输了。但我并不是输给了你，而是输给了他，输给了他的琴。可是，这怎么可能？他的精神力与我们之间的差距根本无法计算。他的琴却依旧影响到了我。"

安雅眼中闪过一道杀机，但很快就消失了，她轻叹一声，道："留下生命之水，你就可以走了。我不想再看到你，也不会杀你。"

安琪笑了，她的笑容很灿烂，但眼中的冰冷变得更加浓重了，她说道："你还是那么软弱，还是像以前那样只会看着机会从自己手中溜走。我走了，不过，我还会再回来的。"她的目光最后落在叶音竹身上。而此时，叶音竹也正好睁开双眼。

安琪眼底闪过一抹淡淡的惊讶，因为她发现，叶音竹仿佛忘记了自己身处什么地方。他的气质是如此优雅，动作流畅而和谐，仿佛与周围的一切完全融为一体，尤其是他和他膝上的古琴，就像是一个完美的整体。他的眼神如此清澈，即使是这个世界上最纯净的水晶也无法相比。那是一双完全没有杂念的眼睛，安琪有生以来第一次见到这样的眼睛。

安琪扔给安雅一个巴掌大小的水晶瓶后就走了。虽然身受重创，但她离开的速度还是令人惊叹。她今日之败，证明了神音师的强大，或者说是琴宗名曲的强大。

《高山流水》作为琴宗九大名曲、三大神曲之一，主要效果为虚弱、增幅。

在九大名曲之中，有六首琴曲都只有一个效果，另外的三大神曲有两个效果，《高山流水》正是三大神曲之一。《高山流水》虽然没有直接的攻击力，但可以通过琴曲的变化，令对手产生幻觉而变得虚弱，与此同时，也可以令听到琴曲的人的实力不断增强。这一切视弹奏者对乐曲的控制而定。

以叶音竹现在的实力，如果没有飞瀑连珠琴，他根本不可能发挥出《高山流水》的效果。即使借助了神器，以他的精神力，最多也只能控制着《高山流水》影响十个人，或者说十个生物，再多他就无法控制虚弱和增幅两大效果了，从而导致只能在一定范围内发挥一种效果。

神音师和普通魔法师最大的不同就是，普通魔法师一旦发动了大型魔法或者越阶魔法，会变得极度虚弱，而神音师虽然也会耗尽魔法力，但精神上是无比愉悦的，尤其是像叶音竹现在这样完成了自己梦寐以求的琴曲。

其实，以叶音竹的实力，即使凭借飞瀑连珠琴弹奏出《高山流水》，也不可能对安雅姐妹这种紫级中的巅峰强者产生影响。他之所以能成功，是因为她们在他离开的那段时间拼得太凶，两人的消耗都比较大，并且在彼此的压力下又对他没什么戒备，所以才会产生这么好的效果。

“音竹，谢谢你。你的琴弹得真好。”安琪离去，也带走了安雅的冰冷。虽然她现在身上的衣裙多处破损，看上去有些狼狈，但仍然掩盖不住她散发出的华贵之气。

“安雅姐姐，你没事吧？”叶音竹关切地问道。精神的愉悦和魔法力透支而产生的眩晕感令他处于一种奇妙的境界。

安雅微笑着摇头，道：“我没事，只是连累你了。音竹，今天不论你听到了什么，都忘记吧。不要告诉别人，好吗？”

“好。”叶音竹点了点头。

“帮我护法，我要给我的伙伴治疗。”安雅双手在胸前划过，一个淡紫色的六芒星出现。光芒一闪，她身前已经多了一只魔兽。

这还是叶音竹第一次见到如此神骏的魔兽。那魔兽的样子虽然像马，但和普通的马截然不同，它比叶音竹见过的角马大一倍，全身上下都是一片雪白，一根修长的独角生长在它的头顶，角呈螺旋状，闪烁着微弱的乳白色光芒。最为特别的是，它竟然有一双巨大的雪白的翅膀，收拢在身体两边，极为漂亮。此时，它那原本应该清澈透明的双眼变成了灰色。叶音竹能够感觉到，它身上的生命气息正在不断流逝。

安雅怜惜地抚摸着它的大头，向叶音竹道：“你不是说过想看看我的魔兽吗？它就是我的伙伴，名字叫牧，是一只九阶独角兽。我知道你心中有许多疑问，等我治好它后，我会告诉你的。”说着，她打开安琪给的那个瓶子，将里面的液体倒入牧的口中。

那通透的液体带着一股纯粹的大自然的气息，令叶音竹感到心旷神怡。

原本萎靡的独角兽在喝下生命之水后顿时一变，眼中的灰色开始发生变化。

安雅抬起一只手按在独角兽的额头上，紫色光芒不断从她手上发出，注入独角兽体内，催动着生命之水的效力来治疗独角兽身上的伤。然而那紫色光芒的暗淡程度，完全显示出安雅现在的虚弱程度。不过，令她有些意外的是，面对独角兽，叶音竹却像个没事人似的，一点也没有受到牧的气息的影响。虽然独角兽是九阶魔兽中最为温和的一种魔兽，但它的威压也不是普通人能够承受的。

牧很漂亮，尤其是它身上那股圣洁的气息，令叶音竹目不转睛地看着。他觉得牧给自己一种很舒服的感觉，至少比之前见过的那些龙感觉要好得多。

安雅的能量输出越来越弱。终于，当那紫色光芒消失时，牧眼中的灰色褪尽，恢复了原本的清澈的澄蓝色。

安雅轻声道："牧，睡吧。一觉醒来之后，你就会恢复正常了。"淡紫色的六芒星再现，牧用它的大头在安雅肩膀上轻轻地蹭了蹭，这才消失在六芒星之中。

"安雅姐姐，小心！"叶音竹飞快地上前一步，扶住险些摔倒的安雅。此时的她脸色已经变得一片苍白，气息也十分微弱。

"很久没有虚弱的感觉了。音竹，送我回飘兰轩吧。就把我放在你弹琴的地方。现在我已经走不动了，需要休息，只能麻烦你背我了。"安雅的声音即使很低沉但依旧是那么温柔。

"好。"叶音竹虽然消耗了很多魔法力，但他还有斗气。黄竹五阶的实力和亢奋的精神令他的状态没有下滑。他收好自己的飞瀑连珠琴，一弯腰，将安雅背了起来。

安雅很轻，背在身上仿若无物，这是她给叶音竹的感觉。如兰似麝的香气因为她在战斗中体温的升高而比以往散发得更加明显，闻起来非常舒服。

"往南走，音竹。"安雅指了指方向。虽然叶音竹的背不是很宽阔，但趴在他背上的安雅觉得十分安心。

在她心中，一直将叶音竹当弟弟看待，因为叶音竹是唯一一个令她不会反感的男性人类。他的赤子之心和单纯，以及他那动听的琴音，都是她欣赏的。

"音竹，你不用太着急，刚才你也消耗了不少魔法力。你慢慢走，听姐姐给你讲个故事吧。"安雅靠在叶音竹的肩头上，或许是因为许多年没这么虚弱过，此时，她的目光显得有些迷离。

"安雅姐姐，要不你先休息一会儿？"叶音竹建议道，他觉得安雅现在非常需要自己的保护。

"音竹，你知道精灵吗？"安雅问道。

叶音竹点了点头，道："爷爷说过，精灵是一个高贵的民族。他们与世无争，爱好和平，最讨厌战争，只生活在原始森林中，是大自然的孩子。只是我从没见过精灵。"

安雅轻轻地绾起自己的长发，露出了一双尖尖的耳朵，叶音竹没有看到，此时她已经沉浸在自己的回忆之中。

“四百多年前，在广阔的精灵森林之中，诞生了一对孪生姐妹。她们是精灵女王的孩子，也是整个精灵族的骄傲。过人的天赋，令她们在很小的时候就拥有了超越同龄族人的实力。孪生姐妹心地善良，她们每天都在与大自然的元素进行沟通。每一个精灵族人都相信，精灵族的未来必然会在她们的带领下更加安稳，和平也将永远持续下去。”

说到这里，安雅停顿了一下。

“精灵和人类不一样，他们的寿命是人类的十倍。普通人类能活到八十岁左右，即使是强者，也很难超过一百五十岁，而精灵却可以活到八百岁。这对孪生姐妹作为精灵王族后裔，更是拥有一千五百岁的悠长寿命。那一年，她们都已经两百岁了，在精灵中，两百岁相当于人类的十五岁，刚刚算成年而已。孪生姐妹开始对精灵森林平和的生活产生厌倦，于是她们违背了母亲的叮嘱，悄悄地离开了那片大森林，来到了人类世界。”

“精灵森林不好吗？她们为什么要走？”叶音竹好奇地问道。

“其实也不能怪她们。即使精灵森林再美，在同一个地方生活两百年，任何人都会感到厌倦吧。她们来到了人类的国家，立刻就被人类世界的繁华所吸引，周围到处都是她们从未见过的新奇东西。

“一时间，姐妹俩逐渐迷失，她们忘记了隐藏自己是精灵的秘密。精灵不论是男性还是女性，都是非常美丽的，而作为精灵王族血脉的传承者，这对孪生姐妹更是相貌出众。很快，她们就被居心不良的人盯上了。可惜，那些坏人不知道姐妹俩并不像表面看上去那么简单，她们都有着紫级初阶的强大力量。因为从没有在外界使用过自己的力量，孪生姐妹一不小心释放出了强大的魔法，杀了那些坏人。那也是她们第一次杀人。”

叶音竹惊呼一声，道：“啊！精灵是爱好和平的，杀了人，她们一定很痛苦。”

安雅叹息一声，道："你说的不完全对。当时的姐妹俩，是两种不同的反应。妹妹很害怕，甚至想立刻回精灵森林去，她已经认识到了外界的可怕。而姐姐却很兴奋，她的心已经开始背离精灵的原则了。这一对并蒂莲，有生以来第一次出现了分歧。那次分歧让她们分道扬镳，姐姐进入了人类世界，妹妹却在恐慌中回到了精灵森林。

"一晃就过去了十年。十年的时间，姐姐在人类世界闯下了很大的名声，凭借着她的美貌和紫级的实力，成为一代强者。妹妹却因为违背了母亲的命令，回到精灵森林后受到了禁闭的惩罚。"

叶音竹道："那精灵女王为什么不把姐姐也带回去呢？"

安雅微笑道："那是因为精灵女王是不能离开精灵森林的，她必须守护自己的族人。而除了她以外，也没有其他精灵能够制伏姐姐，所以就一直拖延下去。"

"十年后，精灵女王突然去世了。就在她临终之前，姐姐突然回到了精灵森林。此时，她的实力竟然比以前增强了很多，达到了紫级三阶。十年时间，力量增强这么多，是难以想象的。面对精灵女王的死，姐姐显得很漠然，甚至没有一点伤心。她还违背了精灵女王最后要将王位传给妹妹的决定，公然与妹妹争夺精灵王之位。"说到这里，安雅的声音已经变得激昂了许多。

"她怎么能这样？难道她忘记了两百年的姐妹之情吗？"叶音竹有些愤怒地道。

"我不知道。直到今天，我依旧不知道。"安雅的眼睛湿润了，声音中充满了悲伤。

"与世无争的精灵族在姐姐狠辣的手段之下很快就臣服了。妹妹败在了姐姐手中，单纯的妹妹被驱逐出了精灵森林，永远也不能返回。但是，姐姐不知道精灵女王在临死之前，将精灵族的象征——生命之种，悄悄地放在了妹妹身上。等她发现的时候，妹妹已经远去。

"之后的两百年，姐姐四处寻找妹妹，想要夺回生命之种。而妹妹却在人类世界中一天天地成熟起来。她想到了母亲死得很蹊跷，想到了姐姐的种种异常。她知道，母亲的死一定与姐姐有关。但是，即使知道又有什么用呢？她不是姐姐的对手，只能不断地逃，在大陆各国辗转。

“后来，她好不容易找到了一个安静的地方停留下来。为了能够查清母亲死亡的真相，妹妹修炼得比以前更加刻苦，与姐姐之间的差距也变得越来越小。两百多年就这么过去了，当有一天，妹妹觉得自己有挑战姐姐的实力时，她返回了精灵森林。此时的精灵森林，已经完全变了样，以往的平静和谐不见了，有的只是肃杀之气。自称为精灵女王的姐姐，竟然将精灵族的族人们训练成了军队。”

第二十七章

银龙刺客的诞生

安雅痛苦地道："精灵森林还是那么美，它并没有变，但精灵们已经失去了自我，完全变成了被姐姐操控的工具。妹妹愤怒了，她向姐姐发起了挑战。就算不寻找母亲死亡的原因，她也要将精灵森林从姐姐手中夺回来。只有那样，精灵们才能恢复原本平静的生活。

"同样是紫级七阶的姐妹，足足战斗了三天三夜。妹妹的实力依旧弱于姐姐，在生命之种的保护下，妹妹才保住性命，带着不甘和痛苦又回到了人类世界。这一次她虽然败了，但也弄清楚了很多事。

"原本和她一样，只是掌握自然元素中水元素的姐姐，竟然拥有了暗元素的力量。姐姐的邪恶与暴力绝对不是精灵原本就拥有的。这时候，妹妹明白了一切。但是，真相如此残酷。因为就算她知道是谁将姐姐变成这样，也知道是谁在幕后主使这一切，却没有报仇的力量，所以她只能忍耐，只能等待，努力修炼，希望自己有一天能够变得更强。"

"是谁？是谁毁了精灵族？"叶音竹清澈的眼眸中充满了愤怒和杀气。

安雅笑了，她的笑容是如此凄美。

"在这片龙崎努斯大陆上，只有一个人能够奴役姐姐，并且教她使用暗元素，那就是法蓝七塔暗之塔的主人，因为只有他才能修炼到那样的境界。"

“暗之塔！”叶音竹惊呼一声。

“是的，就是暗之塔。除了暗之塔的主人，谁还能拥有这样的实力？”安雅的温柔不见了，剩下的只有深深的怨恨。

一直以来，叶音竹对于法蓝七塔都只有一个模糊的印象。听了安雅的故事，在他单纯的内心之中，法蓝七塔的形象顿时偏离了中心的轨道，向阴暗面倾斜。

“想必你已经猜到了，故事中的姐姐就是今天来找我的安琪，而我，就是那个妹妹。可悲啊！就算已经拥有了紫级八阶的实力，我依旧没有和她抗衡的力量。更不用说她背后的暗之塔了。我几乎可以肯定，母亲的死也和暗之塔的主人有关。那时候母亲才八百岁啊！”说到这里，安雅已经泣不成声。

“安雅姐姐，别哭了，以后我一定帮你报仇。”叶音竹坚定地说道。

安雅只是微微一笑，并没有说什么。她作为紫级八阶的强者，想要报仇都遥遥无期，叶音竹的琴音虽然奇特，但还是差得太远了。她没有想到，当有一天她真的走上暗之塔的时候，正是跟在这个背着她的单纯少年身后。

突然，安雅脸色微微变了一下，低声道：“音竹，快，我们先向西走，绕点路。我不想让米兰帝国的人看到我现在这副模样。”

“哦。”叶音竹答应一声，朝西边飞驰而去。

他们刚刚离开，一队足有百人的龙骑兵就在隆隆巨响之中飞驰而来，冲在最前面的正是银星龙骑将、紫罗兰家族的奥斯丁。

因为绕路，叶音竹背着安雅回到米兰城的时候已经是傍晚了。

“音竹，放我下来吧。”安雅拍了拍叶音竹的肩膀。经过路上这段时间的休息，她的体力和能量都恢复了一些。连她自己也有些惊讶能恢复得这么快，但转念一想，应该和叶音竹之前弹奏的那首琴曲有关。

“安雅姐姐，我可能有一段时间不能来上班了。”叶音竹道。

“为什么？因为安琪？你别担心，同样的事我一定不会让它再次发生的。”

“不，当然不是。米兰魔武学院要组织学员参加即将开始的秋季保卫战，我可能会入选。”

听他这么一说，安雅的脸色好看了许多。

“原来是这样。音竹，你的琴音真的很奇妙。哦，对了，姐姐上次说过要送你一只魔兽，这次正好兑现吧。我们走。”说完，不等叶音竹回答，安雅就拉起他的手疾行起来。紫级八阶的实力果然恐怖，短时间的恢复虽然没能让安雅重新拥有飞行的能力，但拉着叶音竹专找人少的路疾行，也比之前叶音竹背着她走的时候快多了。

“音竹！”苏拉惊喜地看着叶音竹和安雅一起归来，立马迎了上去，他手里还抱着叶音竹的海月清辉琴。

苏拉先把琴交还给叶音竹，双手抓住叶音竹的手臂看个不停。苏拉的脸色看上去有些苍白，他似乎非常疲倦。

安雅微微一笑，道：“放心吧，他没事。你们两个都跟我来吧。”她一边说着，一边不着痕迹地松开了握住叶音竹的手。

自从叶音竹被安琪带走后，苏拉就全力追赶上去，可是，苏拉的速度又怎么能和安雅姐妹相比呢？只是几次眨眼的工夫，他就被甩开了。他近乎疯狂地四处寻找，一直找到城外，始终没有线索。无奈之下只能回到飘兰轩等待，并祈祷着叶音竹没事。

令叶音竹有些惊讶的是，他们走进飘兰轩后，服务生们都没有多问什么，只是简单地向安雅问好。

安雅带着两人来到三楼，这还是叶音竹和苏拉第一次来这里。

飘兰轩的三楼很空旷，甚至连一个房间都没有，周围只是用纱幔阻隔着。在安雅的带领下，三人穿过纱幔，顺着一条小路来到了一个特别的地方。

飘兰轩是以古树为中心而建造的，而这条小路，或者说是一座小桥，延伸到了古树那巨大的树冠之中。因为树冠很茂密，所以从下面根本不可能看到上面还有座小桥。

走进树冠，周围尽是粗大茂盛的枝叶。这里不仅空气清新，而且还有着勃勃的生机。小桥的尽头就是巨树的树干，至此前方已经没有路了。

“开启吧，生命之门。”安雅低吟一声。她面前那粗糙的树干突然亮起一道淡绿色的光芒，一扇特殊的门悄然打开。叶音竹和苏拉带着惊讶跟在安雅身后，一起走入了这个奇妙的世界。

里面并不大，只是一个房间，大约有三十平方米，这里才是安雅真正的住处。简单的木床、木桌，还有一些特殊的东西摆放在周围。最令叶音竹惊喜的就是这里有怡人的自然气息，仿佛每一次呼吸，都会令自己的身体变得更加舒爽。尤其是体内木属性的竹宗斗气，在这种环境下，自行运转，贪婪地吸收着自然气息。

“天已经很晚了，我需要休息，就不多留你们了。音竹，这个给你。”说着，安雅从桌上拿出一个人头大小、乳白色的蛋，递到叶音竹手中。

“这是？”叶音竹将蛋接了过来。突然，他感觉到了心跳，不是他自己的，而是蛋的。纯净的元素气息不断地从蛋中释放出来，气息中不止一种元素，而是包含了所有魔法元素。乳白色的蛋壳上有一道道银色的纹路，随着魔法元素的波动闪闪发光。

“这是我送给你的礼物。你需要一只强大的魔兽，它应该很合适你。”安雅微微一笑，看着这个蛋，眼中流露着柔和的光芒。

“银龙蛋。天啊！”苏拉无法克制地惊呼一声，目光再也无法从这个蛋上移开了。

安雅看了他一眼，说道：“我因为信任音竹，所以才让你也来到这里，希望你不要将今天所见到的一切说出去。”

苏拉眼神有些复杂地看了安雅一眼，他当然知道银龙蛋有多么珍贵。能够将这么珍贵的东西拿来送人，又有着无比强大的实力的安雅，在他心中已经成了一个谜。

“安雅姐姐，这个蛋里的东西是银龙吗？”叶音竹轻轻地抚摸着蛋壳问道。

安雅微笑着颔首，道：“是的。只要你跟它签订了契约，这个已经在生命古树中孕育成熟的龙蛋就会孵化。银龙有魔法龙之称，魔法能力极强，成年的银龙，即使是我也未必能够抗衡。我已经有了牧，不需要它了，就送给你吧。

“我知道你生性善良，放心，这个蛋是我以前捡的。当时它的父母都受了重伤，临终之前将它托付给我。银龙如果自然生长，没有上千年的岁月根本不可能成年。而当它与人类签订契约之后，就可以通过契约的力量，吸收一些魔法物品上的魔法力来促进自己生长。我想，它一定会成为你最大的助力。你把它带在身边，即使是幼年的银龙，也足以震慑许多低阶魔兽了。”

“安雅姐姐，谢谢你。可是，我不能要。”叶音竹摇了摇头，将银龙蛋递给安雅。

安雅皱眉道：“虽然银龙蛋很贵重，但你今天救了我，就算是给你的报酬吧。何况，这是我早就答应过你的。”

叶音竹微微一笑，道：“不，不是因为它的贵重，而是因为我已经无法签订契约了。”他连神器都能随便往外送，安雅送他东西他也没觉得有什么不妥，只是他要不了。

安雅心中一惊，说道：“难道你已经有了自己的魔兽？”她不禁担心起来，她最怕的就是单纯的叶音竹会和低阶魔兽签订契约。

“不，不是的，我没有魔兽。只是我已经和我最好的朋友签订了平等本命契约，所以我不能与魔兽签订契约了。”

“平等本命契约！”安雅惊呼一声，她比任何人都知道这个契约的效果。

“你怎么会？是谁告诉你这个契约的？难道你是和他签的？”她看向苏拉。

苏拉摇头道：“不是我。”

叶音竹道：“安雅姐姐，还记得我今天消失了吗？就是我的契约伙伴感觉到我有危险，将我召唤走了。”

安雅轻叹一声，道：“看来，你真的和魔法龙无缘了。不过，真没想到，你居然能够与人签订失传已久的平等本命契约。据我所知，这个契约当初属于一个一脉相传的强大家族，只可惜这个家族已经五百年没有出现过了。如果你的朋友真的是这个家族的后裔，那么，恐怕整个北方的格局都会因为你的朋友而改变。告诉我，你的朋友叫什么名字？”

“他叫紫。”叶音竹并没有隐瞒。

安雅失声道：“紫？那就没错了，他肯定属于那个家族。真没想到，这个家族居然还有后裔存在。”

苏拉好奇地道：“究竟是一个什么样的家族？难道这个家族能和银龙城相比吗？”

安雅看着叶音竹，眼中闪过一丝奇异的光芒，说道：“紫是不是没有告诉你他的来历？”

叶音竹点了点头。

安雅道：“那么，我也不能说。当你该知道的时候，他一定会告诉你的。好了，你们走吧，我有点累了。”

“那这个银龙蛋？”

安雅微微一笑，道：“我送出去的东西是从来不会收回的，记得送你戒指的时候我就已经说过。现在它已经属于你了，怎么处置都随便你好了。不过，不论将来这银龙属于谁，都必须时刻准备迎接来自银龙城的问询，到时候你只要把这块鳞片给银龙城的人就行了。这是这个银龙蛋的父母临死前留下记忆的逆鳞，有它在，银龙城的人就不会误会。”她一边说着，一边从空间戒指中取出一块圆形鳞片，将它交给叶音竹。

“那就谢谢你了，安雅姐姐。”叶音竹也不再拒绝。看着安雅充满疲倦的双眼，叶音竹将蛋和鳞片收入空间戒指后，就和苏拉一起离开了。

他们刚走，一个柔和的声音就从树墙的一侧传来：“姐，你还真舍得啊！那可是银龙，还不如给我。”一道身影从树墙中出现，逐渐变得清晰起来，竟然是服务生总管迪达。

安雅轻叹一声，道：“你啊！目光也太短浅了。难道你看不出音竹有多大的潜力吗？今日我与安琪一战，是他在最后帮了我。没想到，我即使在生命古树中修炼，还是比安琪弱了一些。”

“什么？你说音竹能够帮你击败安琪？”迪达眼中充满了难以置信。

安雅颔首道：“我从没有听过那么动听的琴音，那种发自内心的震撼，连我在虚弱状态也把持不住。音竹心地单纯，除了你是我弟弟的事情以外，我没有对他隐瞒什么。刚才我们的对话你也听到了，现在居然还有紫晶一族的后裔存在，而且还是他的平等本命契约伙伴，或许，我们的仇真要指望音竹来帮我们报了。银龙就算我给他的报酬吧。”

迪达点了点头，道：“姐姐，我明白你的苦心，和音竹打好关系对我们的未来很有好处。”

安雅微微一笑，道：“傻弟弟，不要那么功利。在我心中，他也是我的弟弟。不论什么时候，音竹与我们都在同一战线，只是希望他快点成长起来吧。安琪已经找到了这里，你去准备一下，一定要注意隐藏好你的气息。她来找生命之种，也就是来找你的。”

“我会的。不过，紫晶一族真的那么强大吗？”迪达刚问完这句话，就在安雅的眼中看到了一丝恐惧。

“以后你会知道的。”

“音竹，今天到底发生了什么事？”

“音竹，安雅小姐的实力到底有多强？”

“音竹，那个女人是谁？”

“音竹，你们后来去了哪里？”

“音竹……”

自从离开了飘兰轩，苏拉的问题就没有停止过。在他的不断轰炸下，两人终于回到了宿舍。

“苏拉，我答应过安雅姐姐不能说的，别让我为难，好吗？”叶音竹苦笑着摇了摇头。

“不好。难道你不知道我好奇心很强吗？我这是在关心你啊！”苏拉摆出一副委屈的样子。

叶音竹突然笑道："我有办法让你不再问下去。"

"嗯？"苏拉一脸不满地看着他。

光芒一闪，硕大的银龙蛋出现在叶音竹手中，他说道："给。有了它，你不会再继续问了吧？"

"你要把银龙蛋给我？你没发烧吧？我的散财童子先生。"苏拉呆呆地看着他。

叶音竹耸了耸肩，道："反正我要它也没用，只能用它堵住你的嘴了。"

苏拉苦笑道："你见过一个刺客用龙作为魔兽的吗？"

叶音竹摇了摇头，道："我连真正的刺客都没见过。不过，谁规定刺客就不能有一条会魔法的龙呢？它至少可以在你完成刺杀之后掩护你撤退吧。"

苏拉瞪大了眼睛道："要是有了银龙，我还当什么刺客，不如改当战士好了。不要，不要，你自己留着吧，或者愿意送谁就送谁。"

叶音竹挠了挠头，道："紫好像不太喜欢龙。除了你和他，我还能送谁？"

苏拉哼了一声，道："你认识学院中那么多女孩子，随便送一个人好了。"

叶音竹眼睛一亮，道："对啊！我们神音系的女孩子防御力都比较差，要是有龙当坐骑，魔法就能发挥作用了。"

"你真的要把银龙送给她们？"苏拉突然明白，面前这个呆子根本就不知道什么叫气话。

叶音竹莫名其妙地问道："不是你刚刚建议的吗？"

苏拉突然一伸手，一把将银龙蛋从叶音竹怀中抢了过来，说道："我改主意了，我要。"

"那这个也给你。"叶音竹将那块银龙逆鳞也递给他，一脸的笑意。

"你刚才唬我的，对不对？"苏拉疑惑地看着他。

叶音竹一副无辜的样子，说道："没有啊！不过我想，以你的个性，你肯定没那么大方。"

苏拉用力踩了叶音竹一脚，说道：“便宜别人不如便宜我好了。龙刺客，不知道我这个新的职业算不算鸡肋？”

叶音竹笑道：“不如我们现在把它孵化出来吧，看看小龙是什么样子？”

苏拉点了点头，契约咒语是大陆上每一个人都会的。虽然苏拉并没有属于自己的魔兽，但是面对银龙这样的魔兽，他也会毫不犹豫地使用自己这唯一的契约机会。

苏拉的神色变得凝重几分，他咬破手指，将一滴鲜血滴落在那闪烁着银色光芒的龙蛋上，低吟道：“以我的鲜血为引，见证亘古不变的契约，你我将心灵相连，血脉相通，永不离弃。”

鲜血慢慢渗入蛋壳。在苏拉完成咒语的瞬间，一团银色光芒勃然而出，将他与蛋完全笼罩在内。空气中所有类别的魔法元素在这一刻都沸腾起来，银龙蛋释放出的光芒有如海纳百川一般，吞噬着这些元素中的能量。

在一股独特的能量的牵引下，苏拉只觉得自己的精神中似乎多了些什么。心灵与血脉，在这一刻与那银光中释放的生命气息完全相通。

轻微的破碎声响起，银龙蛋的蛋壳顶端出现了一个细小的裂痕，紧接着，裂痕逐渐变大，随着银色光芒越来越耀眼，裂痕已经遍布整个蛋身。

“砰”的一声，在叶音竹和苏拉的注视中，一个银色的小龙头从蛋壳中钻了出来，它那亮晶晶的大眼睛清澈而又迷茫。它张开嘴，一口就咬在了蛋壳上，“咔嚓咔嚓”，脆响不断传来，它竟然就那么把自己的蛋壳给吃了。

随着蛋壳的消失，小银龙的全身也逐渐露了出来。

小银龙的身体伸展开有半米多长，全身密布着银色的圆形鳞片，四只小爪子不安分地乱动着，一双翅膀轻轻地拍打并逐渐展开，看样子它暂时是飞不起来的。

不知道蛋壳是不是大补，当小银龙将整个蛋壳吃完之后，它的身体明显变大了几分。

在契约的牵引下，小银龙找到了苏拉。它眨了眨那双漂亮的大眼睛，用可爱的小脑袋在苏拉胸前蹭了蹭，叫了声“妈妈”，声音中充满了童稚。

叶音竹一愣，苏拉则羞得满脸通红。

“哇，它会说话啊！可是它怎么叫你妈妈？”叶音竹惊讶地道。

苏拉宠溺地摸着小银龙的头，尴尬地道：“或许是因为它把见到的第一个生物认成了母亲吧。小东西，以后我就叫你银币好不好？”

“苏拉你也太贪财了。”叶音竹有些替小银龙打抱不平。但令他大跌眼镜的是，小银龙竟然兴奋地点着头，似乎很认可这个名字。有件事叶音竹不知道，龙这种生物和苏拉有一个共同爱好，那就是喜欢财富。虽然它还小，但作为拥有高等智慧的银龙，已经知道自己喜欢什么了。

苏拉笑道：“你看，它很喜欢这个名字呢！就叫银币好了。”

苏拉是刺客，并不是魔法师，所以他没有属于自己的空间，只能把小银龙放在自己床上，和叶音竹一起兴奋地看着那可爱的小家伙。

“苏拉，你说它怎么生下来就会说话呢？”

“你笨啊！银龙可是龙族中最高等级的龙，除了传说中的神圣巨龙，它就是龙族甚至是所有魔兽中的巅峰存在，当然是一出生就能说话了。只是不知道它什么时候才能成年。”

叶音竹笑道：“无论怎样，你现在也是大陆上的第一名龙刺客了，还是银龙刺客。”

苏拉轻轻地抚摸着银币身上的鳞片，他缓缓地抬起头，目光灼灼地看着叶音竹，问道：“音竹，你为什么对我这么好？永恒替身傀儡、天使叹息，还有小银龙，每一样都不是用金钱能衡量的，但你就这么轻易地送给了我。”

“我们是朋友啊！”叶音竹轻轻地说道。

苏拉深深地看了他一眼，说道：“音竹，你是个好人。但是，想要在这个世界上生存下去，你这样是不行的。你不能轻易地信任谁，以后会吃亏的。”

叶音竹微笑道：“我相信自己的判断。何况，东西也不是白给你。以后我就不用看着你收拾房间和做饭而不好意思了。那些东西，包括这条小龙，可都不能当饭吃，我还指望着你这张‘饭票’能一直用下去呢。”

说到这里，他有些腼腆地道：“苏拉，我饿了。”

“其实……”苏拉突然有些激动地想要说什么，但话到嘴边又没有说出来。

“其实什么？”叶音竹好奇地看着他。

“没什么，我去做饭了。”

米兰魔武学院新生大赛已经圆满结束，整个学院新学期的日程也步入正轨。而在大多数学员都在上课的时候，各系的教师们也开始了忙碌的筛选、推荐工作。经过三天的挑选，以及院长弗格森最后的确认，参加米兰帝国秋季保卫战的人选已经初步定了下来。

凡是能够进入这个名单的，都是米兰魔武学院准备重点培养的人才，而其中又以米兰帝国本土学员为主。毕竟，作为帝国皇家学院，米兰帝国皇室可不希望给其他国家培养优秀人才。

名单很快就下发到了各系。参加这次秋季保卫战的学员一共有一百名，其中战士六十名，军队中稀少的魔法师四十名。

为了确保学员的安全，战士大多数是从重剑战士系和重骑兵系挑选出来的，因为他们的防御力最强。而魔法师这边就比较分散了，魔法部的每个系都有学员入选。但不论是战士还是魔法师，参加这次历练的，大多是高年级学员，只有少数特别优秀的低年级学员才能够参与进来。

神音系一共有三个名额，叶音竹、海洋和香鸾入选。本来是没有海洋的，但不知道海洋用了什么方法，还是加入了进来。她对叶音竹的解释是，希望能够一直接受他的治疗。

毕竟，这一战恐怕要打到冬季了。

魔法部一年级参加这次行动的，除了叶音竹以外还有暗魔系的月冥、空间系的常昊、召唤系的马良、光明系的卡罗、精神系的弗洛德和风系的罗兰，都是在这届新生大赛中有出色表现的各系的主将。而苏拉也果然如他所说的那样，成了六十名战士中的一员。

“老师，您找我？”叶音竹推开弗格森办公室的门走了进来。

“来，音竹，坐吧。”弗格森一脸微笑地看着他，指了指旁边的椅子，道，“再过几天你们就要出发了，我收你做徒弟，却一直没教导过你什么东西。最近我和你们系的妮娜主任探讨了一些关于神音师的问题，也特意找了一些神音师修炼的典籍来看。暂时我没有太多的东西教你，这本笔记是我多年来记录的精神魔法操控的特性，你拿着看看，对你会有些帮助。”他一边说着，一边从自己的空间戒指中取出一本厚厚的笔记交给叶音竹。

叶音竹接过一看，只见笔记本的封面上只有“弗格森”三个大字。

“谢谢您。”

“神音师属于精神系魔法师的分支。虽然你是神音师，但如果能够融合精神系魔法对自身魔法力进行控制，我想，你的琴曲威力会变得更大。这也是你今后的发展方向。”

“我会仔细看的。”叶音竹认真地道。

弗格森微笑道：“这次秋季保卫战，为了不影响军队的统一调配，学院不会派老师跟随，所以你们的一切行动都要听从军队指挥官的指挥。其实，让学员们参加战争，也是为了让你们更好地了解战争场面，多一些历练。不会有危险的任务给你们执行，你只要自己小心就行了。去吧，我相信你一定能在战争中学到很多东西。不过我要提醒你，一旦遇到危险，以自身安全为重。毕竟你们只是学员，并不是真正的军人。”

“老师，这次战争会持续多久？”叶音竹问道。在他心中，对于战争并没有什么概念，而面对的敌人又是兽人。紫说过的话使得他对兽人的印象并不坏。

弗格森道：“一般来说，兽人的抢粮会持续两个月左右的时间，在冬季来临之前兽人就会撤退。每年都会上演同样的战斗，而我们米兰帝国军队之所以冠绝大陆，其中一个重要的原因就是不断和兽人进行战斗，这一点是那些南方国家根本无法相比的。音竹，我记得你是阿卡迪亚王国人，是吧？”

叶音竹点了点头。

弗格森犹豫了一下，还是说道：“阿卡迪亚王国是大陆上最弱小的一个王国，作为我的弟子，如果你愿意的话，可以正式加入米兰帝国，甚至你的全家，都可以加入米兰帝国。”

叶音竹有些惊讶地看着他，说道：“加入米兰帝国？这我不能做主，等以后我问过爷爷再给您答复吧。”

弗格森微微一笑，他并不着急，在他心中阿卡迪亚王国甚至比不上米兰帝国的一座城市，他相信，强大的米兰帝国一定能吸收到叶音竹这个不可多得的人才。

“你去吧。回去好好准备。”

米兰帝国征召令在第二天正式下达。米兰魔武学院参战的一百名学员被单独编成一个混合小队，将与帝都的龙骑兵千人大队一同赶往米兰帝国的边境重镇，即与雷神之锤要塞遥相对望的圣心城。而带领他们赶往前线的，还有一个米兰帝国的大人物，那就是米兰帝国两大元帅之一，有“米兰之盾”称号的紫星龙骑将、紫罗兰家族族长马尔蒂尼。

秋季保卫战对于米兰帝国来说，主要是守护疆土，不被兽人劫掠，以防守为主。而帝国的两位元帅中，马尔蒂尼尤其擅长防守，所以由他来指挥这次的战事最为合适。

一大早，叶音竹就和其他被挑选出来的学员一起，来到了中央试炼场等待。即将赶赴前线的龙骑兵大队将来这里接他们一同出发。

魔法师们一个个都是无所谓的样子，穿着自己的魔法袍，样子轻松得很。

能够来到米兰魔武学院学习的人，大多有着不错的家庭背景。而强大的魔法师背后，需要大量的财富、资源。所以，几乎每一名参加这次秋季保卫战的魔法师都有属于自己的空间戒指。

他们的随身物品或许不少，但从表面上是看不出来的。战士就没有那么幸运了，不少人身上都背了许多东西。他们没有魔法师那样从容，而是一脸兴奋，都期待着踏上战场，毕竟在武技部可有不少像内斯塔那样的狂人。

战士们都是要真正上战场的，而魔法师在战争中则是最重要的保护对象，这也是两者心态不同的主要原因之一。

“音竹，这次我们要并肩作战了。”马良站在叶音竹身边，微笑道。

叶音竹道：“马良，你参加过战争吗？”

第二十八章

紫星龙骑将

马良摇了摇头，说道：“当然没有。战争是残酷的，希望我们大家都有足够的心理承受能力吧。哦，对了，我给你介绍一个人。常昊，麻烦你过来一下。”他朝着魔法师中的一个人招了招手。

一名身穿银色魔法袍的青年闻言走了过来，他看上去很憨厚，相貌虽然普通，却有一种令人难忘的特殊气质。尤其是那双充满睿智光芒的黑色眼眸，和他那憨厚的外表显得有些格格不入。

“音竹，这就是我跟你说过的那个空间系学员，与我们同年级。”他一边说着，一边向叶音竹使了个眼色。

叶音竹顿时明白过来，说道：“啊！原来你就是……”

常昊赶忙向叶音竹比出一个噤声的手势，说道：“自己知道就好了，我们是自己人，到时候互相帮助吧。”他的声音很清亮，听起来非常舒服，配上他那憨厚的外表，很容易给人好感。

马良笑道：“音竹，你可千万不要被这家伙的外表给迷惑了，他号称‘魔法部最聪明的人’，修炼的是空间魔法的分支领域类魔法，最擅长的就是以弱胜强。”

他是棋宗弟子，此时叶音竹心中已经完全肯定了。大家都是东龙八宗的人，他心中自然生出几分亲近感。

常昊笑道："你才是瞎说。我要是真的擅长以弱胜强，也不会无法将空间系带入决赛了。"

马良道："那是因为你啃到了硬骨头啊！"

"小子，你说谁是硬骨头？"一个骄傲的声音响起。一名身穿淡金色魔法袍的青年不知道什么时候从另一边走了过来，金色短发，相貌英俊但看上去有些刻薄。他刻意释放出庞大的精神波动，似乎故意要给叶音竹他们制造压力。

马良微笑不语。一旁的常昊眼中闪过一道冷光，说道："弗洛德，难道马良说错了吗？你本来就是块又冷又硬的骨头。"

叶音竹和平时一样，和气地道："你好，神音系叶音竹。"

弗洛德冷哼一声，道："精神系一年级主将，弗洛德。没想到，这一次新生大赛居然让你一个神音系的人得了冠军。后来才知道你是院长的弟子。叶音竹，我要向你挑战。"

"挑战？现在？"叶音竹有些惊讶地看着他。

弗洛德傲然地道："对于精神系魔法师来说，击败对手往往只需要一瞬间。怎么，你怕了？"

叶音竹眉头微皱，说道："我们马上就要上战场了，大家都是战友，应该彼此合作才对吧？"

弗洛德不屑地道："谁会与你们这些贱民合作，你真是自作多情！看来，你是怕了。"

之前还冷言冷语的常昊此时并没有吭声，只是眼中带着几分期待和思索，看着叶音竹。

在新生大赛的时候，就是常昊和弗洛德两人在比赛中拼了个两败俱伤，才令各自的系都没能进入决赛。而决赛开始后，他们都在养伤，所以并没有看到叶音竹和马良最后的比赛。

虽然常昊和弗洛德是死对头，但有一点两人是一样的，那就是对叶音竹不服气。在他们看来，神音系怎么也不可能获得新生大赛的冠军。

至于一旁的马良，当然知道叶音竹真正的实力有多强，自然不会在意什么。

叶音竹摇了摇头，道："我不怕你。但现在并不适合挑战。"

弗洛德哈哈一笑，说道："还说不怕，我看，你连我的一次精神冲击波都接不住吧？"话音刚落，他的双眼突然变成了银色，一道强烈的精神波动顿时悄无声息地朝着叶音竹狠狠地撞了过去。

马良和常昊都没想到弗洛德会用这种偷袭的手法，同时大喝一声，道："小心！"

叶音竹脸色平静地看着弗洛德。弗洛德释放出的精神波动刚一到他身前，就被一层无形的精神屏障挡住了，根本没能冲击到叶音竹面前。

单纯不代表懦弱，更不代表怯战。叶音竹的脸上虽然依旧带着一抹淡淡的微笑，但下一刻，他已经来到了弗洛德身前。他前进的身体直接击碎了弗洛德发出的第二道精神波动，右手如闪电般探出，扣住了弗洛德的喉咙。动作行云流水，毫不迟疑。

弗洛德骇然失色，他虽然预料到精神波动未必能起到什么好效果，但叶音竹明显没有使用任何魔法。他感觉叶音竹的精神力就像一块金刚石一般坚不可摧，而自己发出的精神攻击就像蜻蜓撼石柱一般弱小，下一刻，他的脖子已经被只有四指的手扣住，窒息的感觉顷刻间传遍全身。别说使用魔法了，光叶音竹身上骤然释放出的一股强横的气息就压迫得他心跳几乎停止。

弗洛德比叶音竹要高上几分。此时，两人面对面站着，叶音竹的右手逐渐发力，使弗洛德的脸变得越来越红，像是一块猪肝。

"我不喜欢你，别再来找我麻烦。"叶音竹右手一甩，弗洛德的身体像是破布一般被甩了出去，直接撞上了一名身穿重铠的重剑战士，顿时吓了那学员一跳。那学员下意识地转身，手肘正好落在弗洛德的鼻子上，钢铁与肉体接触，霎时，弗洛德开始流鼻血，他凄厉的惨叫声不断传来。

"音竹，你到底是魔法师还是战士？"常昊目瞪口呆地看着他。

马良低笑一声，说道："和你拼了个两败俱伤的弗洛德，在音竹手上简直是不堪一击。现在你不会再怀疑他的实力了吧，他可是魔武双修。"

"怎么回事？"弗洛德的惨叫声引起了在场所有学员的注意。一名身材高大的青年从右侧走了过来，所到之处，不论是高年级学员还是低年级学员，都自动让开一条路，就连强悍的内斯塔也不例外。

那青年看上去二十岁左右，身穿水蓝色的重铠，显得格外坚实，铠甲上散发着淡淡的魔法气息，一看就是一件烙印着魔法的特殊铠甲。他的背后背着一柄宽刃重剑，淡蓝色的长发向两侧垂下，使他显得英挺而威武。虽然身上穿着厚重的铠甲，但他走起路来并没有过大的铿锵声。身高超过两米二的他就像一座坚固的堡垒。

叶音竹心中一凛，他从这个人身上感觉到了危险的气息。

"奥利维拉大哥，叶音竹他打我。"弗洛德一边抹着脸上的鲜血，一边委屈地控诉着，他现在可没有半点高傲的样子了。

奥利维拉？这个名字叶音竹感觉有些熟悉，突然，他想起来了。苏拉对他说过，在米兰帝国有几个势力强大的家族。而这个叫奥利维拉的青年，就是紫罗兰家族这一代的第三子，也是罗兰的亲哥哥。据说他已经拥有相当于银星龙骑将的实力，也是这次米兰魔武学院参战学员的领队。

听了弗洛德的话，奥利维拉英俊的脸上露出一丝惊讶，两道目光顿时落在了叶音竹身上。

"你就是叶音竹？那个打伤我妹妹的神音系小子？"

"我是叶音竹。"如果奥利维拉客气一点，叶音竹一定会叫他学长，但奥利维拉看上去怎么也不像和善的样子。

奥利维拉眼底闪过一道寒光，道："好，你能在公平比赛中击败我妹妹，想必实力不错。不过，我们这些人即将踏入战场，彼此之间都是战友。你在出发之前就击伤战友，在军队中，这是杀头的罪名。虽然我们还没有正式加入军队，但我不能就这么饶恕你。"

叶音竹清澈的目光逐渐变冷，他并没有解释什么，只是冷淡地道："那你想怎么样？"

奥利维拉道："你是一年级学员，如果凭武力打败你，别人会说我以大欺小。这样好了，我给你充足的时间准备。只要你能接住我一剑，刚才的事就算了，否则，请你离开队伍，留在学院。"

"学长，事情不像弗洛德说的那样。"一旁的马良开口道。

叶音竹突然抓住他的肩膀，向他摇了摇头，然后转向奥利维拉道："我接你一剑，但不需要时间准备。"竹宗的天生傲骨在这时已经悄然产生了作用。面对挑战，叶音竹是不会退缩的。奥利维拉给他的感觉并不像弗洛德那么差，至少奥利维拉还算公平。

"你是要告诉我你准备公平接招吗？"奥利维拉眼中露出一丝赞赏。

叶音竹没有说什么，只是点了点头。

"哥哥，算了。"罗兰不知道从什么地方钻了出来，拉住奥利维拉的铠甲。

奥利维拉有些惊讶地看着她，低声道："小妹，你不是放出话来要教训这个小子吗？怎么，你又后悔了？"

罗兰俏脸一红，嗫嚅道："弗洛德那家伙什么品性你还不知道吗？他一直骄傲得像个猴子。我们即将起程，还是不要制造事端了吧？"

奥利维拉正色道："我说过的话是从来不会改变的，这一点你应该知道。当着这么多同学的面，难道你让我退缩吗？那我这个领队还如何当下去？小妹，你让开。"罗兰还想说些什么，然而奥利维拉只是轻轻一推，就将她送入了人群。

"我替叶音竹接你一剑。"冰冷的声音不知道从什么地方钻了出来，一道黑色的身影闪电般来到叶音竹身边，如同冰块一般寒冷的目光让奥利维拉也不禁心头凛然。无形的杀气像一柄锋利的匕首，锁定着他的身体。

"苏拉。"来到叶音竹身边的正是苏拉，今天的他和以往的装扮大不相同。他没有穿校服，而是穿了一身灰色的战士服，全身上下包括手脚都包裹在战士服之中，短发整齐地梳在脑后，看上去干净利落。此时他注视着奥利维拉，就像一只蓄势待发的猎豹。

“刺客系的？”奥利维拉惊讶地看着面前这个和叶音竹差不多大，相貌普通的少年。

奥利维拉没想到，在低年级学员中，竟然还有人能够带给他压力。杀气，很强的杀气。这绝对不是仅靠修炼就能锻炼出来的。或许面前这个学员的实力不如自己，但身为刺客系不可多得的精英学员，他的实力必然强悍。

“一年级刺客系，苏拉。”

奥利维拉惊讶地道：“原来你就是刺客系那个号称百年难得一遇的天才。你要代替叶音竹受过吗？”

苏拉冷冷地道：“我不认为音竹有什么过错。你也没有资格来做这所谓的执法者。”

奥利维拉淡然道：“作为领队，我要对这次参加战争的每一个人负责。如果你想向我挑战，随时奉陪，但你不能代替叶音竹受罚。”

“那你就先过我这一关。”苏拉缓缓地抬起左手，黑色的天使叹息不知道什么时候已经紧紧地贴在他左小臂之上。他的身体微微弓起，脚下做出一个奇怪的姿势。杀气顿时大盛，原本就有些寒冷的空气似乎变得更冷了。

“苏拉，我自己的事，还是我自己来吧。”叶音竹抬手抓住苏拉的肩膀，轻轻一带，将他拉到自己身后，同时上前几步，朝着奥利维拉走了过去。

苏拉被叶音竹拉到后面，身体顿时一片僵硬。要知道，在刺客蓄势的时候，不论从什么位置的接触都会引来刺客狂风暴雨般的攻击。但叶音竹抓住他的肩膀后，他只觉得一股雄浑的斗气瞬间锁住自己的身体。那雄浑的斗气竟然将他的斗气完全封锁，令他无法攻击。

苏拉心想：音竹的斗气什么时候变得这么强了？

不过，苏拉很快就明白，这是叶音竹在告诉他，不需要担心。

奥利维拉向叶音竹点了点头，道：“敢作敢当，像个男人。”

叶音竹没有多说什么，向周围的学员道：“哪位能借一柄重剑给我？谢谢。”

借剑？周围的学员都是米兰魔武学院各年级的精英，此时他们头上都出现了一个大大的问号，心道：你一个魔法师，借剑干什么？

“偶像，我的剑借你吧。”正在内斯塔准备走出去的时候，另外一个人已经先他一步，将自己的重剑递到了叶音竹手中。

“是你？”叶音竹有些惊讶地看着对方。这个人他有一面之缘，名叫费斯切拉，当初是他带着叶音竹到混合区宿舍的，还说过让叶音竹给他介绍神音系的女生。

“可不就是我嘛。偶像，没想到你这么强啊！不仅进入了神音系，还获得了新生大赛的冠军，你真不愧是我的偶像。小弟这次也参战，还要请你多多关照。可惜半决赛我输给了马良，不然我们还能在比赛场上见面呢。”费斯切拉还是以前那副样子，身材虽然高大，却给人很滑稽的感觉。

叶音竹心中一动，半决赛输给马良，那这么说，费斯切拉应该就是一年级重剑战士系的主将了。

重剑入手，大约有八十斤重，剑刃长约一米五，厚重却不锋利，颜色黝黑，是非常标准的重剑。

费斯切拉退后。叶音竹提着他的重剑，剑尖拖在地面上，左手向奥利维拉做出一个请的手势。

奥利维拉身后的弗洛德恨恨地说道：“这个贱民，恐怕连剑都拿不起来吧？”其实他忘记了，他肯定不比重剑轻，刚才却被叶音竹轻松地扔了出去。

纯正的黄色斗气在叶音竹身上燃起，他右手四指扣住重剑，牢牢地注视着面前的对手。

奥利维拉惊讶地发现，叶音竹仅仅是随意地站在那里，身上没有露出一丝破绽，自己散发出的压力竟然对他没有任何效果。奥利维拉哪里知道，以叶音竹的精神强度，想要让他感觉到压力，没有五阶以上的差距是不可能做到的。

奥利维拉右手一翻，重剑带着一抹淡蓝色的光芒，宛如稻草一般出现在他掌心之中，剑尖轻挑，在空中带起一团蓝色的光影，迷幻般的色彩顿时引来周围人的一片惊呼声。

蓝级初阶，不愧是米兰魔武学院学员中的第一人。奥利维拉的实力已经超过银星龙骑将的水平了，一旦他的巨龙达到八阶，那么，他完全可以成为金星龙骑将。

“小心了。”奥利维拉站在原地不动，单手握住重剑，闪电般抬起，空气发出一声撕裂般的尖啸，淡蓝色的斗气瞬间凝固。下一刻，重剑虚空下劈，顿时，一道蓝色光斩直奔叶音竹右肩而来。强悍的斗气如同海浪般咆哮，一时间两人之间的空气居然被这一剑完全抽空。在气息锁定之下，叶音竹甚至无法闪躲。

见此，叶音竹并没有闪躲，反而将右手中的重剑抡了起来，重剑在叶音竹的手中，刹那间便幻化出七道光柱，冲天而起。

所有人都瞪大了眼睛看着眼前这一幕，除了马良和常昊吃惊于叶音竹的斗气以外，其他人都认为叶音竹完了，毕竟黄级和蓝级的差距实在太大了。此时，奥利维拉身后的弗洛德露出了幸灾乐祸的神情。

“轰轰轰轰轰轰轰！”

黄色斗气与蓝色斗气瞬间碰撞，七声轰鸣几乎在同一时间响起。剧烈的斗气波动以两人交手的位置为中心，将周围的学员们至少推开三米。

斗气光影收敛，叶音竹依旧站在那里，手中的重剑已经飞了出去，落在十余米外。而此时，奥利维拉虽然依旧站在原地，却已经呆若木鸡。一道碧绿的光华笔直地点在他的喉结上，那冰冷的气息令他不敢妄动。那光华的另一头，此时正握在叶音竹的另一只手上。

正面碰撞，叶音竹输了，即使他瞬间幻化出七道攻击，但那相当于青级中阶的斗气毕竟不是蓝级初阶的对手。但是，碧丝在两人碰撞结束的瞬间点上了奥利维拉的咽喉。只要叶音竹愿意，专破斗气的碧丝随时可以贯穿奥利维拉的咽喉。柔韧的碧丝，此时甚至比尖针还要锋利。

“不知道我这样算不算是接下学长一剑？”叶音竹平静地问道。

奥利维拉露出惊怒之色，但他依旧不敢动，因为他知道，自己再快也快不过人家的斗气，他怒道：“你要诈？”他轻视了叶音竹，所以在攻击的时候并没有使用什么技巧。他万万没想到，身为神音师的叶音竹竟然会有这样的攻击手段。

“够了，你已经输了。”一个苍老的声音响起，不知道什么时候，场中多了一个人。

紫金掺杂秘银打造的魔法铠甲，释放着强烈的威压。叶音竹以斗气注入的碧丝在这股巨大的压力下重新变得柔软，回到了叶音竹的手中。来人身材高大，如雪般的白发垂在脑后。他背对着叶音竹，站在奥利维拉面前。

“爷爷。”奥利维拉羞愧地低下了头。

“奥利维拉，你太让我失望了。你知道你输在什么地方吗？你输在了骄傲上。更为可耻的是，作为紫罗兰家族的一员，你在输了之后竟然不愿意承认。我，马尔蒂尼，以帝国元帅的身份，剥夺你这次作为米兰魔武学院领队的资格，由叶音竹接替。”

“啊！不，爷爷，这怎么行？”奥利维拉惊呼道。

“为什么不行？给我个理由。”苍老的声音中此时充满了威严，令所有人都感觉到压抑，不敢出声。

奥利维拉迟疑道：“因为……因为我只是说让他接我一剑，并不是决斗。如果是真正决斗的话，我不会给他机会。”

“哼！恐怕你还没有看清楚吧，叶音竹的右手只有四指。你应该明白四指和五指的区别。虽然我不知道他是怎么做到的，但从你们刚才交手的情况看，如果他是五指的话，一定能握紧重剑。”

奥利维拉这才看到，叶音竹的右手果然没有小指，心中顿时一片冰凉。蓝级输给黄级，他实在难以接受这个事实。

“奥利维拉，我问你，如果在战场上，敌人会给你绝对的公平吗？尤其是在对手比你弱小的时候。如果你这样认为，那么，用不了多久，你就会变成战场上的一具尸体。”马尔蒂尼说话的语气已经变得更加严厉了。

奥利维拉的目光逐渐变化，他羞惭地道：“爷爷，我明白了。我愿意接受您的惩罚，让出领队之位。但为了米兰魔武学院这次参战的学员能够更好地和军队配合，希望您能允许我担任副领队的职务，协助叶音竹。”

马尔蒂尼笑了，朗声道：“好，这才是我的孙子。”他一边说着，一边缓缓地转过身。

当叶音竹看到马尔蒂尼的相貌的时候，他吃惊地瞪大了眼睛，连右手上因为碰撞而产生的强烈酥麻感也在这一刻消失了。

他竟然认识米兰帝国元帅、紫罗兰家族族长、紫星龙骑将、龙崎努斯大陆上的著名强者——拥有众多光环的马尔蒂尼元帅。

“老马，怎么是你？”是的，这个身穿紫金铠甲的马尔蒂尼，正是那个天天到飘兰轩听他弹琴，对安雅异常尊敬的老马。

马尔蒂尼莞尔一笑，说道：“可不就是我嘛。音竹，你又给了我一个惊喜。没想到你的武技竟然和你的琴艺同样出色。”

此时叶音竹才逐渐回过神来，赶忙道：“您好，马尔蒂尼元帅。”

马尔蒂尼向他点了点头，这才转向所有参战的学员，沉声道：“刚才我对奥利维拉说的话你们应该都听到了。我针对的不是他一个人，同时，还有你们。我必须要告诉你们，战争不是儿戏。在你们之中，有很多人都拥有深厚的背景、不凡的家世，但是，一旦到了战场上，这些并不能帮助你们。想要在残酷的战争中活下来，你们能依靠的只有自己和战友。所以，我希望你们能够成为一个团结的整体。为了帝国的荣耀，随我出发！”

“是，元帅！”每个人都被马尔蒂尼慷慨激昂的话语鼓励了，尤其是那些战士，众人同时立正行礼。

马尔蒂尼转向叶音竹，说道：“现在，你已经是他们的领队了，你的任务只有一个，那就是带领着你的伙伴，在战场上杀敌，并且尽可能地让他们都活着回来。整军！”

整军？叶音竹愣了，别说是他，就算是其他魔法师，也完全不懂军队这一套。还好奥利维拉的反应很快，他大喝一声，道：“列阵！”

在奥利维拉的指挥下，众人跟在马尔蒂尼身后，朝着中央试炼场外走去。而刚被任命为领队的叶音竹，也被奥利维拉拉到了队伍的最前面。就这样，他开始了自己的第一次战争之旅。也正是这场战争，令一代琴帝逐渐走上了历史的舞台。

马尔蒂尼没有跟随龙骑兵大队一同前往圣心城，作为元帅，他骑着自己的九阶巨龙第一时间赶往前线了。而与叶音竹他们这些学员同时前往圣心城的千人龙骑兵大队队长，正是马尔蒂尼的二孙子，米兰帝国最年轻的金星龙骑将奥卡福。银星龙骑将奥斯丁也在队伍中。这支龙骑兵，可以说是紫罗兰家族的专属部队。

加入龙骑兵大队之后，叶音竹才知道，学院这一百名学员相当于是一个中队，而自己这个领队就是中队长了。当然，他可不认为这些学员会听自己的。在领兵方面，奥利维拉做得比他强多了。

魔法师一律坐在学院准备好的马车上，而战士们除了刺客系的以外，都拥有学院专门提供的马奇诺铁龙或埃里克敏龙。在整个大陆上拥有这样财力的学府，恐怕也只有米兰魔武学院了。

赶路是枯燥而乏味的。本来，以龙骑兵的速度，只需要十天就能到达圣心城，但由于魔法师们的马车比较慢，因此他们用了近二十天的时间，才来到圣心城的地域。

奥卡福命令队伍暂时停下来休息。

“叶音竹。”奥利维拉从自己的坐骑上跳下来。

“奥利维拉，怎么了？”二十天的时间，叶音竹没有再遇到什么麻烦。

通过接触，叶音竹逐渐发现奥利维拉是个不错的人，而且他在军事方面的才能远不是自己可以相比的。

从奥利维拉身上，叶音竹学到了不少东西。总的来说，他这个领队只不过是挂名而已，大多数领队的工作还是由奥利维拉完成的，奥利维拉将一切都安排得井井有条。

奥利维拉走到叶音竹身边坐了下来，看了一眼他身旁的苏拉，道："估计今天晚上我们就能到圣心城了。我听二哥说，我们这次的任务只是协防，因此我们会驻守在圣心城西面的一座小城中。音竹，你这个领队是不是应该多帮我分担点工作啊？"

叶音竹微笑道："奥利维拉大哥，你不是安排得很好吗？我什么都不会，怎么帮你？"

奥利维拉笑道："别说你什么都不会，上次你还战胜了我呢。坦白说，我一直想找个机会向你道歉。弗洛德是什么样的人，我自然清楚得很。那天我也是借机发作，想看看能够击败我妹妹的新生究竟有多强。过去的都过去了，希望你别介意。"

"没这么简单吧？你恐怕还想顺便教训一下音竹。"一旁的苏拉说道。

奥利维拉有些尴尬地道："可我才是被教训的那个人，不是吗？"

叶音竹笑道："没事。其实我也是取巧而已。奥利维拉大哥，这些天我跟你学了很多东西，才知道统率军队原来这么困难。"

奥利维拉笑道："虽然你在统率军队方面不如我，但你的天资是我所见过的人中最好的，尤其是你的理解记忆能力。凡事我只要说一遍，你就都能记住并且充分理解。不如你转来我们重骑兵系吧，那样的话，我们系的铁臂主任一定会把你当成亲儿子看待的。到时候，你一定能成为我之后的学院第一人。"

叶音竹摇了摇头，道："不了，我修炼斗气，只是为了辅助魔法而已。我还是喜欢当神音师。"

奥利维拉有些不以为然地耸了耸肩。在他看来，神音师怎么能和龙骑将相比呢？

“音竹，我一直想问你，那天你究竟是怎么制住我的。按说我们的斗气发生碰撞的时候，产生的冲击波根本不允许你再攻击啊。”

叶音竹有些腼腆地道：“我都说了我只是取巧而已。我的武器体积小，在灌注了斗气之后，那些余波是不会影响到它的。”

“哦，原来是这样，怪不得我上当了。其实，我还有一个更重要的问题想问你。音竹，你究竟是怎么降伏我妹妹的？”

“啊？降伏罗兰？这从何说起？”叶音竹惊讶地看着他。

奥利维拉嘿嘿一笑，道：“我妹妹的脾气我再清楚不过。你打伤过她，她不把你当成仇人已经很不错了，那天居然还帮你说话，可见在她心里你不一般啊。”

“集合，准备出发！”一声浑厚的大喝打断了叶音竹和奥利维拉的交谈。远处，巨大的土黄色巨龙背上，一名身高超过两米五，皮肤黝黑，身穿金色铠甲的将领举起了自己的七米龙枪。这个将领正是大队长奥卡福。

奥卡福是个寡言少语的人，一路上话很少，只是指挥着龙骑兵大队持续向前，维持着整个龙骑兵大队整齐的阵容。叶音竹能够感觉到，奥卡福的实力十分强，这一点从他拥有八阶的巨龙就可以看出。

奥利维拉从小就接受军人教育，不敢怠慢，赶忙骑上自己的龙，指挥着学院中队跟随大队开拔。

叶音竹和苏拉都上了马车。这一路上，魔法师可以说是最轻松的了，虽然坐马车也很颠簸，但总比风吹日晒的龙骑兵强了许多。

一共有五辆载着魔法师的马车，原本每一辆上刚好八个魔法师，叶音竹他们这辆车上因为多了唯一的刺客苏拉，所以略微拥挤一点。除了他们两人以外，马车上还有海洋、香鸾和几名高年级魔法师。

一上车，叶音竹就拿出了弗格森给他的那本笔记翻阅起来。这二十天的时间里，在马车上唯一一个没有感觉到无聊的人，恐怕就是他。

弗格森的笔记极为详细地记载了精神魔法的修炼和实战有关的知识，令叶音竹大开眼界。虽然他并不能直接应用精神魔法，但也从中学到了许多知识。

就在队伍刚刚开拔不久，突然，急促的马蹄声响起。

“马尔蒂尼元帅令奥卡福龙骑兵大队，立刻前往圣心城西五百里的科尼亚城驻守，不得有误。”

“遵命！”奥卡福浑厚的声音响起。

五辆马车中的魔法师们同时哀叹起来，本以为马上可以抵达圣心城休息了，结果又要多赶两天路。

第二十九章

狩猎惊见

“不会吧，还要赶路。这天气，真是冷死了。”香鸾拉了拉身上厚实的裘皮大衣，哀叹一声。她现在后悔参加这次战争了。

海洋碰了碰她的肩膀，低声道：“既然已经来了，就忍耐一下吧。”她的气色比叶音竹第一次见到她的时候好了许多。脸上的伤疤被长发遮盖着，这些日子以来，每过十天，叶音竹都会用神针刺脉疗法为她治疗一次，到昨天为止，一共治疗了四次。经过充满生机的紫竹针的不断治疗，海洋原本麻木的脸已经重新有了知觉，她甚至能够感觉到，自己那已经萎缩了的面部肌肉在重新生长。

香鸾没好气地道：“可是，这也太受罪了。音竹，不如你弹琴给我们听吧，怎么样？”

叶音竹无奈地道：“马车上过于颠簸，没办法弹奏。香鸾学姐，你就再忍耐一会儿吧。”

苏拉轻叹一声，说道：“看来，这次我们到前线也是白走一趟了。”

叶音竹一愣，道：“为什么这么说？”

苏拉道：“刚才的命令你没听到吗？调我们到科尼亚城去。我知道那里。科尼亚城虽然也处于米兰帝国与极北荒原接壤的地方，但在科尼亚城北方，有一片山脉，连绵起伏，海拔超过两千米。除非兽人发疯，否则是绝对不会选择向那边发动攻击的。我们这次来，恐怕真的只是走个过场而已。能不能看到兽人都是问题了。”

香鸾道：“话也不能这么说，军部也有军部的考虑。你要知道，在我们这群学员中，光是帝国三大家族的人就有不少。万一在战场上出了问题，谁也担待不起。

“不过，应该还是有机会看到兽人的。据我所知，每年秋季保卫战快结束的时候，参战的学员们都会被带到圣心城观看最后的几场战役，学院内的战士在龙骑兵的保护下或许会参与一些小规模冲锋，而我们这些魔法师也有机会释放几个魔法。”

苏拉皱眉道：“可你认为这样算是参加战争了吗？”

香鸾笑道：“学院也只是让我们见识一下而已。难道还要指望我们这些平均年龄十八岁的年轻人去拼命吗？如果你足够出色的话，或许十年以后能来这里领军。不过，苏拉你知道得还真不少，连科尼亚城这种小地方都清楚。”

苏拉脸色微微一变，低下头没有再说什么。

其实，最郁闷的就数奥卡福了。作为一名金星龙骑将，不但无法参战，反而成了这些贵族学员的保姆，他实在郁闷得很，但命令是自己爷爷下达的，他只能执行。

两天后，在龙骑兵的守护中，一支一千一百人的队伍终于来到了军部指定的科尼亚城。

不得不承认，科尼亚城是个不错的地方，至少在北方是如此。这座小城连米兰城的百分之一都不到，人口也少，只有可怜的两万多人。在这已经接近极北荒原的寒冷之地，科尼亚城中的大多数人都是以捕猎为生的。

正如苏拉所说，科尼亚城北侧有一片连绵起伏的山脉，山虽然不是很大，但超过两千米，山势陡峭，几乎构成了一道不需要守护的天堑。同时，也由于这些高山的存在，阻挡了大部分来自北方的寒流，所以科尼亚城比米兰帝国北方其他城市要温暖一些。

来到这里后，奥卡福直接接管了城防，原本负责守城的五百名士兵在他看来一点用处都没有。

在把学员们安排好之后，郁闷的奥卡福立刻带领五百名龙骑兵开始对周围的山进行巡视。作为一名出色的将领，奥卡福是不会疏忽大意的。同时，到山里去转转，也可以舒缓一下他郁闷的心情。

米兰魔武学院六十名战士学员被安排与留在城里的五百名龙骑兵一同巡视城防，而作为魔法师的叶音竹等人就要清闲多了，每天都在温暖的军营中休息，做什么也没人干涉。作为高贵的魔法师，即使是龙骑兵也会对他们以礼相待，毕竟在战争中魔法师的作用太大了。

消息如雪花一般不断从前线传来。终于，战争在叶音竹等人来到科尼亚城后的第五天开始了。

“你们看。”奥利维拉站在大帐中指着作战地图道。

“兽人并不是真的想发动战争，而是为了获得更多的利益，也是为了让我们无法兼顾。一般来说，兽人会将军队分为以一百人为单位的小队伍，以速度见长的狼骑兵为主进行劫掠。只要抢到粮食，就立刻远遁，遇到大部队也会立刻撤退，让我们追赶不上。对兽人来说，只要抢到足够的粮食就是胜利。”

在科尼亚城，连奥利维拉也快耐不住寂寞了。奥卡福还没回来，奥利维拉怀疑自己的二哥带着那五百名龙骑兵偷偷地去了前线，无奈之下，他只能在军营中用作战地图来给其他学员讲讲这场秋季保卫战的情况了。

对奥利维拉的讲课感兴趣的基本都是战士，魔法师多半都觉得很无聊，只有叶音竹是个例外，他对军事很感兴趣，尤其是对奥利维拉讲的各种实例感兴趣。此时他就站在奥利维拉身边，问：“那我们要如何应对呢？”

奥利维拉道：“我们与极北荒原接壤的国界足有数千里，这么绵长的战线是不可能全部防御的。我们一共投入三十个军团，也就是三十万人。以圣心城为中心，每一百里由一个军团守护，形成一张大网，等待敌人自投罗网。

“当然，我们也不可能完全防住，总要被兽人抢一些粮食。这也没办法，因为兽人太彪悍了，如果真的将兽人逼到绝处，天知道那些兽人会做什么，所以为了防备兽人有可能出击的大军，我们在圣心城中还有二十万精锐军队，包括五千名龙骑兵，一旦兽人发动大规模攻击，我们的主力就会给予兽人迎头痛击。”

说到这里，奥利维拉用力挥了下拳头，仿佛他就是这场战争的总指挥。

其他人都听得入神或是在思考，叶音竹却问道：“奥利维拉大哥，那我们的军队和兽人的军队的数量对比是怎么样的呢？”

奥利维拉露出一丝赞许的目光，道：“兽人的军队并不统一。在兽人内部，分为数十个部落，有七八个强大的部落，每一个部落都拥有自己的势力范围。其中，拥有雷神之锤要塞的雷神部落最强大。

“雷神部落大约有四十万人，而其他部落的人就要少一些。总体来说，兽人的总数量不会低于两百万。

“兽人分别与我们米兰帝国和阿斯科利、佛罗两个王国对峙。而我们这边，我国镇守边疆的常驻大军是五十万，阿斯科利王国是二十万，佛罗王国是三十万，总共是一百万大军。”

叶音竹道：“也就是说，我们的人数只有兽人的一半？”

奥利维拉颔首道：“是的。坦白说，兽人的战斗力很强。大多数兽人都是强大的战士，兽人族内几乎可以说是全民皆兵。可惜，兽人的智力相对低下，并不擅长攻城，也没有我们人类拥有的强大武器装备，所以，兽人就算数量再多也不可能战胜我们。

“当然，我们也不愿意攻击三大要塞内的兽人。极北荒原那种鬼地方，也只有兽人能够生存下去，因此我们只需要防御兽人的侵略就足够了。虽然我们这里暂时不会有战事，但还是不能松懈，战场上的情况是千变万化的，谁也说不好那边会不会用到我们。不是吗？”

“音竹。”正在这时，苏拉兴冲冲地从外面跑了进来，道，“你又在这里听奥利维拉讲课啊！真不明白，你一个魔法师，怎么会对军事感兴趣？”

叶音竹微微一笑，道：“那是因为我觉得军事指挥是一门艺术。奥利维拉大哥讲的那些战例都太精彩了，就像故事一样。”

叶音竹小时候，每天接触的东西只有琴，虽然拥有了远超常人的实力，但也失去了许多童年的快乐。奥利维拉所讲的战例，对他来说就是一个个令人热血沸腾的故事，往往能令他沉浸其中。

“走吧，我们出去转转。”苏拉扯着叶音竹的衣袖就往外走。

“苏拉。”叶音竹有些为难地看着他。

奥利维拉哈哈一笑，道：“苏拉说得对，作为魔法师，你基本不可能指挥军队。出去玩玩吧。坦白说，我在这里也待烦了呢。大哥、二哥也真是的，把我一个人扔在这里。”

无奈之下，叶音竹只得跟着苏拉走了出来。

“音竹，我们去打猎吧。现在虽然已经是深秋了，但这座科尼亚城被高山环抱，山林中一定有不少野兽。我们去猎杀一些回来，也能给大家改善一下伙食，怎么样？”

看着苏拉兴奋的样子，叶音竹立刻就答应了。他虽然已经突破赤子琴心，但毕竟还是一个不成熟的少年。

“好吧，不过要早点回来才行，要是让别人知道我这个领队出去玩就不好了。”

苏拉笑道：“你这个领队只不过是挂个名而已。不过，那天我也没想到，老马居然就是帝国元帅马尔蒂尼，他似乎很欣赏你，这下不用担心紫罗兰家族的人报复你了。快，我们偷偷地溜出去，不让别人知道就是了。”

“你们要去干什么？”动听的声音响起，顿时吓了叶音竹和苏拉一跳，两人同时转身，只见香鸾和海洋不知道什么时候已经来到了他们身后。

香鸾穿着厚厚的粉红色裘皮大衣，衬得她更加动人。海洋同样穿着裘皮，只不过是银白色的，黑发被包裹在裘皮内，依旧挡住了她的脸。

“不干什么。”苏拉面不改色地说道。

香鸾哼了一声，道：“你们说的我都听见了。还说不干什么，出去玩居然不叫上我们，太不够兄弟了吧？”

苏拉扑哧一笑，道：“香鸾小姐，我们本来也不是兄弟啊！”

香鸾俏脸一红，道：“我不管。我在这里都快闷死了，你们出去玩一定要带上我和海洋才行，否则我就去告发你们。”

叶音竹和苏拉对视一眼，道：“我们要去外面的森林，你们恐怕走不动，再说万一遇到危险怎么办？”

香鸾嘻嘻一笑，道：“我们没问题。你们不都会武技吗？有你们在，还怕我们出事不成？要走就赶快走吧。”

原本两个人的队伍变成了四个，他们悄悄地出了科尼亚城，朝着北面一片相对平缓的山林走去。

刚开始的时候，香鸾和海洋还处于比较兴奋的状态，毕竟闷了这么多天，一直都没什么事情做。但没过多久，魔法师体质弱的缺点便显现出来了。

“休息一会儿吧，我走不动了。”香鸾喊了一声，说什么也不肯再走了。

苏拉没好气地道：“早就说了不让你们来，你们偏不听。我们刚刚进山，想要找到野兽，还不知道要走多久呢。要不你们现在回去，还来得及。”

香鸾瞪了他一眼，道：“怎么？你看不起我吗？”美眸中流露出一丝幽怨，看得叶音竹不禁一呆。

“都已经来了，我们肯定要跟随到底。叶音竹，你拉着我走好了。你的斗气不是很厉害吗？带个人没问题吧？”

“我……”叶音竹脸一红，正不知道是否该回应，香鸾却主动上前拉住了他的手。

香鸾的手柔软而温暖，手指纤细嫩滑。叶音竹被她握住手的瞬间，脸顿时变得通红，心跳不断加速，紧张得全身僵硬。

香鸾扑哧一笑，故意往叶音竹身上靠了靠，道：“不愧是我们神音系第一美少年啊！音竹，你不会是从来都没有拉过女孩子的手吧？”

叶音竹闻着她身上那淡淡的清香，老实地点了点头，道：“确实没拉过。”

看着他那老实尴尬的样子，香鸾不禁放声大笑，道：“你真的好可爱啊！现在恐怕已经没有像你这样的男孩子了吧？那这么说，我很荣幸。你的手好像挺有力的，还只有四指，真是奇特。海洋，他的另一只手我就让给你，我们可以继续出发了。”

海洋低着头，没有说什么，只是伸出自己冰凉的手握住了叶音竹的另一只手。海洋的手要比香鸾的小一些，很冰，当她拉住叶音竹的手的时候，手还轻微颤抖了一下，极容易令人产生保护的欲望。

一只手温暖一只手冰冷，两种不同的感觉同时充斥在叶音竹心中，一时间他都有些迷糊了。北方的深秋本来是很冷的，此时他却全身滚烫，恨不能找个冰湖跳下去。

苏拉眼中露出一丝异样，微怒道：“你们这样算什么？我的斗气也不错，为什么不找我？”

香鸾笑道：“因为你没有音竹单纯啊！至少我能肯定，拉着他，他不会有什么坏心思。而你，我就不能肯定了。而且你那么瘦小，也不可能带我们两个人吧。”

苏拉小声道：“就算带两个不行，带一个也可以。”

香鸾耸了耸肩膀道：“不好意思，我不喜欢让你带。海洋你呢？”

海洋没有吭声，只是摇了摇头，直接表明了她的意思。

“苏拉，我……”

“不用解释了，走吧。”苏拉狠狠地瞪了叶音竹一眼，这才飘身而起，朝着山林中跑去。

叶音竹很无奈，只能在尴尬之中带着香鸾、海洋跟了上去。斗气的大幅度提升，令他的速度也于无形中加快了不少。

叶音竹虽然带着两个人，但要跟上苏拉并不困难。香鸾和海洋只是感觉到从叶音竹手中传来一股柔和的斗气，托着她们的身体，她们的身体仿佛变得没有任何重量了。周围的景物不断闪过，虽然冷了一些，但那种近乎贴地飞行的感觉确实很刺激。

顺着平缓的山坡，在叶音竹和苏拉发力之下，半个小时后，他们已经来到了山顶。山顶的温度虽然更低，但空气更加清新。

“好舒服啊！”香鸾长出一口气，靠着叶音竹的肩膀，问道，“我们接下来要干什么？”

走在前面的苏拉向山的另一边眺望，不禁说道：“这么多野兽？”

叶音竹顺着他望去的方向看去，果然，在山另一面的树林中，大量的野兽清晰可见，而且正朝着他们这边移动。野兽大小各异，看上去似乎都有些恐慌。

“我去了！”苏拉低喝一声，身体已经如箭矢般冲了出去，眨眼间已经跑向山下，速度快得惊人，连提升到黄竹五阶的叶音竹也不禁大吃一惊。

香鸾惊呼一声，道：“好快！不愧是刺客系的。音竹，我们也赶快去看看吧。”

“好。”叶音竹再次催动斗气，带着她们朝苏拉跑去。下山自然比上山要容易得多，他只需要将自己的斗气灌注在三人身上，每一次跳跃都在山体上借力而下。在海洋和香鸾的惊呼声中，一会儿的工夫就来到了山下。

苏拉已经开始行动了，他那如同闪电般的身影直接穿插入对面的山林之中。因为速度过快，他的身体甚至有些虚幻，右手反握住他那柄黑色的匕首，身形每一次闪烁，都会有一只野兽倒地不起。

叶音竹清晰地看到，苏拉的匕首都是从野兽的咽喉处掠过的。那些野兽甚至连惨叫声都没能发出，咽喉就已经断裂出血了。野兽不论大小，竟然没有一只能够抵挡住苏拉的一击。

苏拉仿佛要将先前的不快发泄出来，只是数次呼吸的时间，已经有十余只野兽倒在了地上，冰冷的空气中顿时多了一股血腥的气息。

叶音竹看着眼前的场景，有些不适应，他想叫住苏拉，但苏拉的动作实在太快了，他甚至无法捕捉到苏拉的身影。

"哇，好厉害！好久没见过这么厉害的刺客了。看来他刚才说自己的斗气不错并不是吹嘘。"

香鸾可没有叶音竹那种不适应，反而很兴奋，她松开拉住叶音竹的手，手上的空间戒指光芒一闪，琵琶就已经落入她的掌心之中。她右手轻拨，绿光闪烁，一声声清脆的爆音像炸弹似的直奔山林中的野兽而去。

这还是叶音竹第一次见到香鸾施展魔法。香鸾的爆音控制得非常准确，每一声爆音响起，立刻就会有一只野兽全身痉挛倒地不起。

这些山林中的野兽大多数都是一阶的，怎么可能经受得住她释放的爆音呢？琵琶在她的弹奏下，释放着微弱的银光，一看就不是凡品。

香鸾就像是在和苏拉比赛，一会儿的工夫，在两人的攻击下倒地的野兽就已经超过了一百只。令香鸾吃惊的是，苏拉拿着匕首的攻击速度，竟然丝毫不比她拨弦的速度慢，猎杀的野兽数量竟然还在她之上。

海洋并没有加入猎杀之中，始终安静地站在叶音竹身边。她那冰凉的手已经被叶音竹焐热了，反握着他的手抓得很紧，像是怕他跑了。

"苏拉，香鸾学姐，够了！我们人虽然不少，但也吃不了这么多野兽，不要再杀了！"叶音竹高声喊道。野兽全都不小，虽然空间戒指完全可以装下，但猎杀太多也吃不掉。

灰色身影一闪，苏拉已经回到了他们身前，手中那黑色的匕首甚至没有沾上一丝血迹。苏拉的脸色很平静，呼吸依旧是那么平稳，仿佛刚才什么都没做过。

香鸾持续释放魔法，此时已经有些疲倦了，她收回琵琶，瞥了苏拉一眼，道："你真是个冷血的怪物。"

苏拉无所谓地道："谢谢你的夸奖，刺客都是冷血的。"

叶音竹带着海洋上前，一边将野兽的尸体收到自己的空间戒指中，一边若有所思地道："这里怎么会有这么多野兽？你们看，这边山上还有野兽不断地过来。快冬天了，这些野兽不准备过冬，难道是要迁徙不成？"

安雅送他的空间戒指内有很多分隔开的巨大空间，所以并不怕野兽的尸体会沾染到他的古琴。

正像他所说的那样，各种各样的野兽依旧在朝他们这边移动。之前苏拉和香鸾的杀戮虽然吓到了它们，但它们此刻也只是绕过叶音竹四人，并没有后退的迹象。

苏拉点了点头，道："这很不正常。你们在这里等着，我去看看。"

叶音竹赶忙道："还是一起去吧，人多也好彼此照应。"他此时突然有种不好的预感。

在碧空海的时候，他每天都要练习琴曲，而那里的飞禽走兽就是他的听众。他很熟悉野兽的气息，此时他分明感觉到山林中的野兽们很恐慌。能令山林中大量的野兽出现恐慌的情绪，一定是发生了什么事。

苏拉看了一眼香鸾和海洋，道："那你小心一点，护住她们，万一遇到强大的野兽，我就缠住它，你带她们两个先走。银币，出来。"苏拉一边说着，一边在自己胸口上轻拍一下。

银光一闪，身长一米多的小银龙飘然落地。它用力地揉着自己的眼睛，一副没睡醒的样子，胖墩墩的身体看上去有些滑稽。它刚一落地就转身用两只前爪抱住苏拉的大腿，圆圆的肚子更是直接贴了上去，撒娇道："不嘛！妈妈，外面冷，我要睡觉。"

听着银币叫苏拉妈妈，叶音竹嘴角不禁勾起一丝笑意。海洋和香鸾同时呆住了。

海洋轻呼道："这是龙吗？"

香鸾回答了她的问题："没错，就是龙，而且是高贵的银龙。它这么小就会说话，已经充分显示了它未来的位阶。可是，它怎么叫苏拉妈妈？"

叶音竹笑道："这小家伙刚孵化的时候，第一眼就看到了苏拉。可能是这个原因，它才会叫苏拉妈妈吧。"

香鸾疑惑地道："可是，龙对气息是很敏感的，尤其是真正的巨龙。它难道会连性别也认错？苏拉，难道你也是魔武双修？否则怎么能召唤它呢？"

苏拉摇了摇头，道："不，我不是魔武双修。银币乖，你已经很久没出来活动了，老睡觉对身体不好。再这样下去，你就不是银龙，而是银猪了。"

听他说出"银猪"二字，香鸾和海洋不禁同时笑了起来。苏拉这才意识到，"银猪"和"音竹"二字是谐音，顿时有些尴尬地看了叶音竹一眼，而叶音竹也正无奈地看着他。两人目光交流，苏拉之前因为杀戮而冰冷的眼神中悄然多了一丝温暖。

原来，银币孵化之后，就成了叶音竹和苏拉要面对的一个很大的难题。首先，它的成长需要摄取大量的能量；其次，如何将它带在身边也要考虑，毕竟这么小的它还不会飞，苏拉也不放心将它放到外面去。

无奈之下，两人只能将它养在宿舍中。但问题又出现了，这个小家伙实在太能吃了。只是一天的时间，它就偷偷地吃掉了苏拉和叶音竹的全部食物，还堂而皇之地霸占了苏拉的床。

本来叶音竹是想让苏拉暂时和他睡在一起的，但苏拉说什么都不同意。正在犯难的时候，他们突然发现了安雅赠送的那块逆鳞的秘密。

原来，那块逆鳞不仅是银币父母留下来的信物，而且，它父母在临死前将自身大量的能量注入到那块逆鳞之中。

银龙是魔法龙，在叶音竹发现了逆鳞中有大量魔法元素之后，他们尝试着将这些魔法元素诱导出来。在离开米兰魔武学院之前，他们成功了。可惜，只有银币才能吸收那庞大的魔法元素，而且在吸收的过程中，银币会直接融入逆鳞之中，只和苏拉保持着精神联系。这样一来，问题迎刃而解，不但不用为银币的食物发愁，还能随身带着它。

叶音竹向香鸾、海洋道："苏拉有银龙这件事还请你们代为保密，好吗？"

海洋点了点头。香鸾羡慕地道："你们这一届的学员真了不起，单是拥有巨龙的就已经有好几个人了，苏拉更是拥有高贵的银龙。苏拉，能不能告诉我，你的银龙是怎么来的？"

苏拉看了叶音竹一眼，道：“朋友送的。”

“啊！朋友送的？什么朋友这么大方？要是谁也能送我银龙，说不定我会嫁给他呢。”香鸾的双眸始终没有离开银币那胖墩墩的身体，银龙的可爱和高贵，一向是她最喜欢的。她小心地走到银币身边蹲下身，轻轻地抚摸着它的头。

美女的杀伤力果然大，银币这小家伙不但没有反抗，反而松开了抱着苏拉的前爪，一副很享受的样子，靠在香鸾怀中拱来拱去，明目张胆地占便宜，逗得香鸾发出一串银铃般的笑声。

苏拉先是暗骂一声“小色鬼”，然后转头向香鸾道：“可惜你说晚了，要是早些天的话，说不定那家伙真的把银龙送你了。”

香鸾抬头看向苏拉，眼露希冀，道：“能不能把你那个大方的朋友介绍给我认识？”

苏拉淡然道：“不用介绍了，你本来就认识。远在天边，近在眼前，不就是他吗？”说着，他抬手指向一旁的叶音竹。

“你送的？”这一下不仅香鸾吃惊，就连海洋也露出了惊讶的神色。

叶音竹有些不好意思地挠了挠头，道：“我也是碰巧得到银龙的。我自己又没什么用，就送给苏拉了。”

“我怎么没有这么好的运气。音竹，我嫉妒了。”

叶音竹实在有些受不了香鸾那充满幽怨的眼神，赶忙道：“下次有机会，我也送你好了。”

香鸾笑道：“这可是你说的，到时候可别说话不算数。要是你送我银龙的话，说不定我真的会嫁给你。”

“这个……”叶音竹觉得全身又出现了滚烫的感觉。

“怎么？你认为我配不上你？”香鸾站起身，不满地看着叶音竹。

“不是的。”叶音竹赶忙摇头。

香鸾突然笑了，说道：“小傻瓜，看你那样子，脸红得都要滴出血来了。不用这么紧张，跟你开玩笑的。”

叶音竹这才松了口气，他突然发现，香鸾甚至比内斯塔的血魂枪和马良的画笔还要难以抵挡。

香鸾并没有放过他的意思，走到叶音竹身边低笑道：“当然，你也不是一定没有机会。我小时候就发誓，等我长大了，一定要嫁给一个英雄，一个真正的英雄。如果有一天你真的成为大陆顶尖强者，说不定我真的会嫁给你。”

“银币，我们走。”

苏拉实在有些看不下去了，也不理会叶音竹，带着银币就朝对面的山峰走去。

银币经过这段时间在逆鳞中吸收能量，已经长大了许多，虽然还不能飞行，但腾跃没问题。它一下跳到苏拉的肩膀上，拍打着翅膀减轻自己的重量，让苏拉带着它快速前行。

“学姐，我们也走吧。”

叶音竹这次主动拉住香鸾的手，催动斗气飘身而起，追着苏拉和银币朝对面的山峰攀爬而去。

山林中的野兽仿佛没有看到他们，只顾着慌张地朝山下四散奔逃。四人越来越接近顶峰了，突然，一股冰冷的气流袭来，浓重的血腥味令人不寒而栗。香鸾和海洋都下意识地握紧了叶音竹的手，而叶音竹心中的不安也变得更加明显了。

很快他们来到了山顶。

苏拉已经在山顶了，正躲在一棵大树旁向另一边的山下看去，此刻，他的目光中充满了惊骇。叶音竹顺着他的目光向下看去，看到了一幕令自己毕生难忘的景象。

一群高大的生物正快速朝山顶方向而来，那群生物的身高都超过两米五，全身覆盖着灰白色的毛发，四肢极为粗壮，脸部相貌和人类差不多，只是要狞恶得多，大多数身上都沾染了鲜血。

它们一边向山顶方向快速地移动，一边兴奋地猎杀着野兽，而且它们猎杀的方法不知道比苏拉刚才猎杀的方法血腥多少倍，竟然直接将野兽撕裂。这也是血腥味如此浓重的原因。

苏拉沉声道："是兽人中的猿人。"

第三十章
杀戮音刃

巨大的猿人在山林中的速度只能用“恐怖”来形容了，它们只需要一个腾跃，立刻就来到野兽身边。即使是和猿人差不多大小的野兽，也难以逃脱。

猿人一旦近身，就能一把将野兽从地面上抓起来，极为粗壮的上肢分别向两旁用力，在刺耳的哀叫声中，野兽立刻就会毙命。眼前的场景惨不忍睹，此时再也找不到一具完整的野兽尸体了。

“猿人？”叶音竹惊讶地看向苏拉，此时他身旁的香鸾和海洋的脸色都很难看。香鸾猛地转过身，扶着树大吐起来，这种场面，她还是第一次见到。

苏拉虽然脸色也不太好看，但相对来说要好得多。

“猿人是兽人中的主战兵种之一，力大无穷，能轻易地杀死虎豹，身上的毛发极为坚韧，普通刀剑难伤。兽人派遣这种擅长攀爬的猿人来这里是干什么？难道兽人想偷袭科尼亚城？”

叶音竹皱眉道：“不对啊！这些猿人虽然看上去很厉害，但还是要比我们的龙骑兵差了许多，就这么一百多……”他刚说到这里，忽然停住了。因为他看到除了已经接近山顶的这一百多个猿人之外，山脚下有无数灰白色的身影正朝山上前进。

苏拉低呼一声，道：“快走，前面这些只不过是先遣部队，我们要赶快回城给他们报信。”

空中突然出现一片阴影，苏拉抬头看时，只见一个猿人抓着树干荡起身体，朝着他们扑了下来，目标正是还在呕吐的香鸾。

“小心！”苏拉低喝一声，叶音竹已经出手了。

叶音竹左手探出，将香鸾拉入自己怀中，右手在胸前划出半圈再闪电般推出，一股纯正的黄色斗气迎上了猿人粗壮的身体，轰然巨响中，猿人顿时被震得飞了出去。

而就在这个时候，大量的猿人已经用极为惊人的速度爬了上来。叶音竹发现，他们被包围了。

“趁着猿人的主力还没有上来，我们杀出去。”苏拉毫不犹豫地飘身而起，手上的匕首已经换成了天使叹息。

他那纤细的身影在空中一闪，眨眼间追上被叶音竹轰飞的猿人。天使叹息乌光闪过，顿时带起一片血光。

叶音竹的反应很快，或许是因为处于危机之中彻底激发了他的潜力，他右手一抬，将海洋送到自己背上，左手紧紧地搂住香鸾，让她贴在自己身上，双脚用力，跟随着苏拉向外冲去。

天使叹息不愧是刺客界的无冕之王，在苏拉那快如闪电的速度中发挥得淋漓尽致。每一道乌光闪过都会带起一片血雨，诅咒之刃成功地割裂了一个个猿人的喉咙。

苏拉整个人就像一柄尖刀，直插敌人阵营。

如果刺客根本不考虑保护自己的话，那么，刺客的攻击力绝对比龙骑兵的还要恐怖。苏拉现在就是这样，危机之中，永恒替身傀儡开启，他那虚幻般的身影根本就不躲避猿人对他的攻击，所有攻击都会自行从他身上穿过，却无法伤到他，而他的天使叹息正在快速地收割着一条条生命。

银币似乎并不惧怕眼前的情景，始终站在苏拉的肩膀上，因为它一直拍打着翅膀减轻自身重量，所以并不会给苏拉带来任何负担。

龙嘴张开，火球、水箭、冰锥、风刃、光弹，各种不同元素的低级魔法不断从它口中释放出来，虽然大都是橙色和赤色，但对猿人也起到了一定的干扰作用，银币配合着苏拉，一时间所向披靡。

不过，猿人的战斗力显然不是野兽所能相比的，三个猿人接连被苏拉杀死后，它们已经知道该如何防御了。只要看到苏拉扑上来，它们就立刻用粗壮的手臂护住头颈要害。天使叹息虽然会在它们身上留下一道道无法愈合的伤口，却不会像之前一样致命了。

和苏拉比起来，叶音竹承受的压力大得多，苏拉只需要正面冲击，此时他却是三面受敌。在猿人近距离的攻击下，他根本不可能去弹琴，同时还要保护香鸾和海洋，唯一拥有作战能力的就只有他的右手了。

月神守护开启，乳白色的光芒将三人的身体完全笼罩在内。猿人虽然力大无穷，但想要突破这层防御也不容易。与此同时，碧丝带着一道碧绿色的光芒展开，虽然只有丝线般粗细，但在叶音竹的竹宗斗气灌注之下，好似变成了一条有着恐怖攻击力的鞭子。

几个猿人同时向叶音竹扑了上来。叶音竹右手一抖，碧丝横扫而出，迎上了左面的两个猿人，“砰砰”两声闷响，两个猿人顿时被抽飞了。

在击退两个猿人的同时，月神守护也受到了至少三下攻击，叶音竹险些精神失守，身体往前跌。此时他快速将碧丝扫出，这才将几个猿人逼退。

苏拉大声喝道：“音竹，杀掉它们！你带着她们两个，下山的速度不可能比最擅长山地攀爬的猿人快。不把它们都杀掉，我们就走不了了。”他知道叶音竹心地善良，如果不刺激一下，恐怕他是不会真下杀手的。

叶音竹虽然善良，但未必就是盲目的善良。叶离和秦殇都教导过他，面对敌人，要在最短时间内给对手以重创，心慈手软只会伤害到自己。

此时在苏拉的提醒下，他心中的杀意已经燃烧起来。至少他知道，自己绝对不能让海洋和香鸾受到一点伤害。

“起！”叶音竹大喝一声，全身用力一抖，香鸾和海洋同时被抛飞，仿佛脱离了地心引力一般，她们竟然直接冲入数十米的高空。

“竹攻。”黄竹斗气与碧丝完美结合，一道道黄绿混合的光柱犹如利刃之森，瞬间向四面八方刺出。碧丝本就极其坚韧，在黄竹五阶斗气的灌注之下，不逊色于任何利刃。

轰鸣声中，先前围在叶音竹身边的八个猿人同时被轰飞，砸倒了它们不少同伴。它们再也不可能爬起来了，因为在它们的眉心处，都多了一个细小的血孔。那小孔虽然肉眼难辨，但是它们的大脑已经被强悍的竹宗斗气震成了糨糊。

然而叶音竹并没有停下。此时空中的海洋和香鸾已经升到最高点，开始下坠了。

叶音竹眼底闪过一道紫气，他仰天怒吼一声，身体骤然前冲，来到苏拉身旁，双拳同时迎上了两个猿人硕大的拳头。斗气蕴于拳上，此时此刻，他只觉得自己全身充满了使不完的力气。一股霸气油然而生，让他像变了个人。

两声轰鸣中，骨骼碎裂声如同爆豆般响起。

两个猿人与叶音竹对轰，在无法抵御的大力下，全身骨骼寸寸碎裂，像两个肉球一般抛飞而出，显然是活不成了。

叶音竹头也不回地骤然向后踢出一脚，顿时又是一声恐怖的骨裂声响起，一个试图偷袭的猿人被他一脚踢到五丈之外。

在叶音竹突然爆发的攻击之下，他周围的猿人被清空了。

苏拉好不容易将匕首送入两个猿人胸口后，退到叶音竹身边，他惊讶地发现，叶音竹的黑眸不知道什么时候已经变成了深紫色，露在魔法袍外的皮肤上也多了一层淡淡的紫气。

叶音竹一手一个，正好接住了从空中坠落的香鸾、海洋，将她们护在自己身后。

猿人们极为彪悍，经过短暂的慌乱之后，依旧有近八十个猿人从四面八方缓缓地围了上来。

第三十章 杀戮音刃

山风肃杀，空气似乎变得更加阴冷了，配合着浓重的血腥气，令脸色惨白的香鸾和海洋微微有些战栗。

她们从小生长在温室中，什么时候见过如此残忍的场面。一时间，甚至忘记了自己是魔法师。

“苏拉，你护住她们。”叶音竹交代一声后，身体已经冲了出去。

接下来，苏拉、香鸾和海洋看到了恐怖的一幕。没有琴音，甚至连碧丝都没有使用，叶音竹依靠的是他的双拳，完全是面对面的硬碰。

此时，叶音竹身上那优雅的气质已经消失，全身上下都充斥着肃杀的冰冷，那是绝对的霸道。

他每一次出手，都有猿人被轰出。骨骼碎裂的声音仿佛是死神的叹息一般，那是绝对力量的证明。

叶音竹没有远离苏拉三人，只要有猿人接近苏拉他们，那么，立刻就会迎来叶音竹的攻击。偶尔的漏网之鱼也不可能逃过苏拉手中的天使叹息。

猿人并不傻，在兽人中，它们的智力是比较高的。接连近三十个猿人死在叶音竹手中，它们已经有些害怕了，不再向前冲击，而是围着叶音竹四人发出阵阵恐吓的低吼声。

叶音竹没有主动出击，嘴角处带着一丝冰冷的笑容，他回到苏拉三人身前坐了下来，手上光芒一闪，海月清辉琴已经悄然出现在他膝盖之上。他不是战士，而是一名魔法师，即使他的斗气超过了魔法力，但他还是一名魔法师。

琴音响起，这一次是充满了金戈铁马的铮铮之声。

叶音竹的双手八指宛如精灵般在琴弦上舞蹈。琴音并不成曲，但是，一道道耀眼的黄色音刃以无与伦比的速度挥洒而出。

如果一定要说叶音竹修炼的是魔武合一之法，那么，魔武合一最好的体现就是他的音刃。竹宗斗气提升到了黄竹五阶，他的音刃强度也骤然提升了数个档次。

只见那黄色音刃所到之处，树挡树折，伴随着有些刺耳的琴音，就连空气也被撕裂开，出现一道道水波荡漾般的痕迹。

音刃最神奇的地方，就是它并不是顺着琴弦弹动的方向发出的，而是完全受叶音竹的精神力控制。

这些天叶音竹学习弗格森给他的精神魔法笔记并没有白费，在对精神魔法的领悟上，他已经有了全新的理解，尤其是通过精神力对琴音的控制。这种控制不仅表现在乐曲上，同时也表现在音刃上。

一道音刃或许只能在一个猿人身上带出一条血线，不足以杀死它们，但是，如果三道音刃重合轰击在同一个位置上，那么，它们的防御就不足为惧了。

毕竟是相当于青级斗气混合绿级魔法力而产生的强大攻击，大多数猿人甚至连闪躲的机会都没有，身上出现的一条条血线就带走了它们的生命。

眼前的一幕对于苏拉和香鸾、海洋来说绝对是恐怖的，他们清楚地看到，一团团血雾伴随着音刃出现在猿人身上。最为恐怖的是，有的猿人下肢还在向前走，上肢却留在了先前的地方，身上的伤如同刀削斧凿一般光滑平整。

神音师恐怖的杀伤力第一次出现在了战场上，苏拉三人更是有幸成为目睹者。虽然之前的杀戮让海洋和香鸾已经有些承受能力了，但此时她俩依旧和苏拉一样，脸色惨白得吓人。他们谁能想到，一向温和的叶音竹杀起敌人来竟然如此恐怖。

金戈铁马的铮铮之声消失了，与之同时消失的还有猿人的生命，在场四人的周围充斥着一股浓郁的血腥味。之前那些被叶音竹击碎全身骨骼的猿人还算有个全尸，后面这些面对海月清辉琴发出的音刃的猿人就实在太倒霉了。冰冷的大地被猿人的热血染红，整整一个猿人中队都变成了尸体。

苏拉一向认为自己杀人的速度很快，眼前这些尸体却只有十分之一是他下手的。

叶音竹坐在那里没有动，脸色依旧是冰冷的，只是那层紫气已经逐渐消失了。

苏拉勉强平复着自己的心神，咬了咬下唇，道：“音竹，我们快走吧。”

“哇！”之前还一脸冷酷的叶音竹突然弯下腰，抱着海月清辉琴就大吐特吐起来。

瞬间的变化弄得苏拉三人有些措手不及。在短暂的错愕之后，香鸾和海洋不禁都笑了起来。香鸾没好气地道：“刚才吓死我了。原来这家伙并不是那么冷酷啊！他毕竟还是我们神音系的清纯美少年。”

苏拉也不禁露出一丝莞尔之色，周围那冰冷恐怖的感觉似乎消失了。

早饭被叶音竹吐得一干二净，他喘息地看着周围的一切，脸上一阵红一阵白。

“这真的是我做的吗？”

就在刚才，当他开始展开杀戮的时候，体内热气奔腾，似乎只有将这些力量完全释放出去身体才能变得舒服。

接下来，杀戮开始了。在攻击的时候，他只觉得全身亢奋，脑海中只有“毁灭”二字。此时回想起来，他竟然觉得那时候自己有些控制不了自己的身体。看来，与紫签订契约之后，自己得到的并不只有更强的防御力量，还有一些其他东西。

苏拉走到叶音竹身边，轻拍着他的背，关切地问道：“你没事吧？”

叶音竹苦笑着点头，道：“我们快走吧。原来杀戮是一件这么痛苦的事。”

苏拉轻叹一声，说道：“有的时候为了保护自己和朋友，我们不得不做一些自己不愿意做的事情。啊！你看。”他突然吃惊地指向山下。

四人的心都提起来了，他们看到，就在山下，漫山遍野尽是兽人，最前面的猿人已经到了半山腰的位置，数量之多，一时间根本数不清楚。在猿人之后，是一些身高接近三米，全身有着黄黑相交纹路的兽人，它们看上去比猿人更加强壮。还有长着黄褐色毛发伴随着黑色斑点的兽人，虽然它们的身材相对要矮小一些，但也有接近两米高，速度奇快，已经追上了最前面的猿人，正飞速朝着山顶赶来，显然是听到了山顶的厮杀声。

“是虎人和豹人，全是兽人族的主力，加上猿人，它们都是擅长攀爬的强力兵种。天啊！极北荒原的兽人到底要干什么？”苏拉倒吸一口凉气，只觉得全身一阵发冷。

香鸾突然惊呼道：“比蒙巨兽，是比蒙巨兽！”

兽人队伍的最后方，比蒙巨兽那高达十五米的巨大身体在阳光的照射下发出铁灰色的光芒。

比蒙巨兽实在太高大了，即使离得很远也能清晰地看到它们。他们眼前竟然有上百个比蒙巨兽，再加上虎人、猿人、豹人三大强力兵种，眼前这些强者至少相当于雷神之锤要塞中三分之一的主力。

“快走！”叶音竹已经顾不上尴尬，双手分别搂住香鸾和海洋，招呼苏拉一声，快速朝着科尼亚城奔去。那是数万兽人主力啊！别说现在只有一个他，就算有一百个他，也不敢和拥有比蒙巨兽的兽人主力军团对抗。

苏拉速度极快，一闪身已经追上了叶音竹。叶音竹沉声道：“苏拉，你速度快，赶快回科尼亚城报信。这些兽人肯定要攻击科尼亚城。没想到兽人竟然不惜翻越天险。看来，我们的军队还是太大意了。这次兽人发动战争恐怕不单单是抢粮那么简单。科尼亚城在群山环抱之间，是这个方向通往米兰帝国唯一的屏障。出了科尼亚城，后面就是一马平川的普利亚平原，如果兽人冲过去，那么，再想阻挡兽人恐怕米兰帝国就要承受很大的损失了。”

这些天叶音竹一直在听奥利维拉讲战例，对作战地图熟悉得很，马上就推测出了兽人军队发动战争的目的。

普利亚平原可以说是米兰帝国最重要的粮食来源地，土地肥沃，拥有众多商业发达的大城市。由于这些城市都在内陆，所以城防极为薄弱，别说是拥有比蒙巨兽的兽人主力军团，就算是一支普通的军队也能轻易攻下那里。

苏拉犹豫了一下，问：“我先走了，那你们？”

叶音竹急忙道：“没时间了，你快走。早一点准备我们才更有机会挡住兽人。告诉奥利维拉大哥，让他赶快向圣心城求援，否则就来不及了。兽人现在还没上来，还来得及。快，快走！”

苏拉知道叶音竹说得没错，一咬牙，骤然提速，在永恒替身傀儡的帮助下将速度提升到极限，越过叶音竹飞速朝科尼亚城而去。

雷神之锤要塞。

雷神部落酋长古蒂是一名强大的狮人，是雷神部落王族最强大的战士，它的力量甚至可以和普通的比蒙巨兽媲美。

古蒂身高三米多，全身散发着逼人的气势，一双狮目除了带着威严四射的光芒之外，还有几分阴鸷，显然，古蒂并不像普通兽人那样头脑简单。

古蒂缓缓地敲打着面前的桌子，看着上面的沙盘，眼中闪过一道得意的光芒。

“我们的军队应该已经在翻越布伦纳山脉了。只要出了布伦纳山口，米兰帝国巨大的财富必将属于我们雷神的子民，到时候，所罗门那边的熊人和战神要塞那边的虎人就再也没有与我们雷神部落抗衡的实力，极北荒原恐怕就要在我手上统一了。好，真是太好了。

“埃莫森先生，你真是雷神赐予我们部落最大的财富。多亏了你的建议，否则，我还真想不到从这里找到突破口直接打入米兰帝国的内部。”

古蒂左侧站着一名身穿蓝色斗篷的人类，斗篷很大，将他全身都包裹在内，连脸都没有露出来。

他低着头，用低沉而沙哑的嗓音谦卑地道：“赞美雷神。这是雷神对子民的眷顾。现在我们需要从正面给米兰帝国的人更大的压力，这样他们就算发现了我们的人已经深入米兰，也不敢抽调更多的龙骑兵去救援。只有这样，我们才能得到更多的财富。我想，这次您的军队一定能够将我送给您的十枚空间戒指装满。”

古蒂哈哈一笑，道：“对，你说得对。那十枚空间戒指甚至可以装下一座城市，我相信，很快我的子民们就能看到米兰的财富了。”

说到这里，古蒂眼中寒光一闪，道：“不过，我比较担心法蓝那边的反应。

埃莫森先生，你说如果我们成功地杀入米兰内部，破坏了北方的平衡，会不会惹来法蓝？那可不是我们能够抗衡的力量。我的先祖留下的回忆始终告诉我们，法蓝是不可抗衡的。”

埃莫森微微一笑，道：“不，当然不会。法蓝七塔不会轻易干涉大陆上的事。米兰帝国是龙崎努斯第一帝国，或许在这次战争中，米兰帝国会失去许多财富，但还不至于动摇了米兰帝国的根本。再者，米兰国力衰弱，恐怕也是法蓝希望看到的。只有南北平衡才能让法蓝的地位更加稳固。”

古蒂低吼一声，道：“法蓝还需要搞什么平衡吗？恐怕整个大陆的军队加起来，也不可能与法蓝对抗。来人，传我命令，狼骑兵军团全体出发，以雷神之锤要塞为中心，给我狠狠地冲击米兰帝国的人的防线。狮人亲卫军团、比蒙军团、牛头人军团、半人马弓箭军团随我全线出击，正面攻击圣心城。马尔蒂尼，我要让你顾此失彼。等米兰帝国再调遣军队过来的时候，我的劫掠军团恐怕已经大胜而归了。哈哈哈哈……”

一棵棵折断的大树堆积在山顶上，叶音竹不断地忙碌着。苏拉走后，他并没有急着赶回科尼亚城，而是在攀登到第一座山的顶端的时候，停了下来。

叶音竹很清楚，现在科尼亚城的情况很不乐观。兽人主力出击，别说是那数万的军队，就算是只有那些比蒙巨兽，科尼亚城也不太可能挡得住。但不管怎么说，时间拖延得越久，对科尼亚城的防御越有利。所以，叶音竹现在就在山顶准备拖延一些时间。

香鸾和海洋站在比较远的地方，叶音竹本来是让她们先走的，但香鸾说没有叶音竹的斗气帮助，就算她们走也走不快，倒不如等他一起离开。

叶音竹要做的很简单，就是利用树木进行阻击。

这座距离科尼亚城最近的山峰，靠近科尼亚城一边的山势比较平缓，而兽人即将攀登的那边则要陡峭得多。缓坡一边的山上有许多参天大树，以这座山峰千米的高度，如果是树坠落下去，杀伤力还是很惊人的。

虽然只有一个人，但叶音竹此时展现出的惊人的速度和近乎狂暴的强悍力量，还是让一边的海洋和香鸾都看呆了。

三丈长的碧丝展开，在竹宗斗气的灌注下，不论是多粗的大树，只要被碧丝围绕一周，叶音竹一带之下，大树立刻就会被勒断，切口光滑，就像被利刃瞬间切断一般。然后叶音竹再凭借强悍的力量将大树堆积在山顶上。只是一会儿的工夫，山顶已经被堆得满满的。

“他还是人吗？他不知道疲倦吗？”香鸾喃喃地说道。她和海洋都是魔法师，还是属于鸡肋的神音师，此时一点忙都帮不上，只能看着。

海洋深吸一口冰冷的空气，道：“音竹的力量恐怕比普通兽人的力量都要大。你看，他除了在砍大树的时候使用了斗气外，其他的都是使用力量的效果。”

香鸾嘻嘻一笑，凑到海洋身边低声道：“是啊，他很强壮。”

海洋俏脸一红，瞪了她一眼，道：“都什么时候了，你还想些乱七八糟的！”

香鸾装出一副冤枉的样子，道：“我只是说他强壮，怎么了？我看，是你思想太混乱。海洋，没想到你也动心了。”

海洋轻捶她一下，道：“别闹了。现在你还是多想想怎么解除眼前的危机吧。没想到兽人居然孤注一掷地从最不可能出现的地方发动攻击。如果这些兽人过了科尼亚城，恐怕……”

香鸾眉宇间多了几分忧愁，叹息道：“现在就希望这边能够多拖延一些时间。帝国那边不知能否及时调兵。兽人这一次似乎不是简单的抢粮。如果兽人全力冲击的话，圣心城中的守军恐怕顾不上我们这边。”

海洋脸色一变，道：“如果是那样的话，恐怕就完了。从米兰城到北疆至少也要二十天，就算是纯骑兵，没有十天也不可能赶过来。可现在别说是十天，就是十个小时我们也未必守得住啊！”

香鸾叹息一声，道：“只能听天由命了。还好，天塌下来也有他们这些男人顶着。”说着，她指了指依旧在忙碌的叶音竹。

叶音竹身形一闪，回到她们身边。

此时，山顶上已经遍布粗壮的树干，这些巨树上都还带着树枝，就像一层厚实的屏障。见此，叶音竹却没有一丝高兴的感觉。

“音竹，下面怎么样了？那些兽人上来了吗？”香鸾问道。

叶音竹摇了摇头，道：“还没有。兽人好像正在山沟里集中兵力，或许是因为我们之前在山上杀了那些猿人吧，兽人好像谨慎了一些。”

香鸾道：“那我们什么时候走？”

叶音竹道：“等兽人上山吧。希望这些大树能给兽人带来一点损失。我们这边缓坡上的树木比较茂密，兽人即将上来的陡坡那里的树木虽然要少了许多，但也能起到一定的阻挡作用。现在只怕这些滚木无法产生太大的效果。

“要是有火就好了。现在已经接近冬天，天干物燥，最适合火攻。昨天我还听奥利维拉大哥专门讲过火攻的战例呢，可惜我们都不是火系魔法师。”

“谁说没有火呢？”一个突然出现的声音瞬间吸引了三人的注意，三人转身一看，发现苏拉回来了。

苏拉的脸色有些苍白，大口喘息时，胸前剧烈起伏着，脸上露着难以掩饰的疲倦。银币倒是在他肩膀上站得很舒服，胖墩墩的身体依旧是那么可爱，还时不时用它的前爪去挠挠苏拉的头。

“苏拉，你怎么回来了？”叶音竹惊讶地道。

苏拉走到叶音竹身边，一屁股坐到地上，道：“我已经把消息告诉奥利维拉了，然后怕你们遇到危险，就回来迎你们，谁知道一直迎到山顶。音竹，你准备用滚木对付兽人吗？”

叶音竹点了点头，道：“那边是陡坡，易守难攻。我只是想尽量减缓一下兽人前进的速度，也让奥利维拉大哥有更多的准备时间。他听了这边的情况怎么说？”

苏拉苦笑道：“还能怎么说？我们一共只有五百名龙骑兵，加上学员也才六百个人，科尼亚城原本的五百名守军几乎可以忽略不计。现在奥利维拉已经用魔法通知了圣心城。圣心城那边怎样回复我不知道，把消息传给他后我立刻就回来了。”

“谢谢你，苏拉。”叶音竹眼中露着感动的光芒。

苏拉撇了撇嘴，道：“谢什么？忘记你是怎么跟我说的了吗？”

两人对视一眼，不禁都露出一丝会心的微笑。正在这时，叶音竹突然发现，山下的兽人已经开始动了，赶忙招呼几人一声。

他们来到滚木旁向山下看去，只见大量的兽人正在从对面的山上进入山沟，而山沟中聚集的兽人士兵开始朝着他们这座山峰，也就是科尼亚城最后的屏障攀爬而来。

此时，冲在最前面的已经不再是猿人，而是身材瘦小一些，但速度更快的豹人。数不清有多少豹人正以极为惊人的速度朝山顶而来，豹人之后才是虎人和猿人。那些最为醒目的比蒙巨兽并没有动，似乎在指挥着其他兽人上山。

苏拉看了叶音竹一眼，问：“我们现在该怎么办？”

叶音竹道：“刚才你说有火，指的是银币？”

苏拉点了点头，道：“银币虽然还小，但它至少能发出赤级的火系魔法。攻敌显然不够，燃烧东西却没有任何问题，现在的树木都很干燥。”

叶音竹当机立断道：“那好，我们就用火攻试试吧。不论能否成功，把这些滚木弄下去，我们就立刻返回科尼亚城。”

苏拉让银币从他肩膀上跳下来，拍了拍它的头，道：“要靠你了。”

第三十一章

黄金比蒙

银币高高地抬起头，一副高傲的样子，摇摇晃晃地爬上树堆。魔法元素开始在它身体周围波动起来，它身上那圆形银色鳞片开始发出微弱的光芒。作为全系魔法龙，即使正处于幼年期，它的魔法也绝对是全面的，火系自然是其中之一。

叶音竹看着下面的豹人已经开始接近半山腰的位置，他向苏拉点了点头，道："让银币准备，等兽人再攀登到高一点的位置我们就开始。"

以前的他根本就不知道军事是什么。修炼赤子琴心让他失去了许多学习其他知识的机会，所以来到米兰魔武学院之后，他就像一块巨大的海绵一样，不停地吸收着周围一切可以学习的东西。

面对数万兽人大军，即使他们现在只有四个人，叶音竹依旧能保持冷静。这一点，令他身边的三人都不禁暗暗敬佩。也正是因为他的冷静，他们才没有惊慌失措。

时间似乎变慢了，此时此刻，对于叶音竹他们来说，每一分钟都是那么漫长。

海洋和香鸾的手心早已布满了汗水。苏拉一会儿看看山下，一会儿再看看身边的叶音竹，心跳也变快了。

其实，叶音竹同样很紧张，只不过相对其他人来说，他更能控制自己的情绪。小时候在修炼的过程中，有一段时间秦殇用各种方法来干扰他，专门让他锻炼在骚扰中弹琴的能力，这才使他能有现在的冷静。

一分钟过去了，十分钟过去了。豹人部队距离山顶不到三百米，而此时后面的兽人军队已经上山，就连最后那些比蒙巨兽也开始行动了。

“放火！”叶音竹低喝一声。

苏拉立刻向银币传达信息。一个橙色的光环从银币身上悄然释放，竟然是橙级魔法抗拒火焰，冰冷的空气突然变得灼热，那些被叶音竹堆积在一起的树木立刻燃烧起来。

银币拍打着翅膀一跃而下，立刻奔向另一堆树木。而此时，叶音竹也飞快地行动了。

叶音竹用力一推，刚刚燃烧起来的滚木顿时飞滚而下，带起阵阵风声。火借风势，让巨树熊熊燃烧起来，干燥的天气成为火攻最有利的条件。

陡坡上的树木确实像叶音竹想象的那样，成了兽人前进的重大阻碍。当滚木落下砸到这些树木后，立刻会四散飞溅，虽然下降的速度慢了一些，但也于无形中将杀伤的面积扩大了许多。

突然的变故令正在攀爬的豹人措手不及，一时间传来阵阵惨叫声。

在多米诺骨牌的连环效应之下，火滚木在陡坡上发挥出了意想不到的效果。

虎人愤怒的咆哮声，豹人的惨叫声，猿人尖锐的啸声，此起彼伏。一时间，整个陡坡变得热闹起来。个体实力强大的兽人根本就不会讲求什么排兵布阵。此时突然遇到袭击，兽人自然也没什么应对方法。

面对未知的敌人和无情的火焰，劫掠军团顿时大乱。

叶音竹当然顾不上去看这些，此时他正和银币飞快地配合着。银币点燃一堆滚木，他立刻将滚木推下山去。凭借着身上的月神守护，他也不用怕滚木上的火焰。

当十余堆滚木飞滚而下的时候，银币的魔法力也已经见底了，它疲倦地回到苏拉的怀抱中，回到逆鳞内的特殊空间休息去了。而此时，滚木的效果也已经完全发挥出来了。

叶音竹在选择滚木的时候，都是挑那些最粗大的树木。布伦纳山脉的存在不知道要追溯到多少年以前，而这里接近极北之地，人迹罕至，树木都长得极为高大。如果不是叶音竹有惊人的力量，也不可能在短时间内聚集这么多树干。

巨大的滚木燃烧着坠落下来，成为兽人的灾难。此时，整个陡坡上变成了一片火焰地狱，燃烧的不仅仅是叶音竹推下去的树木，同时，陡坡上的树木和干枯的各种植物也在滚木的作用下开始燃烧起来，滚滚浓烟不断升腾着，到处都是火。兽人身上的毛发是易燃的，此时不但没什么用，反而成了这些兽人最大的引火线。

这些智力低下的兽人已经顾不上爬上山顶了，在火焰和滚木的作用下，开始四散奔逃。

兽人毕竟不是真正的人类，内心原始的兽性一旦被激发，那么，再好的统帅也失去了指挥能力。

此时，狄斯和帕金斯很郁闷。作为这次兽人突袭行动的统帅，两个黄金比蒙本来以为这是一份好差事，根本不会遇到什么阻挠，可眼前的局面已经不是它们能够控制的了。

“浑蛋！不许后退！给我冲上去，任何敌人也无法阻挡兽人前进的脚步！”狄斯一把抓住一个从山上跑下来的猿人，粗壮的双臂用力一扯，那和人类相比算是高大的猿人，在黄金比蒙狄斯手中就像一个玩偶般脆弱，瞬间毙命。

鲜血刺激着狄斯身后的比蒙巨兽们，它们凶性大发，一时间，只要有兽人敢从山上跑下来，立刻就会被比蒙巨兽毁灭。

“大哥，这样不是办法。不如让兽人先撤下来吧？”帕金斯一把抓住狄斯的肩膀，阻止它继续杀下去。同样是黄金比蒙，帕金斯比狄斯聪明一些。

狄斯怒哼一声，道：“浑蛋，都给我退下来。比蒙听令，跟我上山，我倒要看看，是什么人敢阻挡比蒙前进的脚步。”说着，狄斯第一个冲了出去。接近二十米的巨大身体丝毫不显笨拙，双脚重跺地面，留下两个深深的脚印，身体已经跳出数十米，扑上了陡坡。

一根巨大的滚木从陡坡上滚落而下，狄斯连躲都不躲，咆哮一声，硬生生地冲了上去。

狄斯继续向上冲，而那滚木已经变成了碎片。

火焰，对于其他兽人来说或许是灾难，对于比蒙巨兽来说，却没有任何效果，因为比蒙巨兽身上的毛发根本就不会燃烧。

这次古蒂派出的劫掠军团都是精锐中的精锐，以狄斯和帕金斯两个黄金比蒙为正副统帅，带有四个白银比蒙，八十个狂暴比蒙，两万个猿人，豹人和虎人各一万个，都是兽人中的强力兵种。

山上的火势很大，猿人、虎人和豹人都在四散奔逃。黄金比蒙狄斯和帕金斯一边驱散着手下，一边飞速上山。此时每一个比蒙巨兽眼中都充斥着无尽的怒火，只要到达山顶，就算是巨龙在那里，比蒙巨兽也会将巨龙撕成碎片。

终于，狄斯率先登上了山顶。作为高傲的九阶魔兽，它根本就不怕对方有什么伏击，但是，当它真正攀爬到这里的时候，气得都快要爆炸了。

作为龙崎努斯大陆无敌的终极兵种，所面对的敌人竟然是空气。是的，山顶上除了冰冷的空气以外，再没有任何东西。周围只剩下那一个个树桩，除此之外，空荡荡的，别说是人了，就连一只蚂蚁也没有。

“浑蛋！”狄斯双目通红，疯狂地怒吼一声，骤然弯下腰，一拳重重地轰击在地面上。

山上的火和狄斯的怒火相比，简直就不值一提。

帕金斯的动作很快，一看狄斯发飙，第一时间从下面跳了起来。四个白银比蒙的反应也还不错，立刻向山下飞退。狂暴比蒙们可就没有那么好的运气了。在九阶黄金比蒙的威压下，别说是违背狄斯的命令，就算是想跑也跑不了。

接近二十米的黄金比蒙的拳头有多大？直径就超过了一米五。狄斯的手臂完全插入了地面，极限的力量竟然令它疯狂的一拳没有发出任何声音。而就在下一刻，以它所在的位置为中心，整个山顶爆炸了。

布伦纳山脉的山体内除了稀有的矿石以外，绝大多数都是极其坚硬的花岗岩。而此时此刻，这座山峰的顶端在黄金比蒙狂暴的一拳之下，竟然碎掉了三十米高的山体。

无数碎石像炮弹一般飞溅而出，八十个狂暴比蒙，无一例外地被轰飞，朝山下滚落。好笑的是，比蒙巨兽那巨大的身体滚下去，杀伤力甚至比叶音竹弄的那些滚木还要大一些。至少，比蒙巨兽身体的重量和结实程度绝对不是滚木所能媲美的。

灰尘逐渐散去，金黄色的光芒在狂暴的中心闪耀着。狄斯重新站直身体，近乎疯狂的一拳令它心中的愤怒少了几分，眼底闪烁的红光逐渐消退。

帕金斯灰头土脸地从山下走了上来，和它在一起的还有四个白银比蒙。

帕金斯哈哈一笑，道："老大，你发起火来还是这么猛。看，那就是科尼亚城。"它一边说着，一边抬起粗壮的手臂朝山下指去。

狄斯的目光朝山下看去，全身金刚一般的骨骼噼啪作响，它冷冷地道："那么，这座城市就准备承受我的怒火吧。传我命令，杀入科尼亚城，一个不留！"

帕金斯无奈地耸了耸肩膀，一把搂住狄斯那宽阔得如城墙一般的背，道："老大，你要让我把命令传给谁？现在我们可是光杆统帅了。"它一边说着，一边伸出另一只手的大拇指朝身后指了指。

"啊……"狄斯这才发现，除了自己和帕金斯以外，身边的手下就只有那四个白银比蒙了。就连本族的狂暴比蒙此时都已经到了山下，当然，是滚下去的。

"浑蛋，先整军吧！"狄斯低吼一声。

几个白银比蒙赶忙去整理被火攻洗礼后的劫掠军团。

帕金斯道："老大，看情况有点不妙啊。米兰帝国的人似乎已经知道我们要来偷袭，否则也不可能准备好火攻等着我们。现在怎么办？"

狄斯怒哼一声，道："有准备又怎么样？难道他们还能阻挡我们前进不成？我就不信米兰帝国的人在这里有足够的兵力挡住我们。"

帕金斯道："古蒂对我们的期望很大，还是小心一点好。等兽人都到齐了先休整一下吧，我看，刚才咱们的军队都乱套了。"

狄斯不屑地道："那些低等兽人真是没用，天生怕火，算它们倒霉。就听你的，再让科尼亚城中的人多活一会儿。"

当狄斯和帕金斯在这边商量的时候，叶音竹他们已经回到了科尼亚城。火攻的效果比他们想象中要好得多，看到大量兽人在烈火中挣扎，他们不敢停留，立刻下山离去，这也是为什么比蒙巨兽们到达山顶时只看到空荡荡的一片了。

一进城门，叶音竹就看到了全副武装的龙骑兵大队。

奥利维拉身穿水蓝色重铠，手持七米暗蓝色龙枪，正在指挥着龙骑兵们。奥卡福不在，作为拥有巨龙的未来银星龙骑将，他责无旁贷。

"音竹，你们回来了。那边的浓烟是怎么回事？"奥利维拉不愧是紫罗兰家族的后人，接到了苏拉的消息后，第一时间做出反应。此时整座科尼亚城都已经动了起来。

叶音竹道："那边的山比较陡，我们趁着兽人还没上来的时候砍了些树，点火后用了你说过的火攻，效果还不错，兽人一时半会儿应该还攻不过来。"

香鸾笑道："是啊，效果非常好，那半边山都烧起来了。天干物燥的，恐怕兽人的损失不小。"

奥利维拉眼睛一亮，他用力地拍了一下叶音竹的肩膀，赞道："兄弟，好样的，不愧是我们米兰魔武学院的新生冠军。现在我们最重要的就是争取时间。你给我说说兽人的军队有多少人？"说着，他将叶音竹拉到一旁。

叶音竹道："具体有多少人数不清，我当时只顾着砍树了。可以肯定的是，那些军队绝对不是我们能抵御的。"说完，他有些不好意思地挠了挠头。

苏拉道："我来说吧。我是刺客，比较擅长侦察。"

刺客是最好的探子，这一点奥利维拉自然是知道的。他立刻将目光转到苏拉身上。

苏拉沉吟道："据我观察，兽人派来的军团一共有四个种族，分别是猿人、虎人、豹人和比蒙巨兽，都是擅长攀爬的。其中，比蒙巨兽阵容非常强大。从比蒙身上毛发反光的情况和身形来看，我可以肯定，在比蒙巨兽军团中，至少有一个黄金比蒙。白银比蒙数量不详，狂暴比蒙不会低于七十个。"

听苏拉说到这里，奥利维拉不禁倒吸一口凉气。不需要其他军队，就算是这些比蒙巨兽，也可以轻松地将现在的科尼亚城夷为平地了。

"你继续说，其他兽人军团的配备呢？"

苏拉道："猿人数量最多，大概有一万五到两万。虎人和豹人的数量略少一点。不过，刚才我们的火攻很成功，不仅令兽人阵脚大乱，同时，滚木和火都对兽人产生了不小的杀伤力。"

奥利维拉点了点头，道："除了一些特殊种族以外，大多数兽人天生怕火。在以往的战斗中，我们的火系魔法师攻击效果也是最好的。你估计兽人的损失有多大？"

苏拉摇了摇头，道："当时的情况太混乱了，无法估计对方的损失。不过，根据我的判断，兽人想要将所有军队重新整合，就要等大火完全熄灭。而山上的树木都十分高大，燃烧的时间肯定不短，只要不下雨不下雪，恐怕烧上一两天也不会熄灭。"

奥利维拉担忧地道："怕就怕兽人不等整军完毕就立刻攻击。科尼亚城实在没有防御的力量。城墙不过十五米高，和普通比蒙巨兽的高度差不多。我们现在拥有的真正的巨龙太少，还都未成年。驯龙遇上比蒙巨兽，在数量不够的情况下，最多只能拖延兽人进攻的速度而已。"

叶音竹在一旁插言道："奥利维拉大哥，援军还有多久才到？"

听叶音竹这么一问，奥利维拉的脸色顿时变得更加难看了，看了看其他人都在比较远的地方，他才压低声音道："通过魔法传信，我将兽人突袭科尼亚城的事汇报给了爷爷。但爷爷说，现在圣心城方面压力很大。雷神之锤要塞的兽人像疯了一样主力尽出，还有大量速度奇快的狼骑兵冲击圣心城周围的防线，防御起来极为吃力。他已经向国内请求增援了。暂时只能调我二哥那五百名龙骑兵过来帮忙，其他的援军他也不知道什么时候才能赶到。”

“什么？”叶音竹低呼一声，“那这样的话，我们这边……”

奥利维拉眼中露出一丝坚毅的目光，一种只有军人才具备的铁血气息油然而生，愤然道：“不论怎样，作为米兰帝国的军人，作为一名未来的龙骑兵，我都绝对不会退缩，哪怕是战到只剩一兵一卒，我也会和龙骑兵们一起坚守在这里。多拖延兽人一分钟，国内的准备就会充分一些。音竹，我已经想好了。待会儿你就带学院的同学们撤离，尽快返回学院吧。现在战争已经不受控制，大家都是学院中的精锐、米兰帝国的未来，不能有损失。”

听了他的话，叶音竹和苏拉不禁动容，对于奥利维拉，两人心中都多出了尊敬。苏拉点了点头，道：“或许，这是最好的办法吧。”

“我不走。”叶音竹摇了摇头，他的声音虽然平静，语气却坚定异常。

奥利维拉皱眉道：“音竹，现在不是逞英雄的时候。你应该知道，你们这些精锐学员都有着光明的未来，不能在这里断送性命。”

叶音竹笑了，他的笑容很纯，也很温和，道：“我明白。但是，我不走。”

“你……”奥利维拉突然发现，这个曾经接住自己一剑的少年魔法师，身上似乎多了一种特殊的气质，这种气质他在兄长和爷爷身上都看到过。

苏拉催促道：“音竹，再不走就来不及了。”

叶音竹看了苏拉一眼，道：“你走吧。虽然我并不是米兰帝国的人，但我是米兰魔武学院的学员，我有义务守护这里。何况，我现在也是米兰帝国军中的一名魔法师。”

苏拉轻叹一声，道：“既然你要留下来玩命，那我陪你。”

叶音竹笑道：“就知道你舍不得我。其实，我们也未必没有机会守住科尼亚城。”

奥利维拉一愣，道：“难道你有什么好办法？”

叶音竹道："奥利维拉大哥，你忘记了你给我讲过的军事理论吗？你说过，对待同等的对手时，要尽量示敌以弱，而面对远远强于自己的对手时，却要尽可能地在对手面前展现出强大的一面。我们的火攻或许没能伤到兽人的元气，但至少也让兽人恐慌了一下，误以为我们有所准备。"

奥利维拉用力地拍了一下自己的额头，恍然大悟道："对啊！看我，平时理论好得很，一到关键时刻反而不如你想得透彻了。音竹，看来你完全可以成为一名优秀的将军。"

苏拉不解地道："你们两个在打什么哑谜？"

奥利维拉笑道："不是哑谜。音竹的意思是让我们先吓唬一下兽人，令兽人不敢轻举妄动，甚至撤退。可惜，兽人太执着，不像人类那么多疑，否则的话，或许真有机会。吓对方一下，至少能拖延一些时间。现在我终于理解'时间就是生命'这句话的含义了。"

叶音竹眼中流露着思索的光芒，突然道："奥利维拉大哥，如果你能将兽人多拖延一些时间的话，或许，我们真的能够顶住对方的攻击。但是，前提是我们学院的魔法师全都不能撤退，并且需要听我指挥才行。"

奥利维拉目瞪口呆地道："你是说，你有办法挡住拥有近百个比蒙巨兽的兽人大军？靠魔法师？可我们只有四十名魔法师，其中实力最强的，也只不过是青级，这根本不可能。你们甚至连比蒙巨兽的防御都破不开啊！"

叶音竹认真地道："魔法是一门玄奥的学问。如果在今年新生大赛之前，有人告诉你神音系能获得新生大赛的冠军，你会相信吗？奥利维拉大哥，请给我这个机会，我要试一试。"

奥利维拉犹豫了一下，断然拒绝道："不行。音竹，不是我不相信你。如果科尼亚城的魔法师都是隶属于军队的，我绝对愿意让你尝试一下，但是，你要知道，这些学员不但本身极为出色，而且，几乎每一个人都有着强大的背景。即使是我们紫罗兰家族也承担不起这个责任。队伍中甚至还有我的妹妹。我不怕死，但我一定不能给我的家族找麻烦，因为那是连我爷爷也无法承担的重责。"

“这个责任就由我来替你承担吧。”柔美恬静的声音在这关键时刻响起，原来是香鸾和海洋手挽着手走了过来。说话的正是米兰魔武学院第一美女，香鸾。

奥利维拉惊讶地看着她，问道：“你？”

香鸾脸上没有了平日顽皮的笑容，她点了点头，严肃地道：“不错，就是我。我的全名是香鸾·贝鲁斯科尼，我父亲的全名是西尔维奥·贝鲁斯科尼。难道奥利维拉学长认为我没有这个资格吗？”

红黑色的光芒闪耀，一块牌子出现在她手上，牌子上方是长方形，下方是尖锥状，由红与黑各三块金属镶嵌而成。红色的是极为珍贵的赤金，黑色的是乌金。在整块牌子的正中央，用璀璨的钻石镶嵌成一个盾牌的形状，中间是整颗的红宝石雕琢而成的十字。这枚徽章，单是所用材料就已骇人听闻，更何况上面还有充沛的元素气息。

叶音竹并不明白香鸾的全名代表着什么含义，但一旁的苏拉和他身边的奥利维拉已经完全呆住了，异口同声地惊呼道：“米兰红十字盾徽！”

香鸾身边的海洋喝道：“奥利维拉，见到帝国公主还不行礼吗？”

奥利维拉这才反应过来，“扑通”一声，单膝跪倒在地，激动地道：“参见香鸾公主。”

贝鲁斯科尼是米兰帝国皇家姓氏，西尔维奥·贝鲁斯科尼正是米兰帝国皇帝的全名。

香鸾点了点头，道：“请起吧，我的骑士。刚才你们的话我都听到了，我为米兰帝国能有你们这样的强者而感到欣慰。现在，我以帝国公主的身份下令，从现在开始，没有我的命令，任何人不得离开科尼亚城。所有魔法师，全部由叶音竹统一调遣，包括我在内。”

奥利维拉吃惊地抬起头，道：“不，公主殿下，这怎么可以？您竟然在这里，那么我就更不能让您留下了。你们必须走，即使违背了您的命令，作为紫罗兰家族的一员，我也必须要保护皇室成员的安全。”

他怎么也想不到，在这次出征的米兰学员中竟然有帝国公主。

在米兰魔武学院学习的大部分贵族子女都会隐瞒自己的身份，皇室更是如此。只有这样，才不会体现出自身的与众不同。

对皇室有约束，是米兰帝国的政策。也正是因为皇室的开明，米兰帝国才能变得越来越强大，成为龙崎努斯大陆第一强国。

香鸾微怒道："怎么？你敢违抗我的命令吗？"

奥利维拉强硬地道："不，我不敢。但是，按照米兰法律，公主是无权干政的，更不能指挥军队。对不起公主殿下，我不能执行您的命令。"

"你……"香鸾自然知道奥利维拉是为了保护自己，但在内心深处，她相信叶音竹能够再次创造奇迹。

"奥利维拉，按照法律，我确实不能干政，但现在是非常时期，难道你认为自己能够顶得住比蒙巨兽的攻击吗？之前在山上，我亲眼看到了叶音竹凭借自己的力量令兽人损失惨重。他能成功一次，为什么就不能有第二次呢？"

奥利维拉肃然道："山势是他成功的关键，但科尼亚城前是平原，是开阔地。公主殿下，时间不多了，我立刻安排人送你们离开。"

"奥利维拉，你真的不听我的命令？"香鸾怒了，此时的她比平时多了一股威严的气势。

"公主殿下，对不起。按照帝国法律，您的命令无效。"

"那么，我的命令呢？"一个懒洋洋的声音响起，众人同时将目光朝声音发出的方向看去，只见一名身材高大、全身覆盖重铠、手持重剑的战士走了过来。

很明显，他是米兰魔武学院重剑战士系学员。此时他摘下铠甲上的头盔，一张充满阳光气息的脸出现在众人面前。

叶音竹惊讶地道："费斯切拉？是你！"话音刚落，他就看到了费斯切拉的手上不知道什么时候也多了一枚徽章，与香鸾一模一样的米兰红十字盾徽。

"是啊！偶像，可不就是我嘛！姐姐，老弟来得还及时吧？"费斯切拉还是平时那副模样，笑嘻嘻的，似乎一点都不知道什么叫忧愁。

奥利维拉只觉得眼冒金星，险些晕倒在地，心中暗道：天啊！你为什么要这么捉弄我？来一个公主我还顶得住，怎么连王子也在这里？

要知道，米兰帝国皇帝西尔维奥·贝鲁斯科尼只有一子一女。

海洋微微躬身，道：“见过王子殿下。”

费斯切拉呵呵一笑，道：“海洋姐，你就别和我客气了，我可怕姐姐打我。”

苏拉呆呆地站在一旁，反而是叶音竹没有太大的反应。他从小生活在碧空海，没有什么等级观念，公主如何？王子又如何？还不都是人吗？

“香鸾学姐，原来你是公主啊！还有费斯切拉，没想到你是香鸾学姐的弟弟。可是，你们怎么长得不像？”叶音竹好奇地问道。

费斯切拉苦笑道：“我们是同父异母的姐弟啊！你没说我比姐姐丑太多，我已经很高兴了。奥利维拉学长，根据帝国法律，作为帝国第一顺位继承人，除父皇在场以外，我可以在任何时候、任何地点，接管数量在十万以下的军队，没错吧？”

奥利维拉虽然不愿意承认，但还是点了点头，无奈地道：“是的，王子殿下。”

费斯切拉道：“那就行了。我现在命令你，听从我姐姐之前的命令，具体如何战斗由你指挥。”

奥利维拉心中大急。现在的麻烦太大了，公主和王子如果都死在这里，就算赔上整个紫罗兰家族也承担不起啊！

“王子殿下，这不行。”

费斯切拉沉声道：“够了。奥利维拉学长，你要记住，贝鲁斯科尼家族没有孬种。我相信我的偶像有阻敌的能力。

“如果我在这里临阵退缩，那么，我的子民就将遭受兽人的屠戮，这是我不想看到的。如果我和姐姐现在离开了，这就将成为我们一生中最大的污点。

“现在已经没有时间耽搁了。将军，履行你的义务，执行命令吧！所有的责任，由我和姐姐承担。就算我们战死在这里，我保证，没有人会为难紫罗兰家族。我稍后将通过魔法通信器将这里的情况告知后方，表明我的态度。”

看着费斯切拉和香鸾眼中坚定的目光，奥利维拉知道自己再说什么也没用了，就算他想用强硬的方法也不可能。有米兰红十字盾徽在，所有龙骑兵都只会听从皇室的命令。

“好吧。音竹，那一切就拜托你了。我去外面部署阵形，尽一切可能给你拖延时间。除非踏过我的尸体，否则兽人别想进入科尼亚城。”丢下这句话，奥利维拉用自己所能达到的最快的速度离开了。

他现在只想在第一时间通知马尔蒂尼这边的情况。哪怕是圣心城失守，也要调兵过来援助科尼亚城啊!

看着奥利维拉走了，费斯切拉松了口气，凑到香鸾身边，嘿嘿笑道：“姐姐，怎么样，我做得不错吧？”

香鸾哼了一声，道：“今天你的表现还像个男人。你还不快回去，难道表明了身份后你就不用参战了吗？别忘记你刚才说过的话。”

“是，公主殿下！”费斯切拉骤然立正，向香鸾行了一个标准的军礼，立刻飞一般地跑了。

看着费斯切拉离开的背影，香鸾不禁扑哧一笑，道：“这小子啊，没想到遇到困难的时候，还有点父皇的英明。看来，他将来会是个好皇帝。”

叶音竹轻叹一声，道：“香鸾学姐，哦，不，香鸾公主，我有些后悔了。”

香鸾微微一笑：“后悔什么？难道我们的身份就令你的战意降低了吗？”

叶音竹摇了摇头，道：“我只是不希望连累大家。但是，如果没有你们的帮助，我也不可能完成一切。”

第三十二章
五琴归来

香鸾微笑道：“我相信你。现在该告诉我，你要怎么做了吧？”

叶音竹眼中露出一丝坚定的目光，说道：“我们上城墙吧。”

“好，我就陪你疯一回。成功了，你就是米兰帝国的英雄；失败了，我们一起去见天神。”

叶音竹突然觉得，香鸾的笑容在这一刻变得比往常更加动人了。

苏拉道：“你们上城墙吧，我去帮奥利维拉。”

香鸾道：“不，你留下吧。你是刺客，在战场正面对抗的时候作用不会很大，不如留下来帮音竹，或许他需要你的帮助。在山顶的时候不就是这样吗？”

苏拉看向叶音竹，只见叶音竹向他点了点头。

当他们来到科尼亚城城墙上的时候，所有来自米兰魔武学院的魔法部学员都已经在这里等待他们了。是奥利维拉让他们过来的，既然无法阻止公主和王子，那就只有全力配合了。

魔法师们显然都知道了香鸾的身份，见他们上了城墙，魔法师们同时躬身行礼。

奥利维拉不知道从什么地方钻了出来，此时他的脸色实在难看得很。他注视着叶音竹，道：“我走了，音竹。坦白说，我现在也不知道是该欣赏你的勇敢还是该恨你的果断。但事情已经到了这个地步，无论如何，你都不能失败，我会为你祈祷。”

奥利维拉又转向香鸾道：“公主殿下，虽然我也不知道接下来会发生什么，但我实在无法让王子殿下去冒险，请您让他留在城墙上。”

香鸾知道这是奥利维拉所能承受的极限了，于是她颔首道：“好吧，你让他到城墙上来，就说是我的命令。还有，守城的士兵你全部带走，多一个人总会多一份力量。”

奥利维拉摇了摇头，道：“不，这些原本的守城军还是留下吧，否则我怕他们会起反作用。公主殿下，希望还能再见。”

香鸾道：“赞美法蓝。勇敢的骑士，你们一定会胜利归来的。”

奥利维拉没有再多说什么，转身准备走。

“等一下，奥利维拉大哥。”叶音竹突然叫住了奥利维拉。

奥利维拉停下脚步，转身向后看去，只见叶音竹快步上前来到他身边，用仅他们两个人能听到的声音道：“奥利维拉大哥，我记得你教过我，为了战争的胜利，不论用什么手段都是可以的，对吗？”

奥利维拉点了点头，道：“当然。只要能够取得最后的胜利，任何手段都要用，即使用上卑鄙的方法也在所不惜。”

叶音竹释然道：“那我就放心了，看来我的选择并没有错。不过，奥利维拉大哥，我听说你有真正的巨龙，请不要召唤它，用普通的驯龙作战吧。”

奥利维拉一愣，问道：“为什么？”

叶音竹摇了摇头，道：“我不能告诉你，但请你相信我。”

奥利维拉皱眉道：“可是，驯龙的战斗力远不如我的水系巨龙，本来我们就与对方有很大的差距，要是不用巨龙……”

叶音竹犹豫了一下，道：“那么，除非是在万不得已的情况下，否则请不要召唤它。内斯塔也是一样。”

奥利维拉虽然不明白叶音竹为什么会这么说，但隐约感觉到，叶音竹是为了他好。

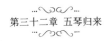

“好吧。音竹，今日一战的成败已经不是简单的损失粮食了，今日一战会决定帝国的未来。到了万不得已的时候，请你答应我一件事。”

“什么事？”叶音竹疑惑地问道。

奥利维拉正色道：“带王子和公主殿下走。在同学中，内斯塔和我妹妹都有巨龙，可以飞行，至少可以带你们离开。我已经叮嘱过他们了。如果公主和王子两位殿下不肯走，你就用强硬的方法，明白吗？他们不是你的对手。”

叶音竹深深地看了奥利维拉一眼，点了点头，道：“我明白了。”

奥利维拉转身而去，叶音竹也回到了自己先前的位置。

香鸾道：“同学们，我们即将面对的是兽人大军。虽然我不能一一确认你们的家族，但我知道，你们的家族在帝国都有着特别高的地位。我希望，你们能够守护家族的尊严，为了米兰帝国，也为了你们的家族，全力以赴地打这一仗。只要能够坚持到援军来的那一刻，你们就是帝国的英雄。”

罗兰跃跃欲试地道：“终于有仗打了，我还以为我们要一直在这里闷下去呢。香鸾学姐，我还能这么叫你吗？”

香鸾微微一笑，道：“当然可以。”

罗兰继续道：“我早就期待着有一天能上战场。你放心吧，就算耗尽最后一点魔法力，我也会捍卫帝国领土，维护紫罗兰家族的尊严。”

罗兰眼中的兴奋绝对不是假装的，看得出来，罗兰是个典型的暴力女生。

香鸾的目光从魔法师们身上扫过，她有些惊讶地发现，竟然没有一个学员表现出慌张，都和罗兰的样子差不多。

其实，香鸾并不知道的是，这些贵族的子女从没有经历过真正的战争，自然也不知道战争的残酷。他们都是魔法师，此时又在城墙上，对于自身的安危还远没到担忧的程度。

米兰帝国和雷神之锤要塞对峙也不是一天两天了，兽人没有一次攻入过米兰帝国的本土，所以他们都对援军有着很大的信心。当然，这和奥利维拉在将他们调遣上城墙之前告诉他们援军即将赶到也有一定的关系。

“好，既然如此，那从现在开始，大家都要听从叶音竹的调遣，包括我在内。苏拉，麻烦你将这面旗帜挂上城墙。如果敌人攻上城墙，我将站在所有人的最前面。”

关键时刻，香鸾充分展现出她刚强的一面，俏脸上散发着圣洁的光芒，她从空间戒指中取出一面旗帜交给了苏拉。

苏拉用手一抖，旗帜展开。他化身为一道闪电，悄然飘上了旗杆，用最简单也是最快速的方法，将那面旗帜挂在了上面。

那是一面红黑相间的竖条组成的旗帜，上面绣着一面巨大的盾牌，盾牌上有红十字标志，和香鸾那枚米兰红十字盾徽非常像。只不过旗帜上的盾牌两边各多出了一条龙的刺绣，一金一银，在阳光的照耀下闪闪发光。

看到这面旗帜，不论是城墙上的魔法师们，还是城下已经集合完毕冲出城门的龙骑兵，此时此刻，都不禁热血沸腾，因为他们都明白那面旗帜代表着什么。

那虽然不是米兰帝国的国旗，却是米兰帝国皇室、贝鲁斯科尼家族的族旗，只有帝国皇室直系血脉才能使用。香鸾用它告诉所有的战士和魔法师，帝国皇室与大家同在。

香鸾将目光转向叶音竹，道：“剩下的就看你的了。大家都会听从你的调遣，开始吧。”

叶音竹点了点头，道：“有没有水系魔法师？”

“有，我是。”一名青年站了出来，相貌普通，看上去二十多岁的样子，显然是米兰魔武学院高年级的学员。

叶音竹问道：“如果我让你制造一块冰，直径在十米左右，厚度在一米左右，大约需要多长时间？”

水系魔法师犹豫了一下，道：“现在天气冷，凝冰比较容易，一个小时内我就可以完成。”

叶音竹点了点头，道："那好，从现在开始，你就在我后面，凝出这样一块冰来。厚度一定要保持在一米左右，表面尽量光滑，靠我这边的冰要凹进去。现在就开始吧，不要心疼魔法力，用你全部的魔法力来凝结。"

水系魔法师没有提出其他疑问，微弱的绿色光芒已经开始在他身体周围凝聚，显然他是绿级中阶的大魔法师。随着绿色光芒的出现，空气顿时变得冰冷起来。

叶音竹再次对众魔法师说道："空间系的魔法师，全部出来。"

从众人中走出三个人，其中就包括常昊，表示他们都是空间系的魔法师。

叶音竹道："你们能否制造出一个令法力增幅的魔法阵？增幅效果越大越好。同时，我还需要一个令声音增幅的魔法阵。你们能做到吗？"

一名年纪大一些的空间魔法师道："如果给我足够的魔晶石或者魔兽的魔核，我可以完成一个扩音魔法阵，但令魔法增幅就有些困难了。那个魔法阵太复杂，设置起来很困难，还需要调试。短时间内恐怕完成不了，我的魔法等级也不行。"

香鸾道："魔晶石我这里有。空间系的对吧，给你。"不愧是龙崎努斯大陆第一大国的公主，她抬手之间，已经从空间戒指内取出一小袋宝石递给了那名魔法师。

魔法师打开袋子一看，顿时呆住了。袋子里面全是最纯净的极品空间系魔晶石，一颗颗都闪烁着银色光芒。这些魔晶石中蕴含着极为丰富的空间系魔法元素。

"天啊！是空银石！只要有一颗，我就能完成一个扩音魔法阵，足够支持一个月。"空间系魔法师眼中满是星光。

毕竟，没有哪个魔法师不喜欢这种极品晶石。

晶石虽然无法代替魔法师的魔法力，但晶石中的魔法力可以通过魔法来引发，使自身的魔法威力变得更强。

这种最纯净的极品空银石，每一颗都要上千金币，还是可遇不可求的。

香鸾微笑道："全都给你，都用上。晶石的法力越强，你的扩音魔法阵效果也会越好吧？"

"那是当然！但这样似乎太浪费了。"

香鸾道："别给我省，按照我说的去做吧。"

那名魔法师立刻捧着那一堆空银石，兴冲冲地开始布置他的魔法阵。

叶音竹看向常昊，说道："增幅魔法力的魔法阵真的那么困难吗？我不需要增幅魔法元素，只要能令精神力变得更加凝聚就可以。"

常昊想了想，道："我可以试试。这需要一个精神领域力场。如果公主殿下还有刚才那么多空银石的话，我有七成把握。"

"你能完成精神领域力场？"另一名高年级的空间系魔法师不屑地问道。

常昊瞥了他一眼，道："为什么不能呢？我是空间系分支领域系的。只是我的魔法力不足以支持这个领域魔法阵而已，所以才需要空银石。"

香鸾道："这没问题，只要你能做到就好。哪怕只有一成机会，我们也可以尝试一下。"说着，她将同样多的一袋空银石给了常昊。

常昊嘿嘿一笑，向叶音竹比了个手势，立刻开始行动起来。同属东龙八宗，他已经隐约猜到了叶音竹要做什么，只是无法确定叶音竹的具体做法而已。

没有聪明而灵活的头脑，想成为魔法师也不容易。显然在场的魔法师们都很聪明，所以，不光常昊一个人猜到了叶音竹想干什么。

罗兰皱眉道："叶音竹，你不是想凭借你们神音系的魔法来对抗兽人吧？"

叶音竹看了她一眼，道："不行吗？"

罗兰撇了撇嘴，道："你们神音系的魔法有攻击力吗？"

叶音竹微微一笑，道："谁说没有攻击力就不能解决问题？我只问你一个问题，在魔法部的所有系中，在同等级的情况下，哪一系的魔法攻击范围能够超过神音师？"

"这个……"罗兰顿时说不出话来。

只要能听到声音，神音系的魔法就有效果。从施法距离来看，神音系的魔法确实是魔法部的所有系中最强的一个。

香鸾拍了拍手，道："好了，就听音竹的指挥吧。不过，音竹，你才是黄级的魔法师，就算有凝聚精神力和扩音两个魔法阵，恐怕……"

叶音竹点了点头，道："我一个人当然不行。但我并不是一个人，我还有你们。"

科尼亚城，这座平静了不知道多少年的小城，终于要迎来它辉煌的一战。"叶音竹"这个名字，也从这一天开始，永远留在了科尼亚城的历史上。

狄斯站在山脚下，此时，它的肺都要气炸了。整整大半天的时间过去了，兽人大军才翻过这最后一座山峰，在山脚下集合。

"浑蛋！这些兽人都是纸糊的吗？怎么会死了这么多？还失去那么多战斗力？"狄斯愤怒地咆哮着。

别说是虎人、豹人和猿人部队的首领，就连它身边的比蒙巨兽都噤若寒蝉，一声不吭。谁都知道，触怒了狄斯有多么可怕。

狄斯在比蒙巨兽中有一个绰号，叫"黄金爆"。不过，狄斯似乎忘记了，它在山顶那一拳，导致八十个狂暴比蒙从山顶滚落，直接压死的兽人比滚木干掉的还要多。

帕金斯也很愤怒，只不过它比狄斯要理智一点。也难怪它们的情绪会这么不稳定，因为这次除了比蒙巨兽以外，它们带来的四万大军，竟然在一场大火中足足死了四分之一，这还不包括失去战斗力的兽人。

现在完好无损的三族兽人没有几个，大多数兽人战士身上都还冒着烧焦的味儿。趾高气扬的气势早已经荡然无存，一个个兽人都灰头土脸的。至于军容，更是提都不要提了。

"大哥，科尼亚城的人出来了。"帕金斯冷冷地提醒了狄斯一声。

狄斯通红的眼睛朝科尼亚城看去，那边的城墙甚至比它的身体还要矮许多。城门大开，在隆隆巨响之中，熟悉而令它厌恶的气息伴随着沉重的脚步声从科尼亚城传出来。

帕金斯低吼一声，道："是龙骑兵。米兰帝国的人果然早有准备。看来，那个狗屁埃莫森的计策根本就是个圈套。回去我要撕了他。"

比蒙军团的主要对手就是龙骑兵，帕金斯对这一点再熟悉不过。就像比蒙巨兽是兽人的王牌一样，龙骑兵同样是人类的王牌。在科尼亚城这种弹丸之地出现龙骑兵，对兽人的冲击很大。

没错，此时从科尼亚城冲出来的正是龙骑兵。当前一人身穿蓝色重型全身铠甲，端坐在一只巨大的马奇诺铁龙背上，手持七米龙枪，全身上下释放着极其彪悍的气息。

在他身后，五百五十八名龙骑兵排成战阵，马奇诺铁龙骑兵在中央，埃里克敏龙骑兵在两旁。

尤其令狄斯愤怒的是，这些龙骑兵排列的竟然是最嚣张的一字阵形。没有任何纵深，五百五十八人横在战阵前，几乎将科尼亚城的城墙完全挡住。

狄斯握紧了自己的拳头，怒道："他们是在找死。"

狄斯刚要冲出去时，帕金斯一把抓住了它。

"大哥，现在不能攻击。"帕金斯冷冷地说道。

狄斯怒吼道："为什么？难道就让这些米兰帝国的浑蛋耻笑我们现在的样子吗？"

帕金斯道："大哥，你冷静点。难道你看不出来吗？这就是米兰帝国的人设的一个圈套。这周围都是山，他们城市里有什么也说不好，万一中了埋伏，就算我们不怕，这些军队也都要埋葬在这里了。"

狄斯哼了一声，道："本来就不该带这些兽人来，有我们比蒙就足够了。这些兽人士兵根本就是垃圾。"

帕金斯道："先等等，让弟兄们休息一下，至少等弟兄们恢复一点体力再冲也不迟。大哥，难道你没感觉到，这座弹丸小城之中竟然有魔法气息，而且魔法气息还不弱？之前我们冲上山顶的时候，我还感觉到了银龙那讨厌的气息。"

狄斯犹豫了，它不怕人类，不怕龙骑兵。但是，它怕真正的巨龙。

毕竟，巨龙与比蒙巨兽相比，最大的优势就是飞行能力。尤其是银龙这种魔法龙，只要在一定高空向下释放魔法，黄金比蒙也拿银龙毫无办法。即使是强悍的比蒙，也绝对不愿意成为龙族练习魔法的目标。

奥利维拉高举自己手中的龙枪，所有龙骑兵同时发出一声咆哮般的呐喊，此时他隐藏在头盔下的脸上满是笑意。

奥利维拉心中暗道：看来叶音竹他们的火攻效果非常不错。兽人族的军队不但士气低落，而且数量也比想象中要少了一些。可惜我手中没有军队，否则，大军趁现在这个时候出击，就算奈何不了比蒙巨兽，也可以将其他兽人杀掉大半。

在奥利维拉的指挥下，所有龙骑兵同时往前踏一步，动作整齐划一，低沉的轰鸣声令大地为之颤抖。

米兰帝国龙骑兵，作为帝国王牌，可以说武装到了牙齿。每一名龙骑兵及每只驯龙的装备，都是用金币堆积而成的。

驯龙像骑士一样，身负铠甲。

马奇诺铁龙身上覆盖的是重铠，由上好的精铁打造而成，护住全身，在肩头和头顶都有长达一米的坚实钢刺。

埃里克敏龙身上也覆盖着轻铠，防御力虽然差些，却将它们的机动性发挥到极限。

而龙骑兵的铠甲更是厚达三寸。每一名龙骑兵都拥有橙级高阶以上等级的斗气，并拥有骑士的贵族头衔。龙骑兵手中的重型龙枪分别是五米和七米，马奇诺铁龙骑兵是七米重龙枪，埃里克敏龙骑兵是五米的次重龙枪。

这样一支骑兵队伍，一旦冲击起来，只能用“势不可挡”来形容。

大陆的军事家说过，五百名龙骑兵相当于一个军团，而且是相当于重骑兵军团，可见这人类第一兵种的强大。

当然，这些龙骑兵和对面的兽人比起来，就显得渺小了。

就算将猿人、虎人、豹人忽略不计，单是比蒙巨兽，已经拥有了超越龙骑兵数倍的实力。对于这种在地面上无敌的强大兽人，评价很简单，那就是十人为军团，过百则无敌。虽然夸张了一些，但也充分说明了比蒙巨兽有多么强大。

奥利维拉没有继续前进，只是坐在自己的驯龙背上，冷冷地观察着对手。

此时兽人正从山上逐渐下来，那狼狈的样子只能用“凄惨”来形容了。除了在队伍中央的比蒙军团依旧完整以外，其他三族兽人似乎都已经失去了斗志。

奥利维拉现在只祈祷着叶音竹的对策能够成功，同时也祈祷着将兽人的攻击拖延到越晚越好，给城墙上的魔法师们充分的准备时间。

奥利维拉发现自己第一次如此紧张。当他未来成为米兰帝国一代名将时，回忆起自己的战争生涯，科尼亚城之战被他评价为最危险、双方实力悬殊的一战。

奥利维拉这边在观察着对手，另一边的兽人也在观察着这些人类。狄斯怎么看都看不出这些龙骑兵有什么强大的地方，只是城墙上的魔法师令它感到有些不安。

魔法师非常高贵，在各国，只有主力军团才会配备魔法师。科尼亚这座小城出现魔法师，还有之前的火攻，令狄斯有些犹豫了。

狄斯不知道，当它下达了全军休整的命令之后，这场战争胜利的天平已经在悄然倾斜了。

黄金比蒙帕金斯的目光并没有像狄斯那样在城墙上和城墙下来回移动，它始终注视着城墙上。凭借着比蒙巨兽超人一等的视力，它清晰地看到，在科尼亚城的城墙中央，站着一名年轻的魔法师。

那人的白色魔法袍在阳光的照射下闪烁着耀眼的光彩。他那双亮若星辰般的黑眸，更是十分清澈。从龙骑兵出现开始，这名年轻英俊的魔法师就站在那里静静地看着。

帕金斯隐隐感觉到，这个人才是米兰帝国军队真正的核心。

帕金斯看到的这个人正是叶音竹，他之所以站在那里，是因为他要时刻注意兽人的动向以决定己方的行动。

时间一分一秒地过去了，对于米兰帝国一方来说，每过去一秒，他们的机会就会增大一分。

不论是布置城墙上的魔法阵还是期盼中的援军的到来，都需要时间。

绿色的冰在那名水系魔法师的全力施法下正在逐渐扩大，马上就要达到叶音竹的要求了。不知道是因为有帝国公主在还是因为面临兽人大军，水系魔法师发挥出了百分之一百二的实力，凝冰的速度比平时快了许多。

但此时城墙上最引人注意的既不是这名水系魔法师，也不是那名在布置扩音魔法阵的空间系魔法师，而是常昊。

常昊布置空间领域的方法超出了所有魔法师的认知范围。

一颗颗空银石被常昊用特殊的方法固定在地面上，就像下棋一样，每一次都循着特殊的轨迹。在他的精神力牵引之下，空气中的元素波动逐渐变得越来越强。除了空银石以外，他还从自己的空间戒指中取出一些同样大小的黑色宝石，与空银石放在了一起。

现在的他不像是在布置魔法阵，倒像是在下棋一般。每放下一颗宝石，他都要沉吟片刻。

“偶像，我干点什么好？”费斯切拉现在是最无所事事的人。

费斯切拉本来想与奥利维拉一起参战，结果却被奥利维拉强行赶了回来，又有香鸾的命令在，他也知道以自己的身份下去参战，龙骑兵们为了保护他恐怕会战斗力大减，所以他只能留在城墙上。看着所有魔法师都在做着准备工作，保持着最佳状态，他也不知道该做些什么好。

叶音竹道：“王子殿下，你别叫我偶像了，叫我音竹吧。”

费斯切拉嘿嘿一笑，道：“那怎么行？我认定的偶像是不会改变的。一开始的时候，我只是因为你进入神音系的勇气而敬佩你。可后来，你还展现出了自己强大的实力。在同龄人中，你是我见过的最厉害的天才。连神音系这样的鸡肋魔法在你手中都能草鸡变凤凰。”

“你说谁是草鸡？”香鸾不善的声音突然响起。费斯切拉顿时噤声，脸上的表情也僵硬了，那尴尬的样子看上去极为搞笑。

费斯切拉赶忙道：“不，姐姐，我当然不是说你。你本来就是凤凰嘛。”

香鸾身边的海洋道：“那王子殿下是在说我了？”

“不是。海洋姐，哦，对了，你们不是要冥想保持自己的魔法力吗？”

香鸾没好气地瞪了他一眼，这才带着海洋走到一旁和其他魔法师一样重新进入冥想状态。

费斯切拉长出一口气，低声向叶音竹道：“我这个姐姐啊，什么都好，就是有的时候脾气大了点。偶像，不如这样吧，你追求我姐姐怎么样？我看得出，她对你和对别人的态度是完全不一样的，说不定你有机会呢。”

叶音竹脸一红，皱眉道：“王子殿下，你不要乱说。你不是要任务吗？好，现在我给你一个任务。”他一边说着，一边用斗气聚音成线，向费斯切拉低声说了几句。

“什么？你就让我干这个？不行，这绝对不行。”费斯切拉的头摇得像要掉了似的。

叶音竹微笑道：“为什么不行？王子殿下，你要知道，这个任务可是极为关键的，能大量减少我方的损失。城墙上都是魔法师，只有你和苏拉是战士，而他在这方面肯定不如你。难道，你不希望我们的损失小一点吗？”

费斯切拉疑惑地道：“真的要这么做？”

叶音竹认真地点了点头，道：“当然。”

费斯切拉道：“那你为什么不现在告诉他们？”

叶音竹苦笑道：“你认为他们会听我的命令吗？只有你才可以。也只有在战争真正开始之后，这样做才有效果。”

费斯切拉毅然道：“既然我的作用这么大，那好吧，就听你的。我去周围转转，你继续忙。”

费斯切拉走了，一直站在叶音竹身边的苏拉道：“你到底让他做什么？”

叶音竹神秘地笑了笑，道：“自然是很重要的事。”

苏拉压低声音，道：“音竹，坦白说，你有几成把握挡住兽人大军？虽然有不少魔法师，但我不认为你们的魔法会对比蒙巨兽有作用。”

叶音竹苦笑道：“我只有三成把握。”

苏拉瞪大了眼睛，道：“只有三成把握你就敢冒险？你要知道，现在城墙上可是有米兰帝国皇室的全部直系血脉。”

叶音竹露出一丝无辜的神色，道：“可是奥利维拉大哥以前给我讲军事的时候说过，在这种不能后退的情况下，哪怕只有一成把握也要尝试。搏一下就有机会，不然就是直接失败。”

苏拉做出一个晕倒的表情，道：“服了你了。现在想改变局面恐怕也不行了。算了，既然已经这样了，我也只能陪你疯下去了。”

叶音竹轻叹一声，道：“可惜我以前的琴全丢了。如果枯木龙吟琴在，挡住兽人的机会至少能够增加一成。不同的琴曲用不同的古琴弹奏，效果相差很多。现在只希望飞瀑连珠琴的效果能够好一点。”

苏拉迟疑了一下，道：“你是说，如果有那张枯木龙吟琴，你的魔法效果会更好？”

叶音竹毫不犹豫地点了点头。

苏拉低下头，眼神复杂，他的内心激烈地挣扎着。他不知道自己应不应该那样做，但是，他真的很怕失去身边的叶音竹。

“苏拉，你没事吧？咦，兽人好像要行动了。”叶音竹的声音中多了几分紧张。

苏拉猛地抬起头，看向远处。

果然，山脚下的兽人开始行动了。猿人和豹人向两翼扩展，虎人在中央，之后是比蒙巨兽，它们正在排列阵形，似乎随时都有可能向科尼亚城发动攻击。

苏拉知道自己不能再犹豫了，他一咬牙，右手在身上一摸，不知道从什么地方摸出一个小盒子塞到叶音竹手中。

苏拉的声音有些颤抖，眼中充满了歉意和担忧，说道：“里面有你想要的东西。我真的不知道里面有那么重要的东西，一直都不敢还给你。如果今日一战结束后我们都还活着，我会把一切告诉你的。”话音刚落，他已经化为一道灰色闪电消失了。

叶音竹愣了一下，低头看向苏拉塞给自己的东西，当他将那盒子打开的时候，整个人都惊呆了。

那有些沉重的小盒中，静静地放着一枚银色戒指，散发着熟悉而亲切的元素波动。这正是他在前往米兰魔武学院的路上丢失的那枚空间戒指，是那枚装有介绍信、路费和琴宗五大名琴的空间戒指。

叶音竹虽然单纯，但他的记忆力和领悟力远超常人，刹那间，他明白了。

“大爷，大爷求求您赏点钱吧。”

“给你。”

“谢谢，谢谢大爷。”

“快起来吧，地上凉。”

苏拉纤瘦的身影逐渐与记忆中的那人重合。叶音竹已经明白了，但此时此刻，他又是一片茫然。

“音竹，兽人要上来了。”费斯切拉的声音突然从不远处传来。

第三十三章
《龙翔操》

叶音竹回过神来，此时已经不容他多想关于苏拉的问题。他把目光向城下投去，果然，兽人的大军已经开始缓慢向前逼近。

经过一个小时的休整，狄斯再也忍耐不住了。

帕金斯虽然依旧有些担忧，但它同样不相信在这座科尼亚城中有足够的力量，能和兽人劫掠军团抗衡。

之前派遣到周围山峰上去侦察的豹人并没有传回危险信号。此时，兽人恢复了一些力量，开始缓慢地朝着科尼亚城前的龙骑兵压去。

原本位于中央的虎人突然向两边分开，与猿人和豹人的军队一起朝周围扩张，以燕翅阵形向两边展开。而劫掠军团的正中央，在黄金比蒙狄斯和帕金斯的率领下，比蒙军团一字排开，迈开沉重的脚步，带着阵阵轰鸣，缓缓地朝龙骑兵逼去。

谁也不会怀疑，这些比蒙巨兽可以轻易地将对面的龙骑兵撕成碎片。

城墙上，所有魔法师都从冥想中清醒过来，聚集在叶音竹周围。

之前，叶音竹只是告诉他们，让他们尽可能地保持在最佳状态。此时，叶音竹背后那块坚冰已经完成了。凝聚精神力的魔法阵和扩音魔法阵也几乎在同一时间完成。

“音竹，我们要怎么做？”香鸾虽然努力让自己平静一些，但她的声音还是无法抑制地透露出她紧张的情绪。

叶音竹道：“弗格森老师在给我的笔记中写着：魔法，是世界上最为神奇的一门学科。魔法的种类千变万化，即使是同一系的魔法，因为各人修炼的不同，在施展时也会产生不同的魔法效果。但是，所有魔法师有一点是共通的，那就是精神力。不论修炼的是何种魔法，精神力都是纯粹而无差别的。我现在要借用大家的精神力，剩余的一切，就请交给我吧。”

一名精神系高年级学员惊讶地道：“你是说，要用那个鸡肋魔法吗？”

叶音竹点了点头，道：“没有什么魔法是绝对鸡肋的。这个魔法虽然只对精神系魔法师有用，但针对目前的情况使用也极为恰当。请所有人放开心神，不要反抗，我要开始了。”

大多数魔法师都不知道叶音竹要干什么，抽取精神力这样的魔法他们还是第一次听说。刚刚说话的精神系魔法师显得若有所思，甚至还带着几分恐惧。

“常昊，请启动精神凝聚魔法阵。”

叶音竹抬起手，快速地在空中画出一道光弧，清晰地吟唱着低沉而冗长的咒语。

常昊用自己的精神力第一时间将魔法阵开启。顿时，银、黑两色光点瞬间从他之前布置的晶石中升腾而起，在科尼亚城城墙上形成一片光影。无形的元素能量开始收缩，在场的魔法师都清晰地感觉到自己的精神力被压迫在这个精神领域的范围之内。

叶音竹的额头上突然亮起一团绚丽的银光，化为一颗银星升空而起，盘旋在他头顶上方一尺左右的位置。

只有精神系魔法师才知道这颗充满了情绪波动的银星代表着什么，那是精神系魔法师的命脉。一旦遭到破坏，魔法师本身只会有一个结果，那就是智力受损。

“以我的精神烙印为媒介，精神的联系啊，请与我共存！”

叶音竹胸前的光弧升空而起，刹那间融入那银星之中，银星光芒大放。

奇异的一幕出现了，一根根银色的光丝准确地印在每一名魔法师的额头处。三十九根银丝，一根不多，一根不少。

魔法师们在同一时间都感觉到了叶音竹的情绪，从叶音竹那里传递给他们的是友善、坚定的信念。那一根根银丝带来的，是强烈的拉扯力。他们清楚地感觉到，自己的精神力正在通过那根银丝快速地被剥离。

这个时候，就算有人对叶音竹不满，也明白必须信任他。城下的敌人已经距离龙骑兵越来越近了，这是他们唯一的机会。

三十九根银丝像密集的蜘蛛网一般同时闪亮，每个人的精神力强度在这一刻展现无遗。精神力越强的，银丝的光彩就越绚丽，反之则银光暗一些。

叶音竹闭上双眼，此时他已经不需要自己去看。额头上，大滴大滴的汗珠流淌而下，他的身体更是在微微地颤抖着。

此时此刻，他所承受的压力只有之前那名提出异议的精神系魔法师能够理解。

这个魔法曾经在精神系魔法界有着特殊的地位，它有一个动听的名字，叫“海纳百神”。

叶音竹之前说的原理并没有错。他没说的是，各人的精神力虽然没有什么不同，但是，由于吸收的只有一个人，又要以自己的精神烙印为媒介，所以，作为这个终点的魔法师所要承受的，不仅仅是强弱不同的精神力的冲击，同时，还要承受每个人精神中的情绪。

如果没有坚毅的心志，很有可能在第一时间就被吸收而来的庞大精神力摧毁，使心智变回两三岁。

此时，叶音竹承受的正是这种痛苦。

三十九种不同的纷乱情绪不断冲击着他的大脑。如果不是他从小修炼赤子琴心，心志坚毅无比，恐怕精神防线早已被摧毁了。

与此同时，随着庞大的精神力的注入，叶音竹正在通过自己的精神烙印疯狂地吸收着这些精神力，好让它们为自己所用。

以往，剑胆琴心一阶的他，精神力可以扩张到自己身体周围三十米的范围内探察周围细微的元素波动，而现在这个范围正在以惊人的速度扩大着。所以，他根本不需要用眼睛去看，只靠精神力的指引，就能让他把握全场的一切。

赤子琴心的根基，在这一刻发挥出了最重要的作用。

叶音竹那颗没有任何杂念的心将所有复杂的情绪都阻挡在外。近乎挣扎着，他缓缓地坐在地面上，背后正是那巨大的圆形坚冰。

先前下意识地戴回手上的银色空间戒指光芒闪烁，一张古琴出现在他双膝之上。

他抚摸着琴身，那熟悉的感觉令他的琴心更加坚定。

此时，叶音竹身上所散发出的魔法光芒正在快速地转变着，那原本淡黄色的魔法光芒已经变得越来越浓郁了。

强大的精神力令叶音竹多了几分强者的气势。那些银色丝线在阳光的照射下带着一圈圈水纹般的光晕。作为核心，此时的叶音竹就像众星捧月一般。

狄斯和帕金斯几乎同时停下前进的脚步，将目光投向科尼亚城那不高的城墙上。城墙上叶音竹身上发生的变化，令它们心中的不安变得强烈起来。

叶音竹膝上的古琴是暗黄色的，琴身上的纹路清晰而独特。普通古琴是依凤的身形而制成，其全身与凤身相对应，有头，有颈，有肩，有腰，有尾，有足。此时他膝上的这张古琴却不是凤形，而是龙形。

琴头上部为龙首状，额下端镶有用以架弦的硬木，称为岳山，是琴的最高部分。琴底部有大小两个音槽，位于中部较大的称为龙池，位于尾部较小的称为凤沼。这是上山下泽，又有龙有凤，象征天地万象。

岳山一侧镶有一根硬木条，称为承露，上有七个弦眼，用以穿系琴弦，其下有七个用以调弦的琴轸。琴头的侧端又有凤眼和护轸。自腰以下，称为琴尾，镶有刻有浅槽的硬木龙龈，用以架弦。龙龈两侧的边饰称为冠角，又称焦尾。七根琴弦上起承露部分，经岳山、龙龈，转向琴底的一对雁足，象征七星。

琴面上的十三个琴徽竟然是用龙牙雕刻而成后镶嵌上去的，而且是不同巨龙的龙牙。七根琴弦是巨龙身上最细的筋。所以，这张琴的名字就叫“枯木龙吟”。

当叶音竹双手按上枯木龙吟琴琴弦的那一刻，他因为接收过多精神力而产生的颤抖神奇地消失了。

苏拉不知道什么时候已经回到了叶音竹身旁，和费斯切拉一左一右站在他身边。

苏拉看着叶音竹，整个人似乎已经痴了。城下的兽人没有进入他的眼中，他眼中只有那白衣黑发的少年。

蔼蔼冬风寒，

琅琅环佩音。

天操爆灭杀，

沧海老龙吟。

低沉的吟唱声从叶音竹口中发出，在扩音魔法阵的作用下远远地传出。听到这四句吟唱，兽人们并没有什么反应。但是，龙骑兵们惊讶地发现，自己胯下的龙的身体僵硬了一下，所有龙的气息仿佛在一瞬间都消失了。

叶音竹的双手同时动了起来，一串清冷而肃杀的琴音从他指端飘出，瞬间就传遍了全场。每一个最简单的音符，此时都像巨龙低沉的呜咽一般动人心扉、浩然恢宏。

集合了四十名魔法师的精神力，在这一刻终于发生了质变，深黄色光芒消失了，取而代之的是一层淡淡的紫光。

可惜，叶音竹身边的魔法师们因为精神力的大量输出，已经无法去感受叶音竹的变化了，否则他们一定会发现黄级跳级升为紫级的神奇景象。

没错，就是紫级，象征着大陆最强力量的紫级。

叶音竹在这一刻突然睁开他的双眼，两道紫光从黑眸中射出。此时他的眼中没有了以往的淡然，有的只是杀戮之光。

苏拉恐惧了，费斯切拉也恐惧了，他们都因为叶音竹身上那无比强烈的杀气而恐惧。

琴宗修炼琴魔法分为三大等级二十七阶，与彩虹等级的二十七阶相对应。达到紫级后，琴魔法的等级也就与彩虹等级的紫级没有什么差别了。

这三大等级对于叶音竹来说，分别是赤子琴心、剑胆琴心和紫微琴心。此时，在集中了四十名魔法师的庞大的精神力后，叶音竹由剑胆琴心直接进入了紫微琴心的境界。紫微琴心还有另外一个称号，那就是“杀戮琴心”。

城上城下，只要还清醒着的人，无不被眼前的一幕惊呆了。

身环紫光的叶音竹，在这一刻似乎成了天地间的中心。

兽人忘记了进攻，龙骑兵也感觉到了恐慌。

帕金斯倒吸了一口凉气，道：“紫级大魔导师，人类中的巅峰强者。”

狄斯怒吼道：“还等什么，给我上！难道要等他完成魔法再冲锋吗？”在它的怒吼声中，兽人劫掠军团终于动了起来。但是，除了比蒙巨兽以外，猿人、虎人、豹人三族兽人的速度明显变得迟缓了许多，因为兽人感觉到了空气中那令人窒息的压力——来自龙的威压。

此时，叶音竹的精神已经不完全由他自己来控制了。直接质变到紫微琴心的境界，使他无法控制住自己心中的杀意，他的双手在枯木龙吟琴上变成了一片幻影。

琴音中的清冷似乎在这一刻完全消失了，剩下的，只有肃杀。

费斯切拉看了叶音竹一眼，勉强抑制着内心的恐惧，将自己的全部斗气集中，声嘶力竭地喊道：“米兰所属，弃龙后撤。”

喊出这句话，就是叶音竹交给费斯切拉的任务。

他的第一遍呐喊，只令龙骑兵们从琴音中清醒过来。第二遍呐喊，才令每个人都听清楚了。

此时，作为由人类最强兵种组成的战队，龙骑兵们突然感觉到自己的坐骑似乎正在发生着巨大的变化。它们的身体居然在膨胀，没错，就是膨胀。

先前消失的气息重现，只不过，比正常情况下粗重了不知道多少倍。低低的咆哮声，正像暴风雨来临的前奏。

兽人大军已经冲了过来，两翼的三族兽人同时朝着龙骑兵们夹击而至。比蒙巨兽迈开沉重的步伐，像绞肉机一般前进着，奥利维拉甚至已经看到了黄金比蒙眼中强烈的嗜血光芒。

弃龙？那不等于是放弃抵抗吗？

兽人已经来了。在这一刻，奥利维拉展现出他未来名将所具有的清醒头脑，联想到叶音竹在自己离开前所叮嘱的话，他用最短的时间反应过来，大喝道：“龙骑兵听令，放弃驯龙，撤！”

奥利维拉手持龙枪飞身而起，第一个离开了自己的驯龙。

虽然王子的话还会令龙骑兵们迟疑，但是他们是绝对不会违抗统帅的命令的，这是龙骑兵的纪律。于是，包括米兰魔武学院学员们在内的五百五十八名龙骑兵在最短时间内飞身下龙，朝着科尼亚城后撤。而令他们感到奇怪的是，他们的驯龙竟然依旧站在那里，一点也没有挪动。

豹人不用武器，靠它们的利爪就行，猿人拿的武器是巨大的狼牙棒，虎人所用的是夸张的重锤。

就在龙骑兵们后撤的同时，在那些龙排列成的一字阵形两端，兽人已经与其发生了碰撞。

“轰！”一个虎人抡起自己的重锤，重重地砸在一只埃里克敏龙的背上。

从身材上来看，虎人面对埃里克敏龙一点也不吃亏。但是，令兽人们吃惊的事情发生了。那只埃里克敏龙在承受了如此沉重的一锤之后，竟然没有如它们想象中那样受到重创，它那看上去并不结实的身体居然纹丝不动，只是将龙头转向了那个虎人。

虎人看到的，是一双血红色的龙目，血红色中，还有一道道黑色的细丝。

恐怖！这是这个虎人的第一感觉，也是它一生中最后的感觉，因为下一刻，它就被这只埃里克敏龙击杀了。

五百五十八只驯龙在这一刻全部疯了。冲到近前的兽人们看到，这些驯龙的眼睛不知道什么时候都变成了血红色，在接触的瞬间，驯龙们同时爆发，疯狂地冲向了面前的兽人。

作为兽人族的强力兵种之一，以往虎人完全可以和没有骑士的驯龙抗衡，但此时，它们似乎异常脆弱。

它们所面对的驯龙，不论是埃里克敏龙还是马奇诺铁龙，攻击、防御、速度都同时提升到了原本的三倍以上，疯狂地冲入兽人的阵营之中。

谁也没有想到，原本应该是兽人毁灭龙骑兵的这一次碰撞，在骑士离开驯龙之后却完全反转过来。五百五十八只疯狂的驯龙，就像五百五十八柄最锋利的尖刀，狠狠地插入兽人劫掠军团之中。

肃杀的琴音依旧在布伦纳山脉内回荡着。叶音竹身上的紫光保持在紫微琴心一阶的水准，散发着冰冷的光彩。战场上传来的兽人的惨叫声，仿佛是琴曲的伴奏。

《龙翔操》是琴宗九大名曲之一，效果：龙爆。这一曲《龙翔操》又被称为“灭龙之曲”。

只有枯木龙吟琴，才能真正发挥出这首琴曲的威力。紫级一阶的《龙翔操》，几乎能对八阶以内包括八阶的所有拥有龙族血脉的生物产生效果。

谁能想到，叶音竹准备多时的这一首琴曲，并不是针对敌人，而是针对己方的呢。

狄斯一拳将冲到面前的一只马奇诺铁龙轰飞，突然的变化，令它和帕金斯搞不清楚状况。对它来说，平时一只马奇诺铁龙的防御就像是柔软的豆腐一样毫无用处。

可此时，狄斯的一拳只能将一只马奇诺铁龙轰飞，而不是杀死。没过多久，五百五十八只驯龙已经完全插入了兽人劫掠军团的阵营之中。

“疯了，这些浑蛋都疯了！”狄斯愤怒地咆哮着，以掩饰它此时的惊慌。

狄斯第一次遇到这样的驯龙。这还是驯龙吗？这些驯龙刹那间的攻击力甚至可以和真正的巨龙相比了。

“轰！”一声令大地和兽人劫掠军团同时颤抖的轰鸣骤然响起。在这轰鸣声中，一只埃里克敏龙的身体瞬间爆炸，它的身体的每一个部分在破碎的刹那都变成了最恐怖的杀伤性武器。

以这只埃里克敏龙为中心，周围三十米范围内的所有兽人全被那强悍到无法抵御的鳞片、龙骨贯穿了。一具具被打成筛子的兽人尸体缓缓地倒地，使战场中出现了一片空地。

这只埃里克敏龙的爆炸，只是一个开始。随着那如同地狱般的肃杀琴音一声接一声响起，一只只驯龙的身体接连爆炸。

一片片血光在兽人劫掠军团中亮起，就像割麦子一样，除了比蒙巨兽以外，其余的三大兽人军团中的兽人均数量锐减。

马奇诺铁龙自爆时的杀伤力比埃里克敏龙还要大得多。它们身上有厚重的铠甲，在爆炸的瞬间，这些铠甲也会伴随着它们巨大的身体变成恐怖的杀伤性武器。

别说猿人、虎人和豹人，就算是狂暴比蒙遇到马奇诺铁龙的自爆，也会被轰得倒飞而出，伤痕累累。

“不好，铁桶阵！”帕金斯疯狂地怒吼一声，接连将几只驯龙轰飞。

在帕金斯的指挥下，比蒙巨兽不再去救援旁边的兽人，完全集中在一起，凭借着自身无比强悍的防御力蜷缩成一团，外围的狂暴比蒙瞬间狂化，这才将龙爆顶住。

叶音竹用枯木龙吟琴弹奏《龙翔操》，令驯龙的精神产生共鸣，就像最恐怖的兴奋剂一样，使龙的全部血液与生命力瞬间沸腾。

龙的实力不同，在琴曲中坚持的时间长短也不同，但只要没有超过琴曲的控制范围，那么，最后的结果就只有一个，就是自爆。

五百五十八只驯龙自爆，五百五十八声巨大的轰鸣，令布伦纳山脉山摇地动。

龙骑兵的驯龙，没有一只实力超过六阶的。在通过扩音魔法阵传出来的《龙翔操》作用下，它们中没有一只幸免。

此时此刻，科尼亚城前已经变成了地狱，数以万计的生命，就在那短暂的时间内消失。

城下的龙骑兵们，都被眼前这血腥的一幕吓呆了，有很多人的身体甚至在不受控制地颤抖。

城墙上，魔法师们因为精神力的透支，都已经失去了意识，但他们最后的精神力依旧通过那一根根银丝传入了叶音竹的精神烙印之中。至于原本在科尼亚城中的五百名守军，早已被叶音竹以紫微琴心境界弹奏的乐曲震晕过去。

虽然《龙翔操》只是针对龙族的，但那强大的精神力震慑，又岂是这些普通人所能抵御的。

在龙爆中幸存的三族兽人，数量不到原本的三分之一，而还拥有战斗力的，更是连十分之一都不到。

比蒙军团又一次展现了自身的强大。在龙爆最后发挥威力的疯狂冲击之下，除了外围的狂暴比蒙身上多了一道道伤口以外，其他比蒙并没有受到致命的伤害。然而最外圈的几十个狂暴比蒙因为承受了极其剧烈的龙爆冲击，此时已经失去了战斗的能力。

奥利维拉脸色苍白地看着眼前这一幕，喃喃自语道："叶音竹，你也太狠了。那可是五百五十八只驯龙啊！"

此时，他终于明白，为什么在临出城前叶音竹会问他为了胜利是否要不择手段了。

龙骑兵们手持龙枪，双目含泪地看着眼前的战场。作为一名龙骑兵，他们每个人都与自己的坐骑有着深厚的感情。但此时，他们的驯龙已经尸骨无存。

原本在他们眼中那个白衣黑发的单纯少年魔法师，此刻已经变成了魔鬼。

浓重的血腥味弥漫在科尼亚城外如同地狱一般的战场上。惨叫声在寒冷的北风中，传遍了整个布伦纳山脉。

那些没有在龙爆中被消灭的兽人三族战士，此时也失去了所有的勇气和斗志，有的瘫坐在地上，剧烈地喘息着，有的近乎疯狂地奔向周围的群山，还有一些甚至忘记了敌人就在自己的面前，直接就朝着龙骑兵跑去，结果被重型龙枪刺穿。

四万大军啊！那可是四万大军啊！

虽然没有全军覆没，但在龙爆之后，兽人已经完全失去了战斗能力，甚至连最后一点战斗的意志，也已被眼前地狱一般的景象刺激得荡然无存。

就在比蒙巨兽们挺直身体，心中的震惊逐渐被疯狂的愤怒代替，将嗜血而怨毒的目光投向科尼亚城的城墙时，嘹亮的龙吟突然从远处传来。

远远地，只见半空有一片黑云，正朝着科尼亚城疾速而来。最前面的是一条土黄色巨龙。

在土黄色巨龙背后跟着的是身长四米左右，翼长五米，龙头鹰身的生物。锐利的目光、闪烁着金属光泽的刀翼和它们腹下的利爪，充分显示着它们强悍的杀伤力。

“是二哥带着鹰隼龙来了！”奥利维拉惊喜地大喊一声，不过，他的心立刻沉了下来，因为叶音竹那一曲《龙翔操》还没有结束。

马尔蒂尼接到科尼亚城的魔法传信时，正是圣心城受到最猛烈的攻击的时候。在那种情况下，即使知道科尼亚城将不保，自己的嫡亲孙子有可能会被兽人杀掉，他也没有立刻增援的念头。

毕竟，算算时间，就算他立刻派遣速度最快的埃里克敏龙救援，也已经来不及了，更何况兽人是如此强悍。

可是，当奥利维拉第二次传信后，马尔蒂尼慌了。他可以不管自己的孙子，但是，帝国皇储居然在科尼亚城，那是他不能不管的。

西尔维奥皇帝只有两个孩子，而这两个孩子此时竟然都在科尼亚城中，一旦出什么状况，那绝对不是他能担待得起的。

所以，他强行从自己的军团中抽调出五百条鹰隼龙，由金星龙骑将奥卡福带领着，以最快的速度赶往科尼亚城。

不论是米兰帝国的龙骑兵军团，还是蓝迪亚斯帝国的龙骑兵军团，都有着一些特殊的龙骑兵兵种。

米兰帝国最引以为傲的部队，就是他们的鹰隼龙大队。

鹰隼龙大队有五百条鹰隼龙，是龙崎努斯大陆上唯一一支飞行驯龙部队，本身的战斗力又极为强悍，都是五阶魔兽，拥有所有军队中最好的机动性。在以往的战争之中，鹰隼龙为米兰帝国屡建奇功，建立了不朽功勋。

即使是面对比蒙巨兽，它们凭借着自己的灵活性，在龙骑兵的配合下，也能纠缠一番。鹰隼龙骑兵的要求比普通龙骑兵更高，必须要达到黄级中阶，并且通过种种考核才能加入其中。

当然，马尔蒂尼并不指望这些鹰隼龙能将兽人劫掠军团击溃，那是不现实的。他交给奥卡福的任务只有一个，那就是将包括王子和公主在内的米兰魔武学院的一百名学员全部接走。至于科尼亚城，他也只能暂时放弃，等待国内的援军到来后再想办法对付。

五百公里的距离，奥卡福的土系巨龙带领着鹰隼龙，只用了一个多小时的时间就赶到了。隔得很远，他就听到了阵阵轰鸣声。

就在奥卡福奇怪为什么自己带领的鹰隼龙大队会变得躁动不安时，他们已经来到了科尼亚城前面的平原的上空。

拥有蓝级实力的奥卡福视力很好，隔着很远，他就看到了战场上的情况。那有些刺耳，充满了肃杀气息的琴音并不是朝着他这个方向的，所以身在空中的他和鹰隼龙军团只能听到一些余音。

土系巨龙不安地咆哮一声，挣扎着想逃离这个地方。奥卡福心中大惊，在和这条巨龙签订契约之后，这还是它第一次想要违背他的命令。

“大黄，你怎么了？”奥卡福吃惊地问道。

就在这时候，科尼亚城前的奥利维拉喊道："二哥，快离开这里，千万不要落下来。"

五百五十八只驯龙自爆的惨剧已经令奥利维拉明白了许多东西，虽然他还无法肯定叶音竹那首琴曲的效果究竟是什么，但肯定与龙有关。

在扩音魔法阵和那块巨冰的作用下，琴音主要朝着科尼亚城前传去。奥利维拉突然想到，如果鹰隼龙在奥卡福的带领下落下来，会不会受到那一首琴曲的影响？

此时，环绕在叶音竹身体周围的紫色光芒已经达到了最亮的程度，竟然进入了紫微琴心二阶，而他的《龙翔操》也在最后的精神力作用下达到了巅峰。

完全用空银石布置的扩音魔法阵效果确实好，但正是因为扩音的效果太好了，此时，《龙翔操》的旋律已经传到了空中。

奥利维拉的实力达到了蓝级初阶，通过收音的方法将自己的呼喊传入高空，令奥卡福在第一时间听到。

虽然奥卡福不知道这是为什么，但他深信弟弟不会骗他。

就在他准备带领鹰隼龙骑兵们退避之际，鹰隼龙背上的战士们骇然发现，他们的鹰隼龙已经不受控制了。鹰隼龙的呼吸变得越来越粗重，翅膀拍打的速度也变得越来越迟缓。

"不好！"奥卡福低呼一声。他的土系巨龙大黄已经达到了八阶，因为琴音的过度分散，此时还没有受到致命的影响。作为智慧型魔兽，它察觉到了危险，强行带着奥卡福朝另一个方向飞去。

第一条鹰隼龙在地心引力的作用下，带着背上高大的骑士，如同流星赶月一般朝地面坠落。

受到气息的牵引，鹰隼龙在狂暴状态中，一眼就看到了高大的比蒙巨兽。龙与比蒙巨兽是天敌，它用自己最后一丝灵智，张开翅膀调整角度，朝着比蒙巨兽冲了过去。

比蒙巨兽此时仍集中在一起，这对于之前地面驯龙的龙爆攻击而言是最好的防御手段，可现在，这种防御方式使它们变成了地面上最明显的目标。

有了第一条，就有第二条。如同陨石一般坠落的五百条鹰隼龙，成了最恐怖的炸弹，连比蒙巨兽也无法承受的炸弹。

上千米的高空，数千斤的重量瞬间坠落，加上龙爆时所产生的破坏力，那将发生多么恐怖的爆炸？

第三十四章

英雄还是罪人

"轰轰轰轰！"

帕金斯和狄斯被围在中央，甚至连闪躲的机会都没有。鹰隼龙和龙骑兵已经如陨石般坠落而至。

五百条鹰隼龙以及五百名黄级中阶以上的龙骑兵中，有超过半数俯冲而下，落在了比蒙巨兽周围。

那完全是毁灭性的冲击。在这一刻，比蒙巨兽终于展现出了最强大的一面。

狄斯眼看着空中的鹰隼龙撞击而来，它第一时间挺直了自己的身体，双臂展开，原本收在手臂内的利爪骤然弹出。

眼看着鹰隼龙疯狂下坠，狄斯那百寸长的利爪瞬间抓住了一条鹰隼龙，下一刻就将其击杀了。

帕金斯怒吼道："对空攻击，比蒙狂化！"

比蒙巨兽没有休息，再次狂化。它们那原本就已经可以和山岳相比的身体，在狂化的作用下，全身花岗岩般的肌肉再次膨胀，瞬间将攻击和防御能力提升到极限。

在疯狂狂化之中，一共有八十六个比蒙巨兽，对着天空亮出了百寸利爪。那些受伤了的狂暴比蒙似乎完全忘记了自己的伤势，同样将力量提升到极限。眼看着鹰隼龙坠落了下来，比蒙巨兽用最直接也是最强悍的方法，用燃烧血液般的疯狂，迎接着这不可思议的自杀式攻击。

只有少量鹰隼龙坠落在兽人三族战士之中。比起先前的地面驯龙龙爆，鹰隼龙在落地瞬间炸开所产生的杀伤力要大得多。一百米之内，龙骑兵和鹰隼龙都变成了杀死兽人的武器。

此时的兽人军团，已经不能用“溃不成军”来形容了。因为能够站起来的兽人就只有那些有无比强壮的手臂，挥舞着百寸利爪的比蒙巨兽了。

作为比蒙巨兽中的强者，狄斯和帕金斯承受了最多的冲击，它们虽然并不在乎其他种族兽人的死亡，但对本族族众异常照顾。毕竟，比蒙巨兽是可以和真正的巨龙媲美的强者，再加上比蒙巨兽的数量实在太稀少了，每当狂暴比蒙支持不住的时候，狄斯和帕金斯都会在第一时间将它们拉到自己身边，主动承受来自空中的攻击。

对比蒙巨兽产生最大伤害的，就是坠落一瞬间的爆炸。那巨大的冲撞力让狂暴比蒙应付起来极其吃力，即使是黄金比蒙狄斯和帕金斯，在承受了大量鹰隼龙的撞击之后，也觉得双臂酸麻，大手上的利爪都破碎了。

随着一声裂帛般的刺耳声传来，《龙翔操》终于结束了。在枯木龙吟琴七弦齐断的同时，连接着叶音竹的精神烙印的银丝也在同一时间消失，魔法师们也一个个倒下了，人事不知。

随着淡淡的紫光消退，叶音竹身上那股强大的肃杀之气也消失了。此时此刻，他的身体开始有些颤抖了，那是他制造的杀戮，真正的杀戮。而且他直接杀掉的并不是敌人，而是己方战士，还是最精锐、最珍贵的龙骑兵。那么多驯龙和龙骑兵，都毁灭在那一曲《龙翔操》之中。

谁说神音师是鸡肋魔法师？就算有数名真正的紫级大魔导师在这里，也绝对无法对抗拥有八十多个比蒙巨兽的兽人劫掠军团。但是，叶音竹做到了。虽然牺牲是巨大的，但他毕竟还是做到了。

比蒙巨兽全都倒在帕金斯和狄斯身边。它们并没有死，强大的防御力救了它们的命。

比蒙巨兽们无一例外，全部身受重创，巨大的身体完全被驯龙自爆时飞溅的血液染红。从这些比蒙所受的伤来看，没有长时间的休息是不可能恢复的。

剩下的两个黄金比蒙，已经不仅仅是愤怒了，它们也开始恐慌。虽然在它们的全力拼斗下，保住了所有比蒙巨兽的性命，但是，包括四个白银比蒙在内的八十四个比蒙巨兽已经全部失去了战斗能力。

它们就算对自己再有自信，也知道不可能将这些同伴全部带走。更何况，直到现在，它们都没有真正地战斗过。它们不知道米兰帝国的人还会带给它们什么样的攻击。

在恐慌中，两个黄金比蒙同时将目光投向科尼亚城，它们都明白，刚才那可怕的一幕，完全是由那名白衣黑发的魔法师造成的。那大魔导师级别的精神波动和肃杀琴音，才是令它们几乎全军覆没的罪魁祸首。

而此时的叶音竹，正处在他修炼琴魔法以来最大的一次危机之中。精神力消耗殆尽之后，那些纷乱的情绪乘虚而入，叶音竹只觉得自己的大脑像要爆炸了似的。

他已经无法理会外界的一切，撕裂般的痛楚正折磨得他死去活来，即使以他那坚毅的心志，此时也不禁痛吼出声。他全身剧烈痉挛着，大滴大滴的汗珠顺着额头流下，之前的儒雅气息荡然无存。

苏拉和费斯切拉早已被城外的一切惊呆了，直到叶音竹突然变得极度痛苦，两人才反应过来。

苏拉第一时间扑向叶音竹，但还没等他近身，叶音竹身上骤然爆发出的一股强大的斗气就直接将他的身体弹飞了。费斯切拉的情况也比苏拉好不了多少，他虽然穿着一身重铠，但论斗气还在苏拉之下，在叶音竹释放的黄竹斗气的作用下猛地撞在城垛上，全身一阵颤抖。

《龙翔操》取得的效果比叶音竹想象中的还要恐怖得多，但同时他所使用的精神共享魔法的副作用也比他想象中的要大得多。

怎么可能无休止地借用精神力呢?

这个精神共享魔法，一般来说，最多只能借用两名魔法师的精神力，他却一下借用了三十九名魔法师的精神力，这些精神力中包含的情绪复杂得难以想象。

之前有庞大的精神力支持，叶音竹还能将这些复杂的情绪勉强压制住，而当《龙翔操》结束后，他的精神力大幅度透支，使他再也没有保护自己的力量。

一时间，他精神失守，悬于他头顶的精神烙印剧烈地颤抖着，原本清晰的银星开始变得越来越虚幻，似乎随时都有可能消散。

就在叶音竹感觉到自己的精神即将崩溃，再也控制不住那无比纷杂的情绪之时，突然，一团银色光芒在叶音竹胸前释放。那银色光芒瞬间化为一个心形银团升腾而起，径直射入叶音竹头顶的精神烙印中，眨眼间就与之融为了一体。

叶音竹只觉得自己额头上出现了一团温暖的能量，仿佛一个黑洞，不断将那些纷乱的情绪吞噬，瞬间重新稳住了他即将崩溃的精神。那些纷乱情绪带来的痛楚，随着它们被逐渐吞噬而越来越弱。

救了叶音竹的，正是当初神音系系主任妮雅赠送给他的神之守护三件套之中的心灵守护。平时似乎用处最少的心灵守护，在这一刻却成了叶音竹的救命法宝，它凭借着特殊的精神波动，强行让叶音竹将纷乱的情绪抛到了脑后，与此同时，也稳住了他的精神烙印。

这一边，叶音竹在心灵守护的帮助下逐渐收回了自己的精神烙印，正在恢复过程中。另一边，战场上的兽人劫掠军团仅存的两个黄金比蒙疯狂了。

自出生以来，狄斯和帕金斯还从没吃过这么大的亏，不但带来的手下几乎全军覆没，就连自己的族人都身受重创。

在强烈的刺激之下，它们作为黄金比蒙的狂暴本性完全发作，任何事情都已经无法左右它们的思想。

此时此刻，两个黄金比蒙将目光投向了科尼亚城城墙上正处于虚弱状态的叶音竹。它们很清楚，就是那名看上去很年轻的魔法师导致兽人劫掠军团几乎全军覆没的。

狄斯仰天怒吼一声，消耗了大量体力的身体依旧爆发出一团火焰般的金黄色光芒。只见它左脚瞬间踏前，身体前进百米，跨过了地面上重伤倒地的族人们。

落地之时，狄斯那巨大的脚掌竟然完全陷入了地面之中。它全身散发的金光刹那间集中在它的右拳之上，像一把无比坚实的金色巨锤，凶悍地朝地面轰去。

这一次，狄斯释放的不再是无差别攻击，也不是任何远程攻击，纯粹是绝对的力量。它将自己的强大力量用一种极为特殊的方式展现出来了。

在狄斯轰出一拳的同时，帕金斯在它背后助跑几步，巨大的身体竟然腾跃而起，左脚重重地踏在它坚实如堡垒般的后背上，全身借力反弹，犹如一颗金色的太阳一般朝科尼亚城墙射去。

要知道，整座科尼亚城的城墙都没有黄金比蒙的身体高大。

两个黄金比蒙同时发狂，目的只有一个，就是杀掉给它们带来灾难性打击的叶音竹。

“轰！”整个布伦纳山脉仿佛都颤抖了一下，大地开始震颤，狄斯面前的地面完全炸开，不论地面上是泥土还是岩石，都被它那狂暴的力量掀飞了。

巨大的弧形冲击波以惊人的速度朝着科尼亚城射去，混着大量泥土和岩石，使科尼亚城前的地面像被犁过一般，场景极其恐怖。

“吼！”半空中，八阶土系巨龙大黄发出一声低沉的咆哮。没有了《龙翔操》的琴音，它的恐惧已经完全消失，此时，它在奥卡福的催动下快速地朝地面冲来。

作为一名蓝级战师、拥有八阶巨龙的金星龙骑将，现在奥卡福有两个选择，一个就是拦截朝城墙上冲去的帕金斯，另一个就是去抵挡朝着龙骑兵以及科尼亚城冲去的黄金比蒙的地狱冲击波。

不知道是因为五百条鹰隼龙全军覆没令他忘记了城上还有公主和王子，还是因为他此时眼中只有处于危险之中的兄弟奥利维拉，奥卡福竟然没有去拦截帕金斯，而是催动土系巨龙朝地面冲去。

智慧型魔兽的能力不受彩虹等级限制，而是根据它们本身能力的特殊性而定。巨大的土系巨龙在低沉的咆哮声中，骤然发出大量的黄色光芒，那光芒洒向地面，就在那早已惊呆的龙骑兵们面前竖起了一面高十米、厚三米的土墙，正好迎上了地狱冲击波。

黄金比蒙的绝对力量和土系巨龙的土系魔法碰撞，谁会获胜？

如果黄金比蒙正处于最佳状态，那八阶的土系巨龙不可能是它的对手。可惜，之前的两轮龙爆的破坏力实在太强了，狄斯手上的百寸利爪已经破碎，体力更是大幅度下降。因此这回虽然是它在暴怒中释放的攻击，但当地狱冲击波与土墙碰撞的时候，绝对的力量并没有起到突破作用。

一圈弧形的尘烟在科尼亚城前产生，腾空而起，直入高空之中。龙骑兵们一个个变得灰头土脸，实力稍差一些的已经被震退跌倒。令人惊喜的是，地狱冲击波到底还是被挡住了。

奥卡福拿着七米土黄色龙枪，在大黄的全力前冲下，朝着黄金比蒙狄斯而去。

就在金星龙骑将奥卡福冲向黄金比蒙狄斯的同时，另外一个黄金比蒙帕金斯也已经跃临科尼亚城，而现在在科尼亚城城墙上只有完全清醒的两个人——苏拉和米兰帝国王子费斯切拉。

眼看那无比巨大的金黄色身影扑来，在这一刻，费斯切拉完全展现出他作为帝国王子的王者之气，平时的嬉皮笑脸早已消失不见。

他踏前一步，用自己高大的身体挡在叶音竹和苏拉前面，双手握住重剑，只见他暴喝一声，一道绿色的斗气直接朝着帕金斯斩去。

“当！”震耳欲聋的金铁交击之声响起，重剑斩在帕金斯巨大的身体上，迸发出一片火星。

黄金比蒙身上的金毛防御力实在太恐怖了，绿级斗气的攻击对黄金比蒙来说，简直就和挠痒没有区别。

帕金斯的身体连震动一下都没有，费斯切拉就被震飞了出去，撞穿了一堵矮墙，直接飞入城中。

帕金斯并不知道费斯切拉的身份，否则它恐怕会改变攻击方向。

此时帕金斯血红的双眸中，只有那一身白衣，正在心灵守护的帮助下逐渐从痛苦中解脱的叶音竹。

“吼！”帕金斯巨大的右拳带着龙卷风一般的咆哮直向叶音竹轰去。

苏拉闪电般的身形瞬间出现在叶音竹身前，永恒替身傀儡早已开启，物理攻击免疫令他的身体直接穿过帕金斯强大的右拳，脚尖在帕金斯手臂上借力一点，瞬间来到帕金斯面前。黑色的天使叹息带起两道黑色闪电直奔帕金斯的双眼刺去。

身处于危机之中的苏拉很清醒，他知道，就算是接近神器级别的天使叹息，也不可能破开帕金斯的防御，因为他的斗气还只是绿级的。只有攻击帕金斯的眼睛，才有可能阻止它攻击叶音竹。

可惜，苏拉还是低估了帕金斯对叶音竹的憎恨。帕金斯凭借自己强大的身体，竟然毫不闪躲，眼看着天使叹息朝自己的眼睛刺来，它猛地闭上双眼，右拳依旧毫不停顿地轰向叶音竹。

只听两声脆响，苏拉感受到了黄金比蒙无比强大的防御力。单单是帕金斯的眼皮就挡住了苏拉那施加了绿级斗气的天使叹息，由此产生的巨大的反震力还将他远远地送了出去。

“啊！”苏拉撕心裂肺地喊着，“不！”他一边朝着城中落去，一边眼睁睁地看着帕金斯那足有叶音竹上半身大的右拳，重重地轰击在了叶音竹身上。

“轰！”奇异的光芒从叶音竹手腕处亮起，关键时刻，生命守护的绝对防御效果骤然爆发，强行挡住了帕金斯的攻击，救了叶音竹。

叶音竹的精神烙印刚回到体内，正在快速恢复之中，他却突然感受到剧烈震荡，身体被帕金斯强大的力量带着向旁边倒去。他的脑海中一片混乱，立马陷入了昏迷之中。

此时，正是他身体最脆弱的时刻。月神守护的防御是绝对挡不住黄金比蒙的，而生命守护的绝对防御也已经用过了。

帕金斯怒吼一声，抡起无比强壮的双臂在城墙肆虐。

苏拉的攻击并不是完全没有效果的。天使叹息对物理防御有百分之一百五的加成效果，加上它本身的诅咒之力，破坏了帕金斯眼皮的防御，使它的眼珠受了轻伤，暂时看不见东西。

帕金斯也不知道自己是否已经将叶音竹置于死地了。在暴怒之中，它只想用最快的速度毁灭眼前的一切。

帕金斯只是挥出了几拳，就在城墙上开了一个大口子，足见比蒙巨兽的破坏力有多强大。可想而知，之前叶音竹他们抵挡住了兽人劫掠军团的主力是多么正确的决定。

随着另一拳轰击而出，帕金斯眼睛上的酸麻感逐渐消失，视力也正在快速恢复。

帕金斯隐约看到，叶音竹正挂在被自己破坏的城墙的断壁边缘，甚至有一半的身体是虚悬在边缘外的。

“啊！”它如同重锤一般的拳头直奔毫无知觉的叶音竹而去。

一切都发生得很快，当奥卡福和狄斯碰撞在一起的时候，这边的帕金斯已经向叶音竹挥出了最后一拳。

奥利维拉刚从尘土中清醒过来，这才想起来城上还有公主和王子。

可是奥卡福已经和黄金比蒙狄斯碰撞在一起。他只能眼睁睁地看着帕金斯那一拳朝着叶音竹身上轰去，就算他现在召唤自己的水系巨龙也已经来不及了。

虽然奥利维拉对叶音竹的做法和产生的效果感到极度震惊，但他不得不承认，叶音竹几乎是凭借他自己的力量，整合了科尼亚城可用的一切，才挡住了兽人劫掠军团。

胜利已经属于他们。眼看着叶音竹即将殒命在黄金比蒙手中，自己却无能为力，奥利维拉不禁痛苦地闭上了眼睛。然而，正是因为他此时的闭目，才错过了最精彩的一幕。

紫光，一道扭曲的紫光毫无预兆地出现在了叶音竹与帕金斯中央。

诡异的一幕出现了，帕金斯那巨大的拳头竟然在那奇异的空间处向一旁滑开。

就在那紫色的空间之中，一柄无比巨大的紫色巨剑横空出世，直接霸道地横拍在帕金斯身上，竟然将它那巨大的身体拍得横飞了出去。

突然，狄斯仿佛吃了兴奋剂一般，一掌将土系巨龙大黄连着奥卡福一起拍飞。它的目光完全落在科尼亚城城墙上那柄足有十余米长，闪烁着紫色光彩的巨剑上。

狄斯眼中的狂暴和愤怒几乎在同一时间消失了，身上的黄金毛发如同波浪一般颤抖着，眼神中充满了激动和狂喜，道："紫晶出世，竟然是紫晶出世！"

裂开的紫色缝隙中，紫色巨剑化为一道强烈的紫光消失不见，一个高大魁伟的身影从那紫色空间中漫步而出。他全身都被一层紫蒙蒙的光影所包裹着，强烈的紫光竟然比太阳的光芒还要夺目璀璨，让人看不清他的样子。

只见他弯下腰，一把抱起城墙上的叶音竹，自言自语地道："你这个傻瓜，为什么危险时刻总是不召唤我呢？难道我们之间的平等本命契约只是摆设而已吗？你对我也太没有信心了。要不是紫晶剑能够帮助我发现你有危险，并且找到你的位置，同时破开空间送我过来，恐怕你就真的要死了。"

如果此时叶音竹还清醒着，他一定会认出这个熟悉声音的主人——紫。

紫缓缓地抬起头，目光落在已经爬起来的帕金斯身上，刹那间，他身上紫蒙蒙的光华变得更加耀眼了。

帕金斯没有再攻击，此时它的视力已经完全恢复了，它有些结巴地道："你……你是……"

紫右手一挥，紫晶剑再次出现，遥指长空。紫吐出冰冷的两个字："紫晶。"

帕金斯完全失神了，喃喃道："紫晶！竟然真的是紫晶！"

帕金斯眼中再没有了杀意和战意，下意识地退后几步，朝着战场上另一边的狄斯看去。

一种特殊的语言从紫口中发出，而全场之中，只有两个黄金比蒙才能听懂。

面对紫和紫晶剑，两个身高接近二十米，防御力比堡垒还要强大的黄金比蒙一边后退，一边连连点头。

当它们后退到之前重伤倒地的那些比蒙巨兽身边时，还朝着紫躬身，巨大的眼眸中流露出的竟然是恐惧和尊敬。

光芒一闪，十枚戒指出现在它们身前。一道道银光闪过，地面上受伤的八十多个比蒙巨兽全都被它们收入空间戒指之中了。

然后两个黄金比蒙对视一眼，同时低吼一声，也不管残存不多的兽人三族战士，用最快的速度弹身而起，朝着极北荒原而去。

高耸入云的山岳在它们面前就像平地一般，一会儿的工夫，两个黄金比蒙就消失不见了。

紫目送着两个黄金比蒙离去，嘴角露出一丝淡淡的笑意，低头看了一眼怀中的叶音竹。紫先将叶音竹缓缓地放在城墙上，然后身形一闪，化为一道紫光没入叶音竹体内消失了。

结束了，这一场大战终于结束了。最后的一切发生得极快，几乎没有一个人看清楚城墙上发生的事。

狄斯的地狱冲击波与土墙撞击带起的大量尘土，将大多数龙骑兵都震得七荤八素，而清醒着的一些人也将精力放在了闪躲空中落下的石块和泥土之上。

他们只看到城墙上紫光闪烁，同时奥卡福和他的巨龙被黄金比蒙狄斯轰退。而后随着一阵特殊声音出现，黄金比蒙就和它们的族人一起消失了，只剩下科尼亚城前的满目狼藉和城墙处的一片废墟。

奥卡福和他的巨龙摔了个七荤八素，等他们爬起来的时候，一切都已经结束了。

奥卡福用自己的龙枪支撑着身体，在科尼亚城前自言自语道："完了，全完了！鹰隼龙全完了，这让我怎么向爷爷交代啊？"

鹰隼龙在整个米兰帝国的龙骑兵军团中绝对是举足轻重的存在。别的不说，单是它们的侦察和偷袭这两个作用，就是其他任何龙都无法比拟的。

鹰隼龙虽然只是五阶魔兽，它的价值却在马奇诺铁龙和埃里克敏龙之上。

"二哥。"奥利维拉跑到奥卡福身边，兄弟两人此时都有些失神。

奥卡福的目光骤然变得凌厉起来，问道："三弟，这究竟是怎么回事？为什么我们的驯龙会突然发狂？"

奥利维拉苦笑道："我也不知道，恐怕和我们的魔法师有关吧。音竹他联合所有魔法师释放了一个神音系的魔法，后来驯龙就发狂了。"

奥卡福怒吼道："我不在，你就是这里的统帅，你怎么能让一个魔法师如此乱来？你知不知道，那可是五百条鹰隼龙，就算将龙崎努斯大陆的全部国家加在一起，恐怕也凑不出这么多鹰隼龙。"

奥利维拉低着头，他此时还没从之前那震撼无比的一战中清醒过来。从始至终，他们这些龙骑兵都没有出手，这场惊世之战完全是魔法师与对手的较量。

"二哥，你冷静点。虽然我们的损失惨重，但兽人的损失也不小。而且，这里也不是我主事。费斯切拉王子和香鸾公主都在城上，有米兰红十字盾徽，我只能执行他们的命令。"

"啊！对了，公主和王子也在。坏了，我忘记了。快，我们上城去。"

奥卡福此时才想起来，自己这次最重要的任务是援救皇室成员，于是他也顾不得心疼那些驯龙了。

之前在空中眼看着狄斯朝着自己的弟弟和龙骑兵们发动攻击，他脑袋一热就冲了下来，此时才想到要保护公主和王子。

紫罗兰家族的兄弟两人不敢拖拉，用最快的速度回到了科尼亚城。

不得不说，米兰魔武学院的学员们运气极好。那些被叶音竹借用了精神力的魔法师们之前都在他背后，当帕金斯攻击叶音竹之时，破坏的地方都在叶音竹身体附近，所以并没有波及那些昏迷的魔法师们。虽然被尘土弄得灰头土脸，但他们也只是昏迷而已。

很快，奥利维拉就在昏迷的魔法师中找到了香鸾，赶忙向奥卡福道："公主在这里！"

奥卡福沉声道："王子呢？王子殿下到哪里去了？"

奥利维拉苦笑道："赶快派人去找吧，希望他在城里。"

奥卡福立刻下达命令，同时，他的目光落在了城墙上那最耀眼的魔法师身上。

月神守护闪着淡淡的白光，保护着已经昏迷的叶音竹。

叶音竹的脸色看起来虽然有些苍白，却很平静，眉宇间的痛苦已经完全消失了。

"就是他毁了我们的驯龙？"奥卡福狠狠地瞪着叶音竹问道。

奥利维拉点了点头。

奥卡福双拳紧握，深蓝色的斗气在身体周围不稳定地波动着，眼中凶光闪烁。一想到在《龙翔操》中陨灭的鹰隼龙和自己的坐骑险些自爆，他就对这个造成恐怖龙爆的魔法师充满了恨意。

"二哥，不可！"奥利维拉对自己这暴脾气的二哥再熟悉不过了。二哥和大哥奥斯丁都是非常容易冲动的人，一旦脾气上来，完全不计后果。

奥卡福怒道："不要？奥利维拉，难道你不知道鹰隼龙不仅是帝国的骄傲，同时也是咱们紫罗兰家族的骄傲吗？那五百名鹰隼龙骑兵中，有很多都是我们的家族成员。

"爷爷为了培养他们，耗费了多少心血？那些鹰隼龙，每一条都价值万金，加上龙骑兵和他们的装备，在任何一个国家都会是无价之宝。而这个浑蛋，竟然干掉了鹰隼龙。

"你躲开，我要杀了他。现在这里都是我们的人，回去就说他被兽人杀了，谁也不会追究。我要为死去的弟兄们报仇！”

“你最好别动，否则的话，我不保证你妹妹能够继续活下去。”一个冰冷的声音幽幽响起，顿时吸引了奥卡福兄弟的注意。能摸到两名蓝级战师身边而不被发现，这足以证明此人的强大。

奥卡福兄弟看到苏拉将罗兰搂在自己怀中，右手的天使叹息正紧贴在罗兰脖子处的大动脉上，眼中寒光闪烁，似乎随时都有可能对罗兰下手。

奥利维拉赶忙道：“苏拉，别冲动。我二哥只是一时气急，我们不会对音竹怎么样的。”

苏拉笑了，他的笑容充满了冰冷和不屑。他淡淡地道：“堂堂米兰帝国金星龙骑将，原来是个只会对自己人下手的龌龊小人。

“兽人大军进攻的时候，你在干什么？你原本的任务就是守卫科尼亚城，你却未经命令调动便私自离开。根据帝国军法，你该当何罪？当数万兽人大军来到科尼亚城前的时候，你在什么地方？

“不错，叶音竹是弄死了很多驯龙。但是，他也抵挡住了近百个比蒙巨兽和数万兽人的进攻，并且几乎全歼了对手。换作是你，我看，就算是给你一万名龙骑兵，你也绝对做不到。”

“你！”奥卡福被苏拉气得满面通红，但他偏偏又说不出任何反驳的话。

苏拉冷哼一声，道：“我什么？奥卡福，你首先要明白一点，叶音竹在这场战斗中，不但不是帝国的罪人，反而是英雄，是真正的英雄。奥利维拉，我问你，科尼亚城后方是什么地方？”

奥利维拉下意识地回答：“是普利亚平原。”

苏拉冷冷地道：“如果这几万兽人主力军团，在比蒙巨兽的带领下进入了普利亚平原，米兰帝国将会怎么样？”

奥利维拉语塞，眼中尽是恐惧。熟习军事并且对米兰帝国内部地形极为熟悉的他，当然知道那意味着什么，他全身的衣衫顿时被冷汗湿透，完全说不出话来。

苏拉接着道："驯龙和龙骑兵固然珍贵，但是，和普利亚平原的安危相比，哪个更重要，你们应该清楚得很。更何况，那些驯龙换来的是比蒙巨兽重伤和兽人主力军团的灭亡。如果你们不会算账的话，就回去问问马尔蒂尼元帅，叶音竹究竟是英雄还是罪人！"

第三十五章

苏拉的故事

面对苏拉的质问，奥卡福和奥利维拉兄弟无话可说，两人面面相觑。奥卡福紧握的拳头逐渐松开了。

“苏拉说得对，叶音竹既是帝国的功臣，也是真正的英雄。就算是月辉大师在这里，也未必能做到叶音竹今天所做的一切。这件事情，我会替两位向马尔蒂尼元帅解释。”

在两名龙骑兵的搀扶下，费斯切拉来到城墙，他的目光同样落在叶音竹身上，只不过目光中充斥的完全是狂热的信仰的光芒。

奥利维拉碰了奥卡福一下，躬身道：“是，殿下。一切听从殿下安排。”

奥卡福这才有些不情愿地点了点头，同时向费斯切拉行礼。

费斯切拉道：“好了，两位将军，请先打扫战场吧。肃清兽人残余，同时也看看我们能获得多少战利品，查清楚我们的鹰隼龙骑兵中还有没有存活下来的。”

“是，殿下。”

一天后，雷神之锤要塞。

“什么？”古蒂拍案而起，面前巨大的墨晶石桌竟然被它一巴掌就拍下了一个角。

古蒂的眼中散发着森寒的光芒，仿佛要将人吞噬掉，它怒道："你再说一遍！"

一个全身毛发被烧掉大半，断了一条手臂的虎人跪伏在地上，颤抖着道："酋长大人，我们……我们的劫掠军团全军覆没了。"

"不，这不可能！"古蒂怒吼一声，道，"难道比蒙军团是吃素的吗？有狄斯和帕金斯带领四万劫掠军团，怎么会连一座城墙只有十米高的小城都拿不下来？说，究竟是怎么回事？"

如果面前不是本族的虎人，恐怕早已被它撕成碎片了。

"我们还没到达科尼亚城，就遭遇了敌人的伏击，伤亡惨重。在狄斯和帕金斯两位大人的带领下，我们好不容易到达科尼亚城，结果又遇到了龙骑兵和魔法师。酋长大人，这是一个阴谋，这绝对是一个阴谋啊！"这个虎人一边说着，还一边抬起头，朝古蒂身边那全身笼罩在蓝色斗篷内的埃莫森看去。

古蒂冰冷而嗜血的目光缓缓地转向身边的埃莫森，让埃莫森背脊一阵发寒。古蒂道："埃莫森先生，我需要一个解释。四万劫掠军团，都是雷神最忠诚的子民，是我手下最精锐的部队，现在伤亡却这么惨重。"

强烈的杀机如同浪潮一般，侵袭着埃莫森那看上去无比单薄的身体。

"古蒂酋长，这不可能。我们的计策天衣无缝，敌人怎么可能事先知道呢？"

埃莫森有些惊慌了。虽然他对自己很有自信，但也还没自信到能从铜墙铁壁的雷神之锤要塞中冲出去的程度。

古蒂寒声道："结果已经摆在眼前了，你快告诉我这是怎么回事。"

埃莫森深吸一口气，转向那个活着回来的虎人，道："快说，你们究竟遇到了什么？难道是大量的龙骑兵？可是，圣心城的龙骑兵都被我们拖住了。"

虎人一边摇头一边露出了恐慌的神色，道："不，毁灭我们的不是龙骑兵，是魔法师，是可怕的魔法师。我们刚开始进攻的时候，从科尼亚城中突然传出强烈的紫级大魔导师的魔法波动，然后是一首特殊的曲子，米兰帝国的人的驯龙听了那曲子后，都疯了一样向我们冲来，然后……”带着极度的恐惧，虎人断断续续地将当时科尼亚城的情景说了一遍。

听了虎人的话，埃莫森陷入了沉思之中，半晌后，才说道：“这实在太不可思议了。只是一首曲子，竟然就令劫掠军团数万大军全军覆没了。难道那人是神音师不成?

“可是，据我所知，米兰帝国最厉害的神音师，也只不过拥有青级左右的实力。就算那人真的是紫级，我也没听说过神音师能够令龙族自爆啊。古蒂酋长，这件事很蹊跷，请您容我回去调查一下。”

埃莫森话音刚落，他面前就出现了一个巨大的阴影。没等他反应过来，古蒂的一只大手就已经掐住了他的喉咙，将他从地上直接提了起来，刺骨寒冰一般的声音伴随着古蒂粗重的呼吸在他耳边响起。

“我不知道什么蹊跷，我只知道我的四个主力军团加上八十六个比蒙巨兽全军覆没，到现在也没有一个比蒙巨兽归来。

“你知不知道，这次派出的劫掠军团，是我们雷神部落三分之一的兵力？在之前和马尔蒂尼的战争中，我已经损失不少，劫掠军团又变成了这样，埃莫森先生，就算是活撕了你，也难解我心头之恨。”

“古蒂酋长，我们绝对是真心与您……合作的。这件事请您给……我一点时间。我们送给你们的第一批……礼物马上就要到了，那些东西足以代表……我们的诚意。”

由于呼吸极度困难，埃莫森的脸已经变成了酱紫色，只要古蒂的大手再紧一紧，他就要命丧黄泉了。

听到“礼物”二字，古蒂的脸色渐渐缓和下来，它松开手将埃莫森扔到一旁，道：“希望你不要说谎，否则的话，你应该知道后果。我给你十天的时间查出这件事情的真相，滚！”

“是，我一定会查明的。”埃莫森几乎是连滚带爬地逃离了。

古蒂的脸色要多难看有多难看。如果不是因为和埃莫森背后的势力合作，这次的损失对它来说，绝对算得上是致命的打击。

“传我命令，对圣心城的一切军事行动全部停止，本部落的所有军队撤回雷神之锤。”

叶音竹从沉睡中清醒过来的时候，只觉得自己头痛欲裂，脑海中幻象频生。各种复杂的情绪不断侵袭着他的大脑，让他不禁呻吟出声。

“啊！音竹，你醒了。”苏拉惊喜的声音传来。叶音竹只觉得有一只冰凉的小手贴在自己的额头上，说不出的舒服，于是下意识地紧握着那只手不放。

苏拉脸上飞起一团红晕，却并没有挣扎。

叶音竹有些艰难地睁开双眼，首先映入眼帘的就是苏拉关切的目光。

“苏拉，你刚才的声音真好听。”

苏拉心中一惊，这才意识到自己在急切之中发出了女声，赶忙转移话题道：“音竹，你好点了吗？还有什么地方不舒服吗？”

“我的头好疼。不过，你把手放在这里我就舒服多了。”随着意识完全恢复，那些纷乱的情绪逐渐被他本身的精神力驱散了。在心灵守护的帮助下，叶音竹的心神逐渐稳定，痛苦渐渐消失了。

苏拉脸上一寒，道：“音竹，这次你也太大胆了。我听精神系的魔法师说，你那个融合精神的魔法是极其危险的。这次你要不是有心灵守护的帮助，恐怕就变成笨蛋了。”

叶音竹无奈地道：“可是，当时我没有别的办法啊！我也不知道这个精神融合魔法如此可怕。本来我想，既然大家的精神力都是一样的，融合起来也不会有什么问题。到后来才知道，精神力在融合的时候会带有各自的情绪，那些情绪的冲击确实令我很难过。苏拉，战事怎么样了？兽人呢？”

苏拉一愣，问道：“你不知道发生了什么事？”

叶音竹理所当然地道：“是啊！我借用了大家的精神力后，就弹奏了一曲

《龙翔操》。按计划，驯龙应该会在我的琴曲中变得狂暴，只要它们能够冲入兽人之中，就肯定能给对方带来致命打击。可是，当我用枯木龙吟琴弹奏《龙翔操》的时候，我的意识就完全沉浸在琴曲之中了，好像全身都很冷，后来我就什么都不知道了。难道我的琴曲失败了？”

苏拉轻叹一声，道：“不，你成功了，敌人全军覆没了。不过，成功得似乎有些过头了，而且这次付出的代价也是巨大的。包括来增援的五百条鹰隼龙，都死在了这场战争之中。

“只是我不明白，在最后时刻有一个黄金比蒙冲上城墙攻击你，后来你不但没有受伤，那个黄金比蒙还自己消失了。我被它击落城墙时，隐约看到一股冲天紫光，这是怎么回事？”

刚发出疑问，苏拉突然想到自己问得好没道理，便自嘲地笑道：“我怎么问上你了？那时候你处于昏迷状态，又怎么会知道。音竹，真没看出来，平时你老老实实的，一到战场上，居然比奥利维拉还要疯狂。”

“疯狂？我有吗？奥利维拉大哥说过，战争就像一场游戏，指挥者就是游戏的掌控者。为了达到最后胜利的目的，任何方法都是可以使用的，哪怕是牺牲己方一定的兵力来换取最后胜利。我就是按照他教的兵法做的，难道我错了吗？”

因为叶音竹并没有看到真正的战场，所以，此时他也完全无法想象当时那数万兽人大军在龙爆中消亡的景象。

苏拉微微一笑，道：“不，你当然没错。你挽救了科尼亚城，甚至挽救了整个普利亚平原。我很难想象还有谁能够像你这样，在绝对劣势的情况下扭转局面。恐怕也只有法蓝才能做到吧。有的时候我真怀疑你是从法蓝出来的。”

“苏拉。”如凤鸣般动听的声音在门外响起。门被打开，香鸾从外面走了进来。今天她穿了一件粉红色的长裙，将身上的肌肤完全遮挡，就连脖子处也是小立领。她柔嫩的俏脸上带着一丝笑容，显然心情不错。

“香鸾公主。”苏拉起身行礼，神情很冷淡。

叶音竹挣扎着坐起身，对于君臣之礼他并不敏感，但人家女孩子来了，他觉得自己躺着总是不好的。

“啊！音竹你醒了。”看到叶音竹已经清醒，香鸾顿时忘了一旁的苏拉，毫不避嫌地挨着叶音竹坐了下来，上看看下看看，唯恐叶音竹少了块肉似的。

叶音竹被她看得一阵脸红，道：“香鸾学姐，我没事了。”

香鸾松了口气，道：“还好你没事，我的大英雄。要不是苏拉说让女孩子照顾你不方便，我和海洋就留下来了。”

淡淡的香气从她身上传来，再加上她离叶音竹很近，叶音竹不禁一阵面红耳赤，害羞地道：“香鸾学姐，谢谢你的关心。”

香鸾扑哧一笑，道：“不要那么拘束好不好？我们爬山的时候，抱都抱过了，当时也没见你像现在这样。”

叶音竹羞窘地道：“那时候事态紧急，我……”

香鸾笑道：“行啦，知道你怕羞，不过，有的时候我真是看不透你呢。杀兽人的时候可没见你手软。音竹，我发现，你越来越符合我心中的英雄形象了。不如你追求我吧。只要你继续努力，说不定真的能成功。”

苏拉在一旁道：“香鸾学姐，你来找我们似乎不是为了让音竹追你吧？”

香鸾眼含深意地瞥了苏拉一眼，道：“我是来通知你，马上就要去圣心城了。这边的战场已经清理完毕，援军也来了。马尔蒂尼元帅不放心我和费斯切拉，让学院的同学们一起到圣心城，然后再从那里回米兰城。”

叶音竹惊讶地道：“回去？战争已经结束了吗？”

香鸾点了点头，道：“今天早上刚接到的消息，雷神之锤要塞的兽人似乎因为这边的偷袭军团全军覆没，导致元气大伤，现在已经全面撤退，回去死守雷神之锤要塞了。马尔蒂尼元帅说，这次雷神部落的损失很大，短时间内无法恢复元气。这样一来，我们的边疆又能太平一段时间了。”

苏拉轻叹一声，道：“没有战争总是好事。”

香鸾站起身道：“好了，我先走了，你们准备一下吧。海洋要是知道音竹醒了，一定会很高兴的。哦，对了，音竹你要小心点，尽量和同学们在一起。现在那些龙骑兵对你可是很有意见的，毕竟，你弄死了他们那么多坐骑。”

香鸾走后，叶音竹认真地看着苏拉，问道：“杀戮太多是不是很不好？”

苏拉摇了摇头，道：“那要看是什么样的杀戮。如果是为了保护自己的伙伴和国家，就没有错。音竹，别想太多了，你并没有滥杀无辜。如果不杀那些兽人，米兰帝国的人民就会被屠杀。你是在保护那些平民百姓。”

叶音竹笑道：“我也是这么想的。紫说过，为了保护自己，就要给敌人最沉重的打击。”

苏拉刚想纠正一下他的话，就听叶音竹突然问道：“苏拉，现在就我们两个人，你是不是应该解释一下它的问题？”叶音竹一边说着，一边抬起手，露出了手指上银光闪闪的空间戒指。

看着那银光闪闪的戒指，苏拉沉默了。叶音竹也没有着急，眼神清澈地看着苏拉。他在等，等苏拉的解释。

“音竹，你是个好人。在第一次见面的时候，我就知道你是个好人。不错，那个乞丐就是我，你给了我钱，我还偷了你的戒指。我是不是很卑鄙？”苏拉自嘲地笑了笑。

叶音竹轻轻地摇了摇头，道：“不，你绝对不是一个卑鄙的人，否则，我们也成不了朋友。”

苏拉的目光看上去有些迷离，道：“我很爱钱。至少在我认识你之前，我觉得钱就是我的一切。有了钱，我就可以到米兰魔武学院上学，可以买好吃的东西，买自己喜欢的武器装备，住得更加舒适。钱如果多起来了，还能做许多我想做的事。

“刺客的前身大多都是盗贼。那时候我没钱，只能装乞丐进行偷盗。我一向不认为在这个世界上有什么好人，所以，即使你给了我钱，我依旧偷了你，这就是我的解释。”

苏拉从衣袖中摸出天使叹息和银龙逆鳞放在叶音竹身前，道：“这些是你给我的东西，现在还给你。我会强行解除我和银币之间的契约，以后你可以将它再送给别人，比如香鸾，她就很喜欢银币。以她帝国公主的身份，我相信她也会对银币好的。可惜，永恒替身傀儡我没办法还你了，以后我会想办法还给你一件等值的东西。”

苏拉的表情很淡漠，淡漠得没有一丝感情色彩，他就那么静静地做完这一切，然后站在那里，低着头。他的表情虽然很平静，但此时此刻，他的心是颤抖的。

叶音竹的目光也很平静，他看着苏拉做完这一切，才不慌不忙地道：“你说完了？”

苏拉点了点头。

叶音竹道：“没有其他解释了？”

苏拉抬头看向他，淡淡地道：“你还想听什么解释？难道你想让我骗你吗？告诉你我当初是迫不得已才偷你的？不，我不是，我就是因为自己内心的贪婪而偷了你的东西，仅此而已。”

叶音竹摇了摇头，道：“不，这不是我想听的。苏拉，你认为你把这两件东西还给我，就代表我们之间的一切都结束了吗？”

苏拉抬起头，激动之情从眼中一闪而过，问道：“那你还想怎么样？”

叶音竹笑了，道：“我不想怎么样。只是，你似乎答应过我，要给我做一辈子的饭，帮我收拾一辈子房间。酬劳我已经支付过了，就算你想反悔，恐怕也来不及了。”

“你……”苏拉一愣，有些不敢相信地道，“你不怪我骗了你这么久？不怪我偷走了你那么重要的东西？”

叶音竹先将天使叹息塞入苏拉手中，然后再把银龙逆鳞向他怀里塞去，道：“人不能总是活在过去，不是吗？不论你以前做过什么，起码现在，我知道你是真心对我好的。我们是好朋友、好兄弟，这就足够了。

“每个人都有自己的过去。我不希望因为你的过去而影响到现在我们之间的关系。苏拉，你的胸肌怎么这么软？你的内衣好像很厚啊。”

苏拉这才反应过来，一个滑步从叶音竹的手中挣脱出来，脸色通红地道：“你在我怀里乱摸什么？”

此时，苏拉眼中尽是羞窘，但他的心不再颤抖了。

“好了，以前的事都过去了，以后我们谁也不要提起了，好不好？我们还像以前一样。”

苏拉将双手护在胸前，道：“不好。即使你不怪我，我也不想原谅自己。音竹，你知道吗？当我第一次见到你的时候，我就想把它还给你，但当时我犹豫了。”

“我们成了室友，我不想让你看不起我。到了后来，我们真的成了朋友，我就更不敢将它还给你了。我真的不想失去你，我真的不知道这枚戒指中的东西对你来说那么重要。”苏拉说到这里，泪水夺眶而出。

“啊？”叶音竹愣住了，“苏拉，你别这样。我不是说了嘛，都已经过去了。”

苏拉凄然地道：“音竹，对不起，真的对不起。但是，既然你已经送了我这么多东西，那能不能再送我一件东西，最后一件？我要这枚戒指，里面的东西你都拿走，戒指给我。”说着，他指了指叶音竹手上的银戒。

叶音竹惊讶地道：“不是我不舍得，但这是秦爷爷送给我的，我……”

苏拉近乎哀求地道：“我可以不要它空间戒指的功能，也不要里面任何东西，我只要这枚戒指。”

叶音竹犹豫了一下，看着苏拉执着的目光，他无奈地道：“好吧，真拿你没办法。谁让你是我的长期饭票，换了别人，我还真不舍得送。我把精神烙印解开了，以后你可以直接用它。”他一边说着，一边运转起自己已经恢复了一些的精神力，将银戒中的魔法物品转到那枚蓝色的空间戒指之中，然后才将银戒递到苏拉面前。

“帮我戴在无名指上。”苏拉伸出了自己的右手。

叶音竹没想那么多，直接帮他把戒指戴了上去。就在他准备收回手的时候，苏拉突然手腕一翻，握住了他的手。叶音竹只觉得掌心一凉，上面似乎多了点什么东西。

叶音竹收回手一看，发现苏拉塞给自己的是一个银币，一个看上去有些特殊的银币。银币上原本刻的应该是大陆通用的六芒星的图案，但这个银币看上去有些旧了，上面的图案变得很模糊，整个银币甚至有些发乌，没有任何光泽。

“苏拉，你给我钱干什么？”叶音竹疑惑地问道。

苏拉正看着手上的银戒，此时此刻，他眼中充满了满足的光芒，道：“音竹，谢谢你。这就算是我们彼此交换的礼物吧。你给过我太多东西，所以我将它回赠给你。至于这个银币……我讲个故事给你听，好吗？”

如释重负的感觉令苏拉全身都变得轻松起来，他在心中暗道：傻瓜，这是在交换信物啊！你可知道，这个银币对我来说有什么意义吗？

叶音竹点了点头，问道：“和你有关吗？”

苏拉没有回答，走到叶音竹身边，挨着他坐了下来，才开口道：“很久以前，有一个靠捡破烂为生的妇女。有一天，她将自己捡来的一些废旧金属卖掉后，走在了回家的路上。

“当她经过一条无人的小巷时，从小巷的拐角处，猛地冲出一个歹徒来。这歹徒手里拿着一把刀，他用刀抵住妇女的胸部，凶狠地命令妇女将身上的钱全部交出来。妇女吓傻了，站在那儿一动不动，歹徒便开始搜身。他从妇女的衣袋里搜出一个破旧的布袋，布袋里包着的是钱，歹徒拿着那个布袋转身就走。

“这时，那妇女反应过来，立即扑上前去，劈手夺下了布袋。歹徒用刀对着妇女，作势要捅她，威胁她放手。妇女却双手紧紧地攥住装钱的袋子，死活不松手。妇女一面死死地护住袋子，一面拼命呼救，就这样惊动了小巷子里的居民。人们闻声赶来，合力逮住了歹徒。

“众人押着歹徒，搀着妇女走进了附近的城卫所，一名城卫接待了他们。审讯时，歹徒对抢劫一事供认不讳，那妇女站在那儿直打哆嗦，脸上直冒冷汗。

“城卫便安慰她说：‘你不必害怕。’

“妇女回答说：‘我好疼，我的手指被他掰断了。’

“妇女抬起右手，人们这才发现，她右手的食指软绵绵地耷拉着。

“宁可手指被掰断也不松手放掉钱袋子，看来钱袋里面应该有很多钱。因为好奇，城卫便打开了包着钱的布袋。那袋子里总共只有一个银币，顿时，在场的人都惊呆了。

“很多人都认为，为了一个银币，他们两个人，一个断了手指，一个沦为罪犯，真是太不值得了。

“城卫迷惘了，他心想：是什么力量在支撑着这妇女，使她能在折断手指的痛苦中仍不放弃这区区一个银币呢？

“妇女得到简单的治疗以后就走了。她走到一个水果摊儿上挑起了水果，而且挑得很认真。她用一个银币买了一个梨子、一个苹果、一个橘子、一根香蕉、一节甘蔗、一个草莓……凡是水果摊儿上有的水果，她每样都挑一个，直到将一个银币花得一分不剩。知道她先前经历的人都很奇怪，难道她不惜牺牲一根手指才保住一个银币，竟然只是为了买一点水果尝尝？

“妇女提了一袋子水果，径直出了城，来到郊外的公墓。

“她走到一个僻静处，那里有一座新墓。妇女在新墓前伫立良久，脸上出现了欣慰的笑意。然后她让袋子倚着墓碑，喃喃自语道：‘儿啊，妈对不起你。妈没本事，没办法治好你的病，竟让你刚八岁就早早地离开了人世。

“‘还记得吗？你临去的时候，妈问你最大的心愿是什么，你说自己从来没吃过完好的水果，要是能吃一个好水果该多好呀。妈愧对你呀，竟连你最后的愿望都不能满足。为了给你治病，家里已经连买一个水果的钱都没有了。

“‘可是，孩子，到昨天，妈终于将因为给你治病而欠下的债都还清了。加上今天赚的，还剩下一个银币。孩子，妈可以买到水果了。

“‘好孩子，你看，有橘子，有梨，有苹果，还有香蕉，都是好的，都是妈花钱给你买的完好的水果，一点都没烂，妈一个一个仔细挑过的。你吃吧，孩子，你尝尝吧。’”

说到这里，苏拉已经泪流满面。叶音竹看着手中那个已经有些破损了的银币，他突然感觉到，这个银币是如此沉重。

苏拉继续道：“那个妇女，就是我的妈妈，那个死去的八岁男孩，是我的孪生弟弟。那天，我始终跟在妈妈身边。我恨！我恨我自己没有力量保护妈妈，没有钱帮弟弟治病。

“从那一天起，我就爱上了钱。我发誓，一定要让妈妈过上好的生活，那天，我开始第一次偷东西。你手中的这个银币，就是妈妈花费了无数心血才赚来给弟弟买水果的那个银币。

“如果妈妈知道我偷东西，肯定会很生气很生气，但就算如此，我也不能让她如此拼命赚来的钱落在别人手中。从那一年开始，我就一直将这个银币带在自己身上，时刻用它提醒自己，这是妈妈的爱。”

“那后来呢？你妈妈呢？”叶音竹追问道。

苏拉眼中一片凄然，道：“我很努力，努力地想要变强，每天都拼命地修炼，然后出去偷些钱回来，想方设法不让妈妈怀疑。但妈妈实在太辛苦了，她在我十三岁那年，终因积劳成疾而病倒了。

“我虽然发了疯似的偷钱给她治病，但她还是死了。在临死之前，妈妈告诉了我父亲是谁。就是他，如果不是那个浑蛋，妈妈也不会变成这样。我在妈妈的墓前发誓，总有一天，我要拿回属于自己的东西，替妈妈和弟弟报仇。”

叶音竹搂住苏拉的肩膀，哽咽着道：“苏拉，别哭。不论什么时候，我都会站在你身边，你的事就是我的事。可这个银币实在太珍贵了，我……”

苏拉猛地抬起头，泪眼婆娑地道：“不要告诉我你不能收。当初在拿回它的时候，我就决定，如果有一天，有一个人能像妈妈对我那样对我好，我就将这个银币送给他，而你就是那个人。”

叶音竹再次看向手中的银币，此时此刻，在他心中，这个银币的意义已经无限升华了。那不只是一个银币，还是苏拉对他的信任，任何神器都没有这个银币珍贵。

“好，我收下。我一定会好好保存它。”叶音竹没有将这个银币放入空间戒指，而是揣入了怀中贴身收藏。

苏拉擦掉脸上的眼泪，道：“都已经过去好几年了，每次想起他们，我还是忍不住会哭。音竹，我是不是太脆弱了？”

叶音竹擦掉自己眼角的泪水，道：“怎么会呢？我不是也陪你哭了吗？苏拉，你父亲究竟是谁？他和你母亲之间发生了什么？”

苏拉脸色微微一变，道：“他是一个大贵族。当初，母亲只是他的侍女而已。但母亲在即将离开他的府邸，准备重新生活的前一晚，被他玷污了。母亲带着悲伤和屈辱离开了那里，几个月后却发现有了我和弟弟。不要问我他是谁，我不会告诉你的，我自己的事一定要自己解决。”

“音竹，苏拉，要出发了。你们收拾好了吗？”香鸾的声音从外面传来。

叶音竹和苏拉对视一眼，这才藏好情绪。苏拉从一旁抱过叶音竹的枯木龙吟琴递给他，道：“你的琴没坏，但弦断了。”

那天弹奏到最后时，叶音竹因为精神已经接近失控，终于还是没能完全掌控住琴曲，导致音波失控，让枯木龙吟琴的弦断了。要知道，那可是七根龙筋啊！想要重新上弦可不是那么容易的。

叶音竹有些无奈地将枯木龙吟琴收好，道：“只能以后再想办法了。我们出去吧。”

苏拉将自己的情绪掩饰得很好，当他们走出房间的时候，他脸上的悲伤已经完全消失了。

圣心城派来的援兵包括一万重装甲骑兵和三万步兵，可谓阵容强大，此时都已经在科尼亚城外整装待发了。

失去坐骑的五百名龙骑兵的任务只有一个，那就是护卫公主和王子。

叶音竹一出现，整个队伍顿时安静了下来，众人看向他的目光都变得有些不一样了。龙骑兵们的目光中有畏惧也有愤怒，而米兰魔武学院的学员们眼中则大多都是敬佩。

毕竟，这些贵族子弟并没有将驯龙看得很重要，而叶音竹帮他们保住了性命。

“偶像，快上车吧！”费斯切拉招呼了叶音竹一声。

叶音竹无奈地道：“王子殿下，你能不能不要这么叫我了？”

费斯切拉嘿嘿一笑，道：“我也不想，但是我忍不住啊！偶像，你真是太厉害了！先上车再说。”

叶音竹和苏拉一起上了马车。这一次马车中的人数可就少多了，自然是因为香鸾和费斯切拉的身份。马车内此时只有香鸾、海洋和费斯切拉三个人，再加上叶音竹和苏拉，这豪华的大马车内显得空空荡荡的。

“偶像，这次能战胜敌人，你可以说是立了头等功。我方这次只是损失了一些驯龙和五百名鹰隼龙骑兵。而即使在不计算重伤的比蒙巨兽的情况下，对方也有接近四万的主力军被我们歼灭了。我看，这次回去后你不用再上学了，直接成为宫廷魔法师就行。”

香鸾抬手在费斯切拉头上敲了一下，道：“胡说什么！音竹还小，自然还是要上学的。不过，我很想知道这次父皇会怎么封赏他。”

费斯切拉一边揉着自己的头，一边小声地道：“有你说好话，封赏还能差到哪里去！”

第三十六章

阿卡迪亚王国之战

在叶音竹他们从科尼亚城前往圣心城的时候，平静了不少年的龙崎努斯大陆却因为一场战争而变得热闹起来。这场战争并不是雷神之锤的兽人突袭米兰帝国的一战，那毕竟是边界的例行战争，对大陆内部不会有什么影响。突然出现并且影响到整个大陆的，是两个国家之间的战争，而且这两个国家还是属于一个派系的。

龙崎努斯大陆的北方，一直都以米兰帝国为核心，包括阿斯科利、佛罗和巴勒莫三个盟国。而在南方，却是蓝迪亚斯帝国的天下。与米兰帝国一样，蓝迪亚斯帝国也有三个盟国，分别是波利王国、波庞王国和阿卡迪亚王国。两大集团的势力隔法蓝相望。正是由于法蓝的制约，两大集团之间才能保持和平，没有发生过太大的冲突。

从整体实力上来看，自然是以米兰帝国为首的北方四国要强大许多，但同时北方又有着极北荒原这个巨大的威胁，致使米兰帝国就算有心南侵也分不出太多的部队。法蓝又是任何一方都不愿意得罪的超然之地，所以龙崎努斯大陆才能太平这百年时间。

就在米兰帝国开始应付来自极北荒原的深秋劫掠时，大陆南方却出现了不和谐的声音。同为蓝迪亚斯帝国盟友的两大王国——波庞和阿卡迪亚之间竟然爆发了一场战争。

而这场战争的导火线，正好是叶音竹。

当初叶音竹在路过阿卡迪亚王国首都露娜城的时候，遇到了前来挑衅的波庞魔法师，并且他用音刃突袭，干掉了包括一名蓝级魔法师在内的数名波庞王国的魔法师，事后他是一走了之了，却给阿卡迪亚王国带来了不小的麻烦。

在米兰帝国这样的大陆第一强国中，魔法师都是极其珍贵的，更不用说是像波庞这样的二流王国了。

得到魔法师失踪的消息之后，波庞王国的第一个反应就是向阿卡迪亚王国施压。阿卡迪亚王国一方自然什么也不会承认，或者说，阿卡迪亚王国的皇室也根本就不知道那些波庞的魔法师去了什么地方。

双方经过了短暂的僵持之后，波庞王国仗着自己的实力远超阿卡迪亚王国，强行要求阿卡迪亚王国进行赔偿。在他们看来，利用这次机会，他们就又能从阿卡迪亚王国榨取到不少好处了。要不是蓝迪亚斯帝国和法蓝的原因，波庞王国恐怕早已经将阿卡迪亚王国变成自己的地盘了。

但是，出乎波庞王国的皇室意料的是，这一次阿卡迪亚王国的皇室的态度竟然十分强硬，根本就不承认波庞的魔法师是在露娜城失踪的。两国关系瞬间降到冰点。

波庞王国自然不会就这么算了，在蓝迪亚斯帝国宣布不干涉的情况下，波庞王国派遣了十万大军，兵压阿卡迪亚王国边境。

菲尔城，阿卡迪亚王国边境重镇。

以阿卡迪亚王国的国力，即使是倾全国之力，也才勉强凑出八万大军。至于军人的素质，从阿卡迪亚王国的人一向懒惰的天性来看，他们自然无法和波庞王国的军队相比。在这八万大军中，甚至连一个龙骑兵大队都凑不出来。而波庞王国却有两个龙骑兵大队、两个万人重骑兵军团。在波庞王国的军队中，甚至配备了一百名各系魔法师，其中以火系居多。

菲尔城的城墙上，阿卡迪亚王国军队的将领们都脸色凝重地看着驻扎在三十里外的波庞大军。

他们的心里都沉甸甸的。他们明白，波庞既然已经派兵前来，就不是赔偿那么简单的事了。一旦兵败，后果不堪设想。这些阿卡迪亚王国的将军们已经很多年没打过仗了，他们中的大多数人都在疑惑：为什么阿卡迪亚王国的皇室这次会如此强硬？这根本就是一场不可能获胜的战争啊！

昨天，波庞的大军已经来到了菲尔城外，经过一天的休整之后，今天一早从城墙上就能清晰地看到他们在进行大量的军事调动，似乎是要向菲尔城发动总攻了。

“秦殇大师，我们现在该怎么办？”阿卡迪亚王国元帅索尔斯克亚有些恐慌地向身边的老魔法师发出疑问。

秦殇淡然一笑，道：“不要急，看下去。索尔斯克亚元帅，请你命令手下所有骑兵随时准备出击。国王陛下既然让我当了这场战争的最高指挥者，我就一定不会让他失望的。”

“好吧，我听从您的指示。不过，秦殇大师，我认为现在我们还是坚守为好。敌人的重骑兵数量太多，一旦在平原地带开战，我们的士兵恐怕会无法抵挡啊！”

看着索尔斯克亚那惊慌的样子和肥大的肚腩，秦殇眼中流露出一丝不屑，他淡淡地道：“索尔斯克亚元帅，你要明白，作为一名军人，在面对敌人的时候就要充满视死如归的勇气。现在你是全军统帅，如果连你都畏战的话，那么，这场战争我们还怎么取胜？现在，请元帅执行我的命令，立刻去安排吧。”

虽然索尔斯克亚一向自大，但此时他对面前的老魔法师不敢有丝毫不敬，尤其是在看到秦殇胸前的魔法徽章后，他更是明白了眼前的老魔法师才是他真正的指望，于是赶忙答应一声就下城去了。

秦殇轻叹一声，道：“如果指望这些阿卡迪亚王国的将领，这场仗根本就不用打了。”

“幸好我们并不指望他们，不是吗？”在秦殇身边，一个面容沧桑，一头灰白色长发披散在肩膀上，充满了沧桑感和不屈傲气的老者冷淡地道。

秦殇微微一笑，道："老伙计，我知道你看不起他们这样的军人。可惜现在没有我们发挥的余地。如果可以的话，我相信你一定能成为最好的元帅。"

叶离看了秦殇一眼，压低声音道："希望这次的战争能成为我们东龙八宗崛起的序曲。"

秦殇眼中闪过一道璀璨的光彩，道："一定会的。我们要做的，就是为年轻人铺好路。我相信，等音竹那一代成为东龙八宗的中坚力量的时候，我们的梦想就能够实现了。"

叶离的目光转投向城下，道："他们来了，你准备吧，我去了。"话音一落，他的身体已经化为一道淡淡的紫色幻影消失了。

看着城下逐渐逼近的波庞王国大军，一抹充满了杀机的淡淡紫芒从秦殇眼中掠过。

波庞王国方面，这次负责统率全军的正是王国元帅伊士利雷。

波庞王国和米兰帝国有一点是一样的，那就是都有两位元帅。他们两人中有一位镇守在与佛罗王国接壤的边境，毕竟这两个王国分属不同的阵营，小摩擦是避免不了的；而另外一位，就是眼前这个统率十万大军的伊士利雷了。

虽然龙崎努斯大陆和平了很多年，但如果说没有经历过战争就想坐上元帅这个位置，那还是不太可能的。而眼前这位伊士利雷元帅，就是绝无仅有的一个。

伊士利雷，波庞军事学院毕业，没有参与过任何战争，却依旧在四十五岁的时候坐上了元帅之位，原因只有一个，那就是他妹妹是波庞王国当今的王后。

这次听说要打阿卡迪亚王国，一向被朝臣诟病的伊士利雷立刻抓住机会请战。他也知道自己能力不够，但这次面对的是阿卡迪亚王国这最弱小的国家，哪怕他不指挥也完全可以获胜。只要抓住这次的机会干掉阿卡迪亚王国的军队，看谁还说自己是"裙带元帅"。

"给我全军压上，我要在菲尔城与阿卡迪亚王国决一胜负。"

伊士利雷高举手中金光闪闪的骑士剑。虽然这家伙没什么本事，但不得不说，他的相貌非常英俊，一点也看不出是四十多岁的中年人了，再配上一身金盔金甲大红战袍，倒也颇有几分元帅的威仪。

一名作战参谋在伊士利雷身边道："元帅大人，虽然我们已经侦察过了，确定了周围没有埋伏，但这次阿卡迪亚王国竟然敢与我们波庞为敌，应该是有所倚仗的。还是不要贸然命全军进发，先佯攻一下，试探下对方的实力比较好吧？"

伊士利雷轻蔑地看了一眼作战参谋，不屑地道："不懂就不要在我面前乱说。兵法有云：善战者侦察为先。这次出战，虽然敌人弱小，但我的侦察非常到位。根据探子回报，对手拼凑起来的军队只有八万人。阿卡迪亚王国的士兵一向懒散，别说我们有十万大军，就算只有一万重骑兵，我也有把握将他们撕成碎片。这次，我就是要以雷霆万钧之势将阿卡迪亚王国的所有防御力量摧毁，让他们知道得罪我们波庞王国的下场。全军前进，重骑兵拱卫，龙骑兵居中，龙骑兵负责保护魔法师，轻骑兵两翼齐飞，步兵殿后。"

那名作战参谋看着远处高大的菲尔城城墙，不禁皱起了眉头。

从表面上来看，伊士利雷似乎并没有做错。他毕竟是从军事学院毕业的，不论是排兵布阵还是先期侦察都还比较到位。

但不知道为什么，这名名叫萧瑟的参谋始终觉得对面的阿卡迪亚王国的人有些不对劲。他最想不通的就是，为什么弱小的阿卡迪亚王国会敢在波庞王国面前表现得这么强硬。

可惜，他只是一名参谋。被胜利的欲望冲昏头脑的伊士利雷可不管这些，他率领十万大军，浩浩荡荡地朝着菲尔城逼去。

所有的波庞王国魔法师都在专门打造的战车上开始准备他们的魔法了。面对魔法师稀缺的阿卡迪亚王国，伊士利雷深信，己方的魔法师一定能重创对手，甚至直接轰开城墙。

就像伊士利雷想象中的那样，菲尔城城门紧闭，聚集在城中的守军们根本不敢出城迎战。伊士利雷得意地向城墙望过去，他似乎已经看到自己将这座边疆重镇攻破，让阿卡迪亚王国的皇室跪伏在自己脚下的情景了。

就在这时，在菲尔城上的众多阿卡迪亚王国士兵中，有一个人真正吸引了伊士利雷的目光。

那人身穿洁白的魔法袍，有一头银白色的长发，在阳光的照耀下释放着圣洁的气息。他不需要做什么，只是站在那里，就令人不得不去注意。

“魔法师？这么老的魔法师？”伊士利雷心中略微烦躁了一下，但他并没有过多在意。就算对方有少量的魔法师，也不可能和他带来的最高蓝级，最低也是黄级的百名魔法师抗衡。

紧接着，伊士利雷看到，城墙上那名白袍魔法师不知道从什么地方拿出了一张琴。因为距离太远，伊士利雷看不清琴的样子，但是，在琴音响起的瞬间，他的大脑陷入了一片空白。

秦殇那双犹如深渊一般的无比清澈的黑色眼眸瞬间光芒大放，食指在七弦之上凌空轻弹，引起一声嗡鸣般的琴音。琴音低沉浑厚，袅袅不绝，刹那间，空气似乎凝固了。一团耀眼的紫光从秦殇眉心处迸发而出，将他整个人都渲染得如同一个紫色光团。

作为大陆上第一名，也是唯一一名紫级神音师、神音系大魔导师，秦殇开始了他的演奏。

“紫级？怎么会是紫级？”伊士利雷已经完全失去了先前的风采，惊恐地大喊一声。他完全忘记了，作为元帅，他的情绪会直接影响到自己的军队。

紫级，代表的是整个大陆的巅峰存在，除了米兰和蓝迪亚斯两大帝国以外的其他的六个王国哪怕是拥有一名紫级强者，也绝对是他们最大的骄傲。伊士利雷从来没想到过，阿卡迪亚王国居然真的有一名紫级强者，还是一名魔法师。

他的心开始颤抖了，即使身边全是强大的战士，也无法令他内心的恐慌有所减少。

看到紫级魔法师，惊慌的不仅是伊士利雷一个人。恐慌的情绪如同瘟疫一般，快速在波庞王国的军队中蔓延开来。

紫级代表的是什么？那绝对是毁灭性的力量啊！任何一名紫级强者，都有可能扭转战局。像蓝迪亚斯和米兰两大帝国，它们虽然因为被法蓝隔开了而无法开战，但它们之间的明争暗斗，就是依靠这些强者进行的。

琴音清晰地传入每一个人耳中。波庞王国的将士自然不知道，此时菲尔城城墙上，一个巨大的扩音魔法阵就在秦殇背后。

为了今日一战，阿卡迪亚王国已经准备很长时间了。这个扩音魔法阵和叶音竹在科尼亚城大战兽人时所使用的魔法阵有着异曲同工之妙。只不过秦殇不需要借用精神力，因为他就是一名真正的紫级强者，而且，他身边的战士虽然弱小，但人数要比叶音竹面对兽人时多一些。

波庞大军虽然有十万人之多，但和近百个比蒙巨兽带领的兽人四大军团相比，实力还是相差太远了。

“快！所有魔法师攻击，攻击城上那个人，不能让他施展出魔法。”关键时刻，伊士利雷身边那名叫萧瑟的作战参谋已经顾不上想自己这是在越权指挥了，急声大喝道。

就在这个时候，伴随着一声轰然巨响，一团耀眼的紫光骤然从地下冲天而起，而冲出的位置，正好是由波庞王国龙骑兵大队拱卫着的那百名火系魔法师的所在之处。

紫光中有一个人。高大的身材、苍老的脸、修长的手臂、闪烁着紫光的长剑，充分显示着他的身份。

他是战士。

紫级的战士是什么？是大战师，是紫星龙骑将必须达到的层次。

叶离不是紫星龙骑将，因为他没有龙。但是，这一点也不影响他发挥作为一名大战师的强大实力。

作为一名紫级强者，叶离不会让眼前的魔法师们有任何释放魔兽的机会。至于瞬发魔法，对他来说根本不会有任何效果。

他能突然从地下冲出的原因其实很简单，那就是在波庞王国大军来临之前，他们就已经在菲尔城前挖好了一条不算太复杂的地道。以他的实力，即使在地下也能凭借对手行动时的声音判断出龙骑兵所在的位置。龙骑兵守卫的核心，自然就是他突袭的目标。

在叶离从下方冲起的时候，已经有数名魔法师被他强大的竹宗斗气毁灭。下一刻，他飘浮在半空，就像一只巨大的刺猬一样，无数道紫色强光激射而出。

一百名魔法师，在瞬间爆发的竹宗斗气的攻击下只有一个结果——死亡。

叶离长啸一声，仿佛要将自己心中积攒了数十年的闷气全部抒发出来一般。面对疯狂扑来的波庞大军，他毫不畏惧，飘身而起，就像一片紫色的竹叶，锋利凌厉，带起一串紫色幻影，朝着菲尔城而去。

带着紫级竹宗斗气，叶离在十万大军之中自由穿梭，所向披靡，即使是龙骑兵也无法完全捕捉到他的身影，更别提阻止他了。

萧瑟完全呆滞了，这还是他第一次在战场上看到紫级强者的可怕，不禁自言自语起来："在十万大军中取魔法师的性命如同探囊取物，这就是大战师的实力吗？"

此时此刻，他终于明白为什么阿卡迪亚王国的皇室会突然变得强硬了。如果说一名紫级的大魔导师还不足以令他们拥有信心，那再加上一名紫级的大战师，他们绝对就有十足的底气了。

就在萧瑟还在发呆，伊士利雷正恐慌得不知如何是好的时候，在一圈圈闪耀的紫色光晕中，秦殇的琴曲已经开始发挥它应有的作用了。

秦殇的琴魔法远比叶音竹的强大，面对的又是实力比比蒙巨兽弱的敌人，这场战争的结果，在那百名魔法师被叶离杀死的瞬间就已经注定了。

当米兰魔武学院的学员们在大队人马的护送下来到圣心城的时候，今年的秋季保卫战已经彻底结束。兽人经过了疯狂的突击之后，突然全军后撤，退入了坚固无比的雷神之锤要塞中。

马尔蒂尼不是不想趁势追击，但一是因为雷神之锤要塞过于坚固，二是因为己方准备不足，所以他不可能那么做，毕竟风险太大了。

这次与兽人之间的战斗可谓“伤敌一千，自损八百”，尤其是那被马尔蒂尼捧在手心里的鹰隼龙竟然全军覆没了，这对米兰帝国军队来说是巨大的打击。休战对于双方来说都是最好的选择。

圣心城，帅帐。

“事情就是这样。除了那两个黄金比蒙不知道用什么方法带走了所有比蒙巨兽以外，其他兽人军团全军覆没，而我们的驯龙，也……”说到这里，奥利维拉不禁黯然地低下了头。

此时帅帐内有很多人，费斯切拉王子和香鸾公主高居上位，马尔蒂尼坐在下面静静地听着自己的第三个孙子奥利维拉的汇报。

在场的有米兰帝国的二十余位军团级以上的将领和银星以上的龙骑将，当然，还有科尼亚之战的英雄——米兰魔武学院神音系一年级学员，叶音竹。

听着孙子的汇报，马尔蒂尼的脸色虽然没有任何变化，但是，他的右手已经不自觉地抓入了坚硬的木椅之中。

他能不心疼吗？鹰隼龙骑兵可以说是他一手调教出来的精英，在战场上起到了无数次重要的作用，可以说每一名鹰隼龙骑兵都是米兰帝国的英雄。而这一次，他们全军覆没，竟然连一个活下来的都没有。

科尼亚城一战，从任何角度来看，米兰帝国都取得了极大的胜利。

在这一战中，他们歼灭了兽人的四个主力军团，更重要的是还破坏了兽人的战略意图。马尔蒂尼自然猜得出兽人劫掠军团强行通过布伦纳山脉的目的，他也明白这一战的胜利对于米兰帝国来说意味着什么。

但是，从私人感情的角度来看，他怎么都不愿意接受这个事实。他宁可没有歼灭兽人的四个主力军团，也不希望鹰隼龙骑兵有任何损失。

马尔蒂尼的脸色阴晴不定，帅帐中的空气仿佛凝固了一般，熟悉他的将领们都知道，恐怕他们的元帅大人要发飙了。

香鸾也感觉到了不对劲，勉强一笑，道："马尔蒂尼元帅，这次我方虽然损失不小，但兽人的损失更大。以一千左右的损失换取对方四万精锐，这是一场大胜啊！回去后，我一定会要父皇给死去的战士们应有的封赏，并以重金抚恤他们的家人。"

马尔蒂尼站起身，紫星龙骑将的实力令他身上散发的气息强大而逼人。他转身面对费斯切拉和香鸾，躬身道："诚如殿下所说，我们这次获得了一场大胜。可以说，这是自从与雷神之锤的兽人对峙以来，我们取得的最大的一场胜利。

"最重要的是我们粉碎了对方想偷袭普利亚平原的阴谋。作为这场战争真正的指挥者，叶音竹居功至伟。虽然作为米兰魔武学院的学员，他只是军队中的见习魔法师，但他立了如此大功，我一定会据实禀报，由陛下钦定封赏。"

听了马尔蒂尼的话，香鸾和费斯切拉同时松了口气。对于这位铁血元帅，坦白说，他们心中都有些惧怕。如果马尔蒂尼一定要追究叶音竹弄死驯龙和龙骑兵的罪过，那就麻烦了。

将在外，君命有所不受。

马尔蒂尼以铁血治军闻名，万一他在暴怒中杀掉了叶音竹，那香鸾和费斯切拉真是连个说理的地方都没有。毕竟，马尔蒂尼在米兰帝国拥有极高的地位，就连皇帝西尔维奥也会尊重他的意见，西尔维奥肯定不会因为一名魔法师而惩罚拥有赫赫战功的马尔蒂尼。

叶音竹感觉到帅帐内的气氛有些不和谐，只觉得有些莫名其妙，但他从来不认为马尔蒂尼会对自己不利。听到这位老元帅说自己立下了大功，他不禁有些腼腆地道："老马，哦，不，马尔蒂尼元帅，其实我也没做什么。如果没有大家的鼎力相助，就凭我一个人也不可能赢得战争的胜利。"

一旁的紫罗兰家族长孙、银星龙骑将奥斯丁冷笑一声，道："幸亏你什么都没做，否则的话，岂不是要赔上整个龙骑兵军团？"

“闭嘴！”马尔蒂尼大喝一声，吓得奥斯丁全身一颤。马尔蒂尼身上释放的巨大压迫力，令他顿时觉得一阵窒息。

马尔蒂尼眼中寒光闪烁，向叶音竹道：“你很好，不愧是安雅小姐看重的人。在敌我力量悬殊的情况下，你用奇计打败了敌人，非常机智勇敢，而且你还拥有那特殊的魔法，可以算是年轻一代中的翘楚。但是，你牺牲了帝国最重要的鹰隼龙骑兵，过失同样不小。虽然你功大于过，但是我还是会据实上报，由陛下定夺。”

“我没想过什么功过，只是不想看到兽人伤害我的朋友和同学。马尔蒂尼元帅，我不认为我有什么过失。奥利维拉大哥说过，在战场上要想获得胜利，就要无所不用其极，就要不择手段。”

“音竹……”叶音竹的话可吓坏了一旁的奥利维拉。爷爷什么脾气他再清楚不过，现在自己突然变成始作俑者，他可承受不住来自爷爷的怒火。

果然，马尔蒂尼的目光立刻转向奥利维拉，有些嘲讽地道：“哦，这么说，奥利维拉也有不小的功劳了？不错，不错，我们紫罗兰家族总算出了一个懂兵法的将军。你们都有功，有功啊！”说到这里，他怒吼道：“奥斯丁，奥卡福，出列！”

奥斯丁兄弟对视一眼，同时上前一步，挺直胸膛。

马尔蒂尼缓缓地走到奥卡福身前，问：“当初我给你的命令是什么？”

奥卡福虽然心头惊慌，但还是说道：“您命令我带领一千名龙骑兵保护米兰魔武学院的学员们，驻守科尼亚城。”

马尔蒂尼沉声道：“那你呢？为什么你会跑到龙骑兵军团中去？当我发现的时候，你已经在圣心城这边的战场上了。还有你，奥斯丁，作为大哥，你不但不阻止奥卡福，居然还和他一起悄悄地潜回了龙骑兵军团。正是因为你们的错误，才导致科尼亚城无人镇守，险些出事。”

“爷爷，我们……”奥斯丁刚要解释，就被马尔蒂尼打断了。

“住口，你应该称呼我‘元帅’。传我命令，奥斯丁、奥卡福兄弟擅离职守，导致我军损失惨重，从现在起，剥夺两人龙骑将称号，羁押于米兰城受审。来人，把他们押下去！”

没有人敢在马尔蒂尼暴怒的时候出来求情。在场的众人中，不怕马尔蒂尼的恐怕也只有叶音竹了，但他不会去求情，因为他认为马尔蒂尼做得很对，奥斯丁兄弟确实是擅离职守了。

四名身材强壮的士兵立刻押着奥斯丁、奥卡福兄弟离开了帅帐。两人虽然实力不俗，但绝对不敢反抗。

马尔蒂尼虽然在暴怒中，但还是有私心的。如果是别的将领玩忽职守，那早就被他直接杀了，还用得着押回米兰城受审？

“王子殿下，公主殿下，圣心城是帝国边疆，不是两位应该久留之地。稍后我会立刻派人护送两位和米兰魔武学院的学员们回米兰城，顺便也将那两个孽障押回去。奥利维拉，你带两位殿下和叶音竹下去休息吧。”

奥利维拉暗暗松了口气，看都不敢再看爷爷一眼，赶忙答应了。

出了帅帐，费斯切拉长出一口气，道：“马尔蒂尼元帅似乎很生气。”

奥利维拉苦笑道：“爷爷一生气，后果很严重。大哥、二哥这次倒霉了。”

费斯切拉拍拍他的肩膀，道：“放心吧，学长。父皇不会真的惩罚紫罗兰家族的。毕竟，两位龙骑将也是为了能够上阵杀敌才这么做的。换了是我，恐怕也会做同样的选择。”

奥利维拉点了点头，转向叶音竹道：“音竹，你刚才差点害死我啊！我真不知道教你兵法是对还是错。”

叶音竹有些茫然道：“我害你？有吗？”

看着他那毫不做作的单纯样子，奥利维拉实在说不出其他的话，只得叹息一声，道：“算了，都已经过去了。不过，你真是让我刮目相看，我怎么也没想到，你居然能用如此特殊的方法退敌。看来所有人对神音师的看法都是错的，谁说你们是鸡肋了，在我看来，神音师恐怕才是最强大的魔法师啊。”

香鸾和费斯切拉深以为然地点了点头，在他们眼中，叶音竹虽然不过是一名黄级神音师，却左右了整场战争的结局。从这一点来看，谁还能说神音师鸡肋？

和在学院里一样，叶音竹和苏拉依旧被安排在了一个房间。他一进门，焦急等待的苏拉就迎了上来，问道："怎么样，音竹？马尔蒂尼没为难你吧？"

叶音竹一愣，道："没有啊！他为什么要为难我？"

苏拉松了口气，道："那就好。那支鹰隼龙大队对于米兰帝国来说极为重要，这次全军覆没了，我怕马尔蒂尼会因为接受不了而惩罚你。你先休息休息吧，身体完全恢复了吗？"

叶音竹走到自己床榻处坐了下来，微笑着道："还好吧。精神力恢复得很快。这次虽然有点危险，那些纷乱的情绪险些令我无法收回精神烙印，但恢复了以后，我觉得自己的精神力似乎提升了不少。"

"精神力提升？通过战斗也可以提升吗？"苏拉有些惊讶地问道。

叶音竹摇了摇头，道："我也不知道。我觉得精神力就像一个池塘，或许是因为我借用了大家的精神力，将这个池塘撑大了，所以现在我的精神力虽然恢复得差不多了，但已经不足以注满这个池塘了。正是因为这样，我才觉得自己进步了。"

苏拉笑道："你啊！下次可不要冒险了。对于魔法师来说，最重要的就是谨慎，各种魔法元素其实都是很危险的，一旦使用不好，就会出现难以控制的危机。来，擦擦脸吧。"他一边说着，一边将一条温热的毛巾递到叶音竹手中。

叶音竹愣了一下。毛巾很柔软，上面还有清新的香气。他一边擦脸一边道："苏拉，从科尼亚城出来以后，你好像变得不一样了。"

苏拉微笑着看着他，道："有吗？我怎么不觉得。"

叶音竹笑道："以前你可不会对我这么殷勤。"

苏拉眼中划过一丝怪异的光芒，他下意识地看了一眼自己手上的那枚银戒，道："你不是已经支付了我一辈子的工资吗？东西都收了，自然要对你好一点。"

第三十七章
琴疗比蒙

突然，叶音竹感觉到自己的精神力略微波动了一下，一声声呼唤传来，亲切而熟悉的感觉在他的精神中波动。

“是紫，紫在呼唤我。”叶音竹有些惊讶地自言自语起来，心想，紫是不是遇到了麻烦？

“苏拉，我要先离开一下，半个小时后会回来。别告诉别人我离开的事。”

没等苏拉反应过来，一层乳白色的光芒就笼罩了叶音竹的身体，那光芒仿佛燃烧的圣光一般，顷刻间吞噬了他的身体。那洁白的光芒出现得快，消失得也很快。

当所有光芒消失的时候，叶音竹的身体也随之消失了，看得苏拉目瞪口呆。

光芒一闪，叶音竹已经来到了一个陌生的地方，他首先感觉到的就是寒冷。和圣心城相比，这里要冷得多。他身上的月神守护甚至在寒冷的刺激下自动散发出了一层柔和的元素波动，隔绝了外界的寒气。

这里是一片树林，周围的树木都是适合在寒冷气候中生长的针叶木。当叶音竹从空间跨越的迷失感中清醒过来的时候，一种恐惧的感觉顿时传遍了他的全身。就在他的周围，竟然有一个个如同山丘一般的巨大躯体，一双双冰冷的眼睛正注视着他。

比蒙巨兽，是比蒙巨兽。两个毛发闪烁着金黄色光泽的比蒙巨兽将他夹在中间，从它们的目光中，叶音竹感受到了强烈的杀意和愤怒。

几乎是第一时间，叶音竹用左手召唤出了自己的海月清辉琴，同时右手催动碧丝，让其化为一圈圈碧绿色的光影圈住全身。在两个黄金比蒙的包围之下，他感觉自己是如此的无力。

“音竹，别紧张，这些比蒙巨兽不会伤害你的。”熟悉的声音在背后响起，叶音竹猛然回头，只见紫正目光温和地看着自己。

“紫，快跑！比蒙巨兽会伤害你的。”叶音竹心中大急，一闪身就挡在了紫的面前。

紫微微一笑，拍了拍叶音竹的肩膀，然后他抬头朝着黄金比蒙狄斯和帕金斯道：“你们先到一边去，我有话对兄弟说。”

“是。”低沉的声音似乎令空气也为之颤抖起来。两个黄金比蒙目光不善地瞪了叶音竹一眼，然后才缓步离开。

“它们听你的？”叶音竹惊讶地看着紫。

紫指了指旁边的一块岩石，道：“你先坐下，听我说。”

叶音竹一边走到岩石处坐下，一边仔细观察着周围的情况。

这里的比蒙巨兽数量极多，凭借记忆，他认出了这些比蒙巨兽正是攻击科尼亚城的那些。但此时除了两个黄金比蒙以外，剩下的比蒙巨兽都躺倒在地，有很多甚至在痛苦呻吟。

“音竹。”紫的声音突然变得很冷，“你有没有拿我当兄弟？”

叶音竹一愣，道：“当然有。你是我最好的朋友，最好的兄弟。”

紫微怒道：“那为什么你每次遇到危险的时候都不召唤我呢？难道我们之间的平等本命契约是摆设吗？”

叶音竹有些尴尬地道：“不，不是这样的。紫，那天我所面对的敌人实在太强大了。这么多比蒙巨兽，就算我召唤了你，恐怕也……”

紫的目光变得柔和了许多，他叹息一声，道：“我知道你是为了我好，怕我受到伤害，所以宁可自己去面对，也不召唤我。但是，我们是兄弟啊，是至死不渝的兄弟！

“我们有平等本命契约的约束，你认为，如果你死了，我会好受吗？坦白告诉你吧，平等本命契约的平等是相对的，而不是绝对的。作为释放契约的本体，我可以制定契约的规则。按照当时我所制定的规则，如果你死了，那么，在本命气息的影响下，我也会死。反之，如果我死了，你也会受到巨大的伤害。在契约完成的那一刻，其实我们就拥有了联系在一起的生命。这样虽然会让我们彼此的生命力变得更加强大，但同时也要求我们，必须同心协力去面对一切危险。你明白吗？”

叶音竹呆呆地看着他，道：“怎么会这样？紫，幸好这次没事，不然我就连累你了。”

紫点了点头，道：“你明白就好。我们之间的守护是相互的，你必须明白这一点。从现在开始，不论你遇到什么危险，都必须立刻召唤我。”

叶音竹叹了一声，道：“我明白了。”

紫没好气地道：“那天如果不是因为我冒着要穿过空间乱流的风险，强行用紫晶剑斩开空间，通过我们之间的精神联系到了你身边，难道你以为凭借你自己的力量真的能够挡住黄金比蒙吗？在九阶魔兽中，黄金比蒙虽然不是最强者，但黄金比蒙的实力也不能小看。不过，那天你已经做得足够好了。我听狄斯和帕金斯说了当时的情况。你竟然凭借自己的力量，将如此庞大的兽人军团毁灭了，还使大量比蒙巨兽受到了重创，真是令人难以想象。或许你也猜到了一些，不错，我和兽人之间是有一定联系的。你放心好了，我至少可以保证在这里的八十六个比蒙从今以后绝对不会是你的敌人。”

叶音竹惊讶地问道：“紫，难道你能驱使这些比蒙巨兽？你是兽人王吗？”

紫眼底闪过一丝骄傲，他摇了摇头，道：“不，我并不是兽人王。你不用猜了。我说过，当你达到紫级的时候，我会将自己的一切都告诉你，到时候还要请你帮我个忙。音竹，这次我将你召唤来，是希望你能帮我治疗这些比蒙巨兽。可以吗？”

叶音竹愣了一下，问道：“治疗它们？”

紫点头道：“在战争中，双方有所死伤是难免的，但是我今后需要这些比蒙巨兽的帮助。音竹，你能帮我吗？”

“好。”叶音竹看向紫的目光中只有信任。

这次轮到紫有些惊讶了，他不禁问道：“它们之前是你的敌人，还要杀你，你不介意吗？”

叶音竹摇头道：“我很介意。虽然你教过我，谁要对我不利的话，就要将他毁灭，但现在这些比蒙巨兽是你的朋友，你也说过它们今后不会再与我为敌，我信得过你。同时，我希望它们今后不要再攻击米兰帝国，我很喜欢米兰帝国这个国家。”

紫深深地看了叶音竹一眼，点了点头，道：“好。我在这里发誓，除非叶音竹同意，否则绝对不会带领比蒙巨兽做出任何威胁米兰帝国的事。”

叶音竹微微一笑，道：“谢谢你，紫。那我现在要怎么做呢？”

其实，他并不知道紫的这个誓言有多重要。

紫道：“我记得你弹过《培源静心曲》，你就在这里弹上三遍吧。比蒙巨兽的生命力虽然极其顽强，但这些狂暴比蒙和白银比蒙受的伤太重，需要接受最基础的治疗后才能慢慢恢复。除了你，我想不出还有谁能帮我。”

叶音竹微微一笑，道：“我永远都会帮你。”他一边说着，一边收起了手中的海月清辉琴，光芒一闪，另一张古琴出现在他的双膝之上。

紫定睛看去，只见叶音竹膝上的古琴为桐木胎，鹿角沙漆灰，色紫如栗壳，有着金徽玉轸，圆形龙池，扁圆形凤沼。七徽以下弦露黑色，遍体蛇腹断纹，中间细断纹，额有冰纹断，圆池上刻草书“大圣遗音”四个字。琴色虽深，却充满了圣洁的感觉。一层若隐若现的光晕自行与叶音竹本身的气息融为了一体，给人一种特殊的感觉。

“音竹，你的琴找回来了？”紫惊喜地问道。

叶音竹微笑道："是啊！运气不错，总算是找回来了。可惜，我在强行吸收大量精神力对付兽人的时候没能控制好，导致枯木龙吟琴的七根龙筋弦都断了。不然，我们琴宗的古琴就都能使用了。"

紫思索了一阵，低声道："七根龙筋吗？"

叶音竹并没有注意到紫在说什么，在他双手抚上琴弦的那一刻，身心就已经完全沉浸在了心弦与琴弦的共鸣之中，他轻声解说道："这是大圣遗音琴，'峄阳之桐，空桑之材，凤鸣秋月，鹤舞瑶台'。有大师认为，在古琴之中，论九德兼备者，首推大圣遗音，所以，大圣遗音琴也是用来演奏具有治疗效果的琴曲的最佳之选。"

紫惊讶地道："九德兼备？"

叶音竹双手轻拨琴弦上，顿时，一声圆润通透的琴音响起。叶音竹继续解说道："秦爷爷告诉我，琴之九德指的是奇、古、透、润、静、圆、匀、清、芳九种美好音色，大圣遗音琴能将韵味集于一器，是最为难得的古琴。这张古琴的特点，就在'平衡'二字。"

叶音竹的左手大拇指、无名指呈鸣鸠唤雨势，右手食指、中指呈幽谷流泉势，利落起音。细腻含蓄的琴音飘荡而出，他的手指控制着轻重缓急，轻柔低沉的旋律将琴之九德诠释得淋漓尽致。

躺倒在地上的比蒙巨兽们在这柔和的琴曲之中渐渐不再痛苦呻吟，它们缓缓地睁开眼睛，看到了那白衣黑发的少年，听见了那柔和低沉的旋律，琴音唤醒了它们体内最原始的生机。

只属于比蒙巨兽的庞大生命力似乎正随着琴曲的旋律而逐渐回归。

紫就站在叶音竹身后，此时的他倒像是叶音竹的琴童，他静静地聆听着，享受着那琴音带给他的一切。

狄斯和帕金斯不知道什么时候已经回到了他们身边，两个黄金比蒙都呆呆地坐在地上，注视着叶音竹。只不过，此时它们眼中的凶光正在逐渐淡去，巨大的头随着《培源静心曲》的旋律轻轻地摇动着。

只要开始弹琴，叶音竹心中就再无他物了，这是修炼十六年赤子琴心而来的投入。

叶音竹双手按弦，奏完了最后一个音符，只觉得自己神清气爽，原本有些混乱的精神此时已经完全恢复了正常。

在与兽人的一战中过度消耗精神力而导致的脑海昏沉的感觉已经完全消失了，他的精神之海虽然变得更空旷了，但也完全恢复了平静。任何一首琴曲，都不止会对聆听之人有影响，对弹奏者本身同样会有一定的作用。

叶音竹睁开双眼后，不禁被眼前的景象吓了一跳。只见那原本东倒西歪的八十多个比蒙巨兽，不知道什么时候都坐了起来。它们那巨大的身体即使是坐着，也比叶音竹高大得多。

一个个比蒙巨兽傻乎乎地看着叶音竹，以往的凶悍似乎完全消失了，此时看去，这些比蒙巨兽竟然给人一种憨态可掬的感觉。

狄斯似乎已经忘记了面前这个少年曾让自己多么愤怒，它巨大的头缓缓地凑过来，甚至有些谄媚地道："太好听了，听起来好舒服，好像连我狂化的副作用都消失了。能不能请你再弹一遍？"

看着狄斯和其他比蒙巨兽那一双双充满渴望的眼睛，叶音竹微微一笑，没有多说什么，双手八指再次拨动，重新奏响那一首《培源静心曲》。

随着琴曲的再次奏响，这片针叶林中突然出现了奇异的一幕：身高至少有十五米的比蒙巨兽们，竟然一个个都跟随着琴曲的旋律摇头晃脑起来，那样子看上去十分搞笑。此时的它们，哪里还有一点凶悍的感觉。叶音竹就像是它们的指挥一样，用琴音指挥着它们做出一个个憨憨的动作。

淡淡的紫色光晕出现在紫的身体周围，他自然不会阻止叶音竹的弹奏，这种享受的感觉，正是他在碧空海逗留十年的真正原因。即使是琴宗宗主秦殇也绝对想象不到，以赤子琴心境界的实力弹奏的琴曲，对于兽人来说竟会有着如此特殊的功效。

金黄色的光泽出现在狄斯和帕金斯身体周围，银色的光泽出现在白银比蒙身体周围，那些狂暴比蒙身上，也都出现了淡淡的铁灰色光泽。空气中的各种元素似乎正通过《培源静心曲》进入它们体内，从而产生特殊的效果。

要持续用精神力释放琴魔法的方式弹奏《培源静心曲》，对叶音竹来说消耗也不小，毕竟这不是那种单纯的演奏，而是要往琴音中注入精神力的。虽然他的精神在弹奏结束后变得更好了，但脸色已经变得有些苍白了。

比蒙巨兽们的眼神里还是充满了希冀，它们就像一群贪婪的孩子，可怜兮兮地看着叶音竹。

“够了。”紫没等黄金比蒙开口，就从叶音竹背后走了出来。

紫淡淡地道：“从今以后，你们要记住，叶音竹是我的兄弟。你们怎样对我，就要怎样对他。明白吗？”

“是，紫帝！”八十六个比蒙巨兽同时咆哮的声音震耳欲聋，令叶音竹险些没坐稳，尤其是他听到这些比蒙巨兽对紫的称呼后，不禁更为惊讶。而就在这时候，比蒙巨兽们已经转向了他，说道：“参见琴帝！”

叶音竹啼笑皆非地看着这些大家伙，问道：“紫，它们称呼谁都要加个‘帝’字吗？”

紫微笑道：“你的琴曲已经征服了它们，这是它们认可你的表现。我想，任何兽人都会喜欢你那动听的琴曲的，只要你不发动龙爆就好。”

叶音竹有些尴尬地问道：“它们都告诉你了吗？”

紫点了点头，道：“是的。有机会的话，我也想听听你弹出来的杀伐之音是什么样子的。很难想象，以你的性格也会弹奏出那么霸道的曲子。”

听了紫的话，叶音竹不禁回想起自己在科尼亚城城墙上的那一幕，他记起来那时候自己好像有些控制不了自己的情绪了。

叶音竹虽然不是龙崎努斯大陆上最强的神音师，甚至连前十都算不上，但是，他绝对是独一无二的修炼赤子琴心的神音师。在这一点上，就连他的老师秦殇也无法与他相比。赤子琴心的奇异之处，他只有自己摸索才能逐渐体会出来。

毕竟，他是第一个修炼成功的人。

紫再次拍拍叶音竹的肩膀，道："回去吧。音竹，记住我的话，以后不论遇到什么事，都要召唤我过去，让我们一同面对危险。还有，不要将今天的事告诉任何人。"

叶音竹点了点头，有些不舍地看了紫一眼。下一刻，隐藏在他精神力中的契约力量悄然波动，伴随着乳白色的光芒，他的身体悄然与紫的身体融为了一体。

叶音竹始终将紫当成兄长看待。赤子琴心对外界的感应是极为敏锐的，虽然他心思单纯，但谁对他好，谁对他坏，只需要经过最简单的接触他就能准确判断出来。这也是他在知道苏拉就是当初那个小偷后，却没有责怪苏拉的原因。

苏拉是真心对他好的，否则，就算他再大方，也不可能将接近神器的宝物送给苏拉啊！紫也一样，虽然紫很神秘，父亲也提醒过他，但他知道紫对他没有任何恶意，同时叶音竹也隐隐感觉到，自己和紫之间正是由那十年的陪伴联系在一起的。

光芒一闪，叶音竹便回到了圣心城中的房间。他的突然出现吓了苏拉一跳。

"啊！你回来了。音竹，你刚才……"苏拉惊疑不定地看着他。

叶音竹对苏拉并没有隐瞒："还记得我当初在与内斯塔的比赛中曾召唤出紫帮我作战吗？紫是我的好朋友，我们可以通过平等本命契约召唤对方来帮助自己。刚才就是紫让我去帮他的。"

"紫？"听到这个名字，苏拉回想起了当初那个身材高大、气质孤傲的紫发男子。想到他，苏拉就不禁想起自己在科尼亚城城墙上看到的最后一幕。

那时候，城上明明已经没有任何的防御力量了，叶音竹却奇迹般地活了下来，所有比蒙巨兽也都在第一时间退走了。难道这一切都只是巧合吗？记得那时候，城墙上就亮起过一团紫色的光芒。

"音竹，你这个叫紫的朋友，是不是很强大？"苏拉问道。

叶音竹道："紫很强，但我也不知道他究竟有多强。我只能感觉到他的力量非常强大。苏拉，我有点累了，先休息一会儿。”

看着进入冥想状态的叶音竹，苏拉虽然没有再多问什么，但心中多了许多疑问。

马尔蒂尼元帅做事的效率确实很高。第二天一早，由一千名龙骑兵加上三千名轻骑兵组成的一共四千人的军队就护送着米兰魔武学院的一百名学员离开了圣心城。他可不希望王子和公主在自己这里出什么事。

回程路上，因为身份，香鸾、费斯切拉和海洋同乘一车，叶音竹、苏拉和其他人则坐在了另外的车上。

十几天的赶路着实枯燥了些，叶音竹每天遇到最多的问题就是魔法师们的疑问。战士们或许会因为那天他令驯龙狂暴一事而对他敬而远之，但魔法师们可不会。

魔法师最大的追求就是提升魔法力。像叶音竹这样的拥有一下灭掉几个兽人军团的强大琴魔法的人，他们怎么会不感兴趣呢？所以，叶音竹每天都会听到同样的问题。

“音竹，你说我还有机会转修神音师吗？”

“恐怕不行，你的年纪太大了。神音师要从小开始修炼。而且，你舍得放弃现在的魔法修为吗？秦爷爷说过，所有魔法师修炼到顶级后，实力都相差不多。还是先修炼好你自己的魔法吧。”

终于，米兰城已经遥遥在望了。香鸾命队伍暂时停下来休息。在米兰帝国战士们的守护下，香鸾将米兰魔武学院的学员们都叫到了一起。

香鸾先看了一眼站在最前面的叶音竹，才微微一笑，道：“我把大家叫来，只为了说一件事。这次在科尼亚城，你们每个人都表现得非常出色。是大家的共同努力令兽人无法通过布伦纳山脉的。你们挽救了帝国，你们都是帝国的英雄。我们马上就要回到米兰城了，大家放心，我和费斯切拉一定会向父皇禀明你们的功绩，论功行赏。”

此言一出，顿时响起了一片欢呼声。这些学员大多都在二十岁左右，不少人都出身于贵族家庭。对于他们来说，能够得到帝国公主的赞赏绝对是一种荣誉，何况稍后还会论功行赏。

在学院学习时就能得到这样的荣誉，将来毕业后，他们不论是要加入军队还是干些别的什么，这个光环都将永远跟随着他们。

香鸾抬起双手，众人顿时安静下来。

“功劳是不会少大家的。但在这里，香鸾有件事想求大家帮忙。我和费斯切拉既然选择了到学院中学习，就不想搞任何特殊化，只是希望能像普通学员那样努力学到更多的知识。这次事态紧急，我们暴露了身份，但我希望大家能够替我们保守这个秘密。回到学院后，我们的身份还是和以前一样，和你们一样，都是米兰魔武学院的普通学员。”

“我，内斯塔，以重骑兵的荣耀宣誓，会永远保守秘密，绝对不会泄露这个秘密。”内斯塔高举龙枪说道，他那铿锵有力的声音充分显示了他对这份承诺的认真。

不少人立刻反应过来，有些人甚至还在懊悔为什么第一个出声的不是自己，谁不希望给未来的帝国皇帝留下个好印象啊！一时间，宣誓之声此起彼伏。只有叶音竹和苏拉没有吭声。

罗兰可算抓到了机会，道：“叶音竹，你不宣誓保守秘密，难道回去后想泄露公主和王子的身份吗？”

叶音竹道：“宣誓只是一个形式而已。既然我答应了，就肯定不会泄露，何必这么麻烦！”

苏拉点了点头，干脆地道：“我也一样。”

香鸾微微一笑，道：“我相信大家。好了，大家去休息吧。不久后，我们就要到家了。”

“音竹。”叶音竹正准备和苏拉到一旁去休息，突然感觉有人拉了一下自己的衣服，他回头一看，只见马良向他使了个眼色。

“我们到一边聊聊。”

“好。”叶音竹跟苏拉说了一声后，就跟着马良走到大道边一个没人的地方坐了下来。

“马良，你找我有事吗？”叶音竹好奇地问道。

马良看了看周围，确定没人注意他们后，这才压低声音道：“音竹，这次你为米兰帝国立了大功。等我们回到米兰城后，米兰帝国皇帝一定会重赏你的。你要记住，如果他让你加入米兰帝国国籍，一定要答应他。”

“为什么？我是阿卡迪亚王国人，为什么要加入米兰帝国？就为了获得更多的封赏吗？”叶音竹眼中流露出几分不满。

马良眼中闪过一道灼热的光芒，道：“音竹，对于我们东龙八宗来说，或许这是一个机会。作为东龙八宗的一员，你本来就不属于任何一个国家，任何的国籍对于我们来说都是没意义的。我想，只要你同意加入米兰帝国国籍，以你这次所立下的功劳，至少也能得到一片封地吧。”

叶音竹皱了皱眉，道：“我有些不明白。为什么我们东龙八宗的人就不属于任何一个国家？”

马良略微犹豫了一下，然后还是摇了摇头，道：“既然你的老师没有告诉你，那我也不能说太多。我只能说，东龙八宗需要一个真正属于自己的地方来安身立命。

“我们上四宗琴、棋、书、画还好一点，人数少，因为我们修炼的魔法都需要极高的天赋，所以只有传承了本宗秘宝的人才能真正继承我们四宗的魔法。所以，多年以来，我们基本都是一脉单传的，但上四宗宗主无一不是魔法界的绝世强者，而下四宗梅、兰、竹、菊的人数就要多得多了。

“现在我们东龙八宗只能隐藏在暗处生活，如果能在大陆第一强国得到一片领地的话，那么哪怕是很小的一块地方，也能让我们休养生息啊！”

叶音竹若有所思地道：“你的意思是，我们东龙八宗不属于任何一个国家？”

马良深深地注视着叶音竹，点了点头，他突然发现，叶音竹似乎并不像表面看上去那么简单。

叶音竹微微一笑，道：“那好吧。”说完，他起身朝苏拉走去。

马良并没有发现，在叶音竹的眉宇间多了几分落寞和几分坚决。

离开碧空海后，刚开始的时候，叶音竹还没有什么不适的感觉，但这些日子以来，他越来越深入社会，对外界的了解也越来越多，他逐渐发现，自己懂的东西实在太少了。

好像每个人都有着自己的秘密，大陆上也有很多稀奇古怪的事，偏偏就他一个人什么都不知道。这种大脑空白的感觉令叶音竹心中非常不舒服。

现在，他对了解整个大陆的知识充满了渴望。在他转身走开的时候，他已经暗暗决定，等回到学院之后，一定要用最快的速度融入这个社会，学到所有自己需要的知识。修炼十六年赤子琴心，虽然让自己得到了很多，但也让自己失去了很多。现在，是应该将这些失去的东西拿回来的时候了。

当众人即将抵达米兰城的时候，米兰帝国皇帝西尔维奥的手令已经传来。他命帝国公主香鸾、帝国王子费斯切拉，以及奥利维拉和叶音竹立刻进宫，其余米兰魔武学院的学员则直接返回学院。

在一个小队的龙骑兵的护卫下，叶音竹等人进入了米兰城，直奔皇宫。

马车上，费斯切拉看了一眼身边一脸平静的叶音竹，奇怪地问道：“偶像，你一点都不紧张吗？”

叶音竹反问道：“我为什么要紧张？”

费斯切拉嘿嘿一笑，道：“这次你立下大功，还不知道父皇会怎么封赏你呢，你就一点都不期待？偶像就是偶像，视名利如粪土啊！”

叶音竹没好气地道：“都说过多少次了，别叫我偶像。”

香鸾在一旁掩口轻笑，道：“我们神音系的美少年可不是那么容易被收买的。我猜，父皇一定会赐他一些官衔或者爵位吧。但奖赏不会太多，毕竟那五百条鹰隼龙也足够让父皇心疼了。”

奥利维拉有些担忧地道：“不知道陛下会如何处置我的两位哥哥。公主殿下、王子殿下，到时候，还请……”

费斯切拉拍拍奥利维拉的肩膀，道：“放心吧，学长。你们紫罗兰家族是帝国的栋梁，英明神武的父皇是不会太为难他们的。”

米兰帝国的皇宫可以说是大陆上的八个国家的皇宫中最有特点的，当中的主要建筑都以红、黑、白三色为主，不但气势恢宏，更透着一种霸气。内城面积极大，相当于整个外城的四分之一，还有五千名皇家禁卫军常年驻守在此，而且这些禁卫军中强者如云。内城的防御魔法阵经过了多名强大的魔法师的施法，足以抵御紫级禁咒的轰击，这使米兰内城如同铁桶一般，防御强悍得足以媲美龙城。

龙骑兵小队将叶音竹四人送到皇宫门口后，就由禁卫军接替了守护职责。因为他们坐的是公主和王子的座驾，所以四人不用下车，一直乘车来到帝国群臣议事的米兰大殿门口后才停了下来。

刚一下车，叶音竹就被眼前的一幕震撼了。

米兰大殿是整个米兰帝国的标志性建筑，大殿前，红黑箭条旗迎风招展，大殿高度超过三十米，粗壮的廊柱上有着精美的雕刻。

在大殿顶部正中央，一个放大了不知多少倍的象征着米兰帝国皇室的红十字盾徽在阳光的照射下闪烁着红宝石般的光彩。

殿前站立着二十名金锤战士，这些战士的身高都超过两米，手中的长柄金锤单是外表就已经让人感觉重量惊人。

费斯切拉悄悄地告诉叶音竹，这些金锤战士都拥有蓝级的实力，虽然人数不多，但绝对是皇家禁卫军的精锐中的精锐。

“走吧，我们进去。”香鸾向叶音竹点了点头，和费斯切拉走在前面，带着奥利维拉和叶音竹走进了这座米兰帝国的最高行政官邸。

米兰大殿内金碧辉煌，各种耀眼的装饰令叶音竹有种目不暇接的感觉。只是这里的气氛有些沉重，令他不太适应。

大殿两旁，每隔五米就站着一名金锤战士。上百名朝臣分立在金锤战士身前，从穿着上可以看出来，左边的是文臣，右边的则都是武将。

第三十八章

冒犯公主

叶音竹向正前方看去，不禁愣了一下，皇座上端坐着一人，显然就是米兰大帝西尔维奥·贝鲁斯科尼了。

令叶音竹惊讶的是，西尔维奥的样子竟然和他的一双儿女差距极大。从身材上看，他恐怕比香鸾还要矮不少，更不用说身高超过两米的费斯切拉了。

他的相貌很普通，脸上始终挂着一丝淡淡的微笑，感觉更像是亲切的邻家大叔，而不是龙崎努斯大陆第一帝国的皇帝。

正在叶音竹胡思乱想的时候，前面的香鸾和费斯切拉已经停下脚步。作为皇子、皇女，他们不需要行大礼参拜，只需躬身行礼，道：“参见父皇。”

“啊！”香鸾正在向自己的父亲行礼，突然感觉到自己被人撞了一下。她本是向前方鞠躬的，又没有战士强壮的身体和平衡力，顿时惊呼一声，身体朝前方倒去。

原来香鸾和费斯切拉停下脚步的时候，叶音竹正在愣神，还在前行。走在香鸾身后的他自然就撞了上去。

闯祸了！这是叶音竹的第一感觉。

听到香鸾的惊呼声，叶音竹立刻做出了反应，身体向前一探，右手很自然地将她拉了回来。

“啊！”香鸾又是一声惊呼。她原本以为自己要摔倒了，却突然跌入了一个宽阔而温暖的怀抱之中。

一时间，香鸾只想找个地洞钻进去。要知道，这里可是米兰帝国的最高权力机构啊，而且还有那么多重臣看着呢。

搂住香鸾的叶音竹此时也反应了过来，赶忙道歉：“对不起，对不起，香鸾学姐！我没注意到你停下来了。”

短暂的寂静后，整座大殿顿时陷入一片哗然。

这是什么行为？当着米兰帝国重臣们和帝国皇帝的面冒犯公主？恐怕自龙崎努斯大陆有史以来，这还是第一次。

西尔维奥脸上的微笑完全僵硬了，嘴角微微有些抽动。

站在香鸾身边的费斯切拉瞪大了眼睛，他那张开的嘴甚至可以塞下一个鸡蛋。

奥利维拉眼睛一闭，心中只有两个字：完了。

“金锤战士，还不拿下这狂徒！”站在右手边的武将沉声怒喝道。

凭他敢代替米兰大帝西尔维奥下令，就能看出他在米兰帝国的地位有多么崇高。

这个人不是别人，正是米兰帝国的另外一位帝国元帅西多夫。同时，他也是海洋的爷爷。

论家族势力，西多夫与马尔蒂尼有差距。但是，他是米兰帝国中公认的第一强者。凭借着紫级六阶的实力，加上九阶银龙，除了法蓝，他在大陆各国几乎就是无敌的象征。所以，他在米兰帝国的地位也极为超然。

四道身影几乎在一眨眼的工夫里就从四面将叶音竹和香鸾围在了中央，他们拿着四把巨大的金锤直指叶音竹，释放出的蓝色斗气形成一个直径三米的气场，锁定着叶音竹的身体，令他不能随便乱动。

香鸾此时已经清醒了几分，急道：“快放开我！”

叶音竹苦笑道：“学姐，不是我不想放，而是我现在动不了了。”

在四名蓝级强者带来的巨大压力面前，叶音竹确实无法移动分毫。毕竟，不论是在斗气还是魔法上，他和蓝级都有着一定的差距。

香鸾这才反应过来，朝那四名金锤战士怒道：“退开，你们还嫌我不够出丑吗？”

公主的命令和眼前的情景令四名金锤战士明白过来，他们虽然没有退开，却立刻收敛了朝叶音竹释放的压力。叶音竹这才松开手，低声道：“学姐，你的胸肌怎么这么软啊？”

香鸾险些一口血喷出来。虽然叶音竹声音不大，但在场有那么多强者，能听到他这话的不在少数。香鸾真想大喊一声“我不活了”。

武将们的脸部肌肉在抽搐着，不少人是想笑又不敢笑出来，一个个憋得实在很辛苦。

看着下面的叶音竹和自己的一双儿女，西尔维奥皇帝的脸色一阵青一阵白。一进大殿，叶音竹就吸引了他的注意力。毫无瑕疵的白色魔法袍，黑色长发，英俊的面容，优雅而高贵的气质，无论从哪方面来看，叶音竹都像一名高贵的魔法师。

但是，他也太胆大包天了。居然冒犯公主，还是在自己的面前冒犯！这小子难道真的吃了豹子胆吗？

很快，西尔维奥就推翻了这个想法，因为他看到了叶音竹那双清澈的眼眸。眼睛是一个人心灵的窗户，就算外表掩饰得再好，眼神也很容易出卖一个人的本性。西尔维奥在叶音竹眼中没有看到一丝不好的或者是负面的情绪，虽然有些慌张，但他明显不是故意的。

“父皇。”

香鸾“扑通”一声跪了下去，她知道，如果现在父亲责怪下来，那么，叶音竹就一点机会都没有了。

毕竟当着众多文武重臣的面失礼，已经是罪无可恕的了。

“音竹是第一次来皇宫，对这里的环境不熟悉，我相信他一定不是故意的。”

“你还嫌不够丢脸吗？和你弟弟站到一旁去。”西尔维奥终于开口了，虽然他的声音有些冰冷，脸上的神色却逐渐缓和了下来。

奥利维拉在叶音竹身边，轻轻地拉着他的衣服，示意他像自己一样跪下来。但他并没有会意，依旧站在那里。随着香鸾和费斯切拉退开，他这样的举动顿时更显醒目。

西尔维奥淡淡地看着叶音竹，问道：“见到本皇，为何不跪？”

叶音竹摇了摇头，道：“我不能跪。爷爷教导过我：跪天、跪地、跪父母，否则不跪，男儿膝下有黄金。”

西尔维奥并没有像大多数人想象中的那样立刻动怒，只是有些诧异地道：“因为我不是你祖国的帝王吗？那你见了阿卡迪亚王国的国王，是跪还是不跪呢？”

对于叶音竹的来历，他早已经打听过了。

叶音竹依旧摇头，坚定地道：“不跪。”

西尔维奥眼中闪过一道寒光，道：“好，果然有胆识！难怪能在科尼亚城力抗外敌。你真是让人吃惊。叶音竹，你知不知道，你的所作所为，令米兰帝国失去了最重要的一个兵种——鹰隼龙骑兵？”

叶音竹点了点头，道：“我听他们说了，好像这个兵种很重要。”

西尔维奥沉声道：“那你是故意的了？”

叶音竹摇头道：“不，我并不知道他们来了。当时我只是想将自己的琴曲奏完而已，可谁知道，他们突然出现，也受到了我琴曲的影响。我的目标只是之前在场的驯龙。”

一旁的西多夫突然开口道：“那这么说，是马尔蒂尼元帅不应该派人去救你们了？”

叶音竹道：“当然不是。如果没有那些鹰隼龙骑兵的陨落，说不定科尼亚城还是会被攻破，因为之前那些驯龙的死并没有真正伤害到比蒙巨兽。是鹰隼龙骑兵给予了那些比蒙巨兽重创。”

西多夫追问道：“可是，那些重伤的比蒙巨兽在哪里？如果牺牲五百条鹰隼龙和五百名龙骑兵就能歼灭那些比蒙巨兽，也算是奇迹了。”

叶音竹当然知道那些比蒙巨兽在哪里，但是他不能说，所以他第一次说谎了：“我不知道。”

西尔维奥缓缓地从自己的帝王之位上站起身，居高临下地看着叶音竹，道：“科尼亚城一战，歼灭兽人四个主力军团，并且阻止了兽人的阴谋，使帝国的普利亚平原避免了被洗劫的命运。此次参战者，皆为帝国英雄。

“香鸾、费斯切拉，在关键时刻，你们身为皇室，却没有退缩，没有舍弃帝国的领土，勇敢地战斗到了最后，不愧为贝鲁斯科尼家族的子孙。作为你们的父亲，我很欣慰。

“传令下去，本次参战者，全部加封骑士封号。已有骑士封号的龙骑兵，加封大骑士，每人赏金币五百。米兰魔武学院魔法部的四十名学员，除叶音竹、香鸾以外，全部加封男爵，每人奖赏金币一千。”

西尔维奥脸上笑容重现。虽然他身材并不高大，此时却有一种睥睨天下的王者之风。从他身上，叶音竹感觉到了一种与众不同的气质。

负责军部的西多夫躬身道：“遵命。”

西尔维奥的目光转回叶音竹身上，他说道：“至于你，真的令我很为难。”

“为什么？”叶音竹好奇地问道。

西尔维奥沉声道：“你真的不肯跪我吗？”

叶音竹坚定地点了点头。两位爷爷的教导，在他心中就是信条。在离开碧空海之前，他学到的东西虽然不多，但每学到一点，他都会牢牢地记在心里。

香鸾暗道：坏了，进皇宫之前居然忘记教叶音竹一些必要的礼节了。

西尔维奥缓缓地点头，看向叶音竹的目光变得越来越凌厉，逼人的气势给人一种喘不过气来的感觉。但是，叶音竹就那样和他对视着，清澈的眼眸中没有一丝慌乱和不安。

“父皇，音竹涉世未深，好多东西都不懂，请您赦免他的失礼之罪吧。”香鸾急切地说道。

费斯切拉也赶忙道："父皇，这次多亏了音竹，否则我们恐怕都回不来了。您……"

"够了。谁让你们开口的？"西尔维奥的声音如同寒冰一样冷。

就在所有人都以为这位大帝即将发作的时候，西尔维奥脸上的冰霜却突然融化了，他露出了一丝玩味的微笑，道："米兰帝国的人一向赏罚分明。有功必赏，有过必罚。叶音竹在科尼亚城一战中，居功至伟，是帝国英雄，这一点毋庸置疑。但是，他也导致了帝国的鹰隼龙骑兵全军覆没，还在米兰大殿内冒犯公主。如此过错，本应严惩，但念他功大于过，所有过失与功劳相抵，不再责罚。"

听西尔维奥皇帝说到这里，香鸾和费斯切拉姐弟才算松了口气。

西尔维奥转向叶音竹，道："虽然你的功劳被你的过错抵消了许多，但本皇还是要奖赏你。传令下去，叶音竹力抗兽人，守卫国土，特赐予米兰帝国国籍，可与其阿卡迪亚王国国籍共同存在，封子爵，至于封地……"

听到封地，叶音竹才注意起来，看向西尔维奥的眼神不禁变了一下。

"你犯错太多，还需要磨炼。本来我想赐你一块富饶的封地，但现在看来还为时过早。就将你战斗过的科尼亚城赐予你吧，连同布伦纳山脉也受你控制。当然，我希望你不要因此而放下米兰魔武学院的学业。"

"父皇，这不公平！"香鸾抗议道。

科尼亚城中一共才两万多人，布伦纳山脉可以说是荒无人烟。科尼亚城没有什么特产，地势险峻，又接近极北荒原，寒冷和贫瘠就是那里的代名词。经过了之前的一战，甚至连城墙都被毁掉了不少。这么一座小城，实在难当"奖励"二字。米兰帝国任何一位子爵的领地都比叶音竹这个富饶多了。

西尔维奥沉声道："放肆。来人，带公主、王子下去。退朝。"

香鸾和费斯切拉被带走了。奥利维拉接到了西多夫的命令，自然是关于他那两个哥哥的惩罚的问题。

西尔维奥皇帝在他们回来之前就已经下令，虽然奥卡福、奥斯丁两人擅离驻地，但并未铸成大错，念其为国征战之心急切，从轻处罚。每人罚俸半年，小惩大诫。

和叶音竹一起来的三个人都离开了，其他人叶音竹并不认识。随着文武群臣的离开，他不禁有些发愣，不知道自己应该做些什么。

马良说的东龙八宗所需的领地已经有了，这算是奖赏吗？

“叶音竹，陛下有请。”一名身材瘦小的禁卫不知道什么时候来到叶音竹身边。

“请我？”叶音竹清醒过来。

禁卫没有多说什么，转身就走了。

叶音竹本来就不知道自己应该做什么，索性就跟了上去。

米兰帝国皇宫就像迷宫一样，虽然叶音竹记性不错，但在接连穿过几个极为类似的宫殿和花园之后，他也有些迷糊了。

禁卫将叶音竹带到一座偏殿之中，做出一个请的手势，说：“陛下在里面等你。”

叶音竹推门而入，首先闻到的是一股油墨的味道，他发现这是一个书房，或者说，这里应该算是一个图书馆。房间特别大，里面一排排由底到顶的书架上都摆满了样式古朴的图书，油墨的味道显然是从这些书上散发出来的。

“叶音竹，到这边来。”柔和的声音将叶音竹从对书的观察中拉了回来。

他顺着声音传来的方向走去。经过几个书架后，他找到了说话的人，正是西尔维奥。

西尔维奥换了一身便服，雍容华贵的感觉减少了许多，亲和力却在无形中增强了。

淡金色的长袍虽然无法令他变得英俊些，但令他更像邻家大叔了。

“您好，陛下。”叶音竹向西尔维奥点了点头。

西尔维奥正在翻阅着一本书，微笑道：“你这小子，真是让我头疼啊！我真的很想惩罚你。”

叶音竹眉头微皱，道：“因为我不向您下跪吗？”

西尔维奥摇了摇头，道：“不，是因为你冒犯了我的女儿。你要知道，我只有香鸾这么一个女儿。你今天在大殿上的行为令她颜面尽失，难道你不认为自己错了吗？”

叶音竹挠了挠头，不好意思地道：“是我错了，但我真的不是故意撞她的。当时我在看您，没注意到她停下来了。”

“哦？你在看我？看我什么呢？”西尔维奥饶有兴趣地问道。

叶音竹道：“因为我觉得香鸾和费斯切拉都不怎么像您，而您却是他们的父亲。”

西尔维奥的脸色变了一下，如果换一个人说出这样的话，早就被他下令杀了。叶音竹此时可是在怀疑皇族血脉啊！

但西尔维奥只是苦笑了一下，道：“那是因为他们像母亲的地方比较多。你看我只是因为这些？”

叶音竹道：“还有就是觉得您比较亲切，和我想象中的帝王不太一样。”

西尔维奥淡然一笑，道：“叶音竹，我叫你来这里，是想听听你对神音师的看法。或许你还不知道，因为你这次在战场上的表现，米兰魔武学院已经掀起了轩然大波。神音系的地位大幅度提升。现在已经有很多魔法师都在怀疑神音师鸡肋之说了。”

叶音竹坦然道：“我从来就没认为神音师是鸡肋啊！我觉得一个职业既然存在，就有着它存在的意义。一个人选择任何职业都有可能成功，但必须要努力。

“秦爷爷教导过我，说神音师要想变得强大，首先有一点，就必须喜欢音乐。每个人的天分都不一样。天分是最重要的，其次才是努力。”

西尔维奥道：“那这么说，你很努力了？”

叶音竹道：“没对比过，我也不知道自己算不算努力。不过秦爷爷说过，我是学琴的天才。”

西尔维奥笑道：“你的秦爷爷，是不是叫秦殇？”

叶音竹吃惊地看着他，问道：“您怎么知道的？您认识我的秦爷爷？”

西尔维奥叹息一声，道：“恐怕现在大陆上不知道你的秦爷爷的人已经不多了。在短短一个月内，龙崎努斯大陆上就突然冒出了两名出色的神音师，而你又来自阿卡迪亚王国，看来，我的猜测并没有错。”

叶音竹不明所以地道：“我不明白您的意思。”

西尔维奥微微一笑，道：“简单来说，你在科尼亚城一战中的表现虽然惊人，但和你的秦爷爷比起来，还是有些差距的。

“阿卡迪亚王国作为大陆上最为弱小的一个王国，在不久前与波庞王国的一战之中，竟然打败了对手，光抓到的俘虏就超过了六万，令波庞王国损失了大量的精锐和魔法师。

“做到这些的，正是你的秦爷爷。而他做的，只是在城墙上弹琴。因为那场战争，神音师现在甚至有了‘战争魔法师’这个称号。

“只需要扩音魔法阵的辅助，神音师的攻击范围就能够达到笼罩十万大军的可怕程度。而你的秦爷爷，竟然还是紫级大魔导师，这实在令人难以相信。”

叶音竹惊讶地道：“阿卡迪亚王国打仗了？我秦爷爷还参加了？那结果呢？后来怎么样了？”

西尔维奥道：“放心吧，你的秦爷爷自然不会有事。虽然阿卡迪亚王国的实力和波庞王国相比有很大的差距，但因为有你的秦爷爷坐镇，现在波庞王国已经在蓝迪亚斯帝国的调停之下自认倒霉了。你的秦爷爷甚至强势得连俘虏都不愿意还给人家。可惜阿卡迪亚王国实在离米兰帝国太远了，否则，我倒真想见见你这位爷爷。”

听说秦殇没事，叶音竹不禁松了口气。

西尔维奥突然说道：“音竹，你和香鸾、费斯切拉都是同学，我就这样叫你吧。这段时间，你觉得是阿卡迪亚王国好，还是米兰帝国好？”

叶音竹毫不犹豫地道："米兰帝国好。这里虽然冷了一点，但各方面都比阿卡迪亚王国强。"

西尔维奥笑了，这次他露出的完全是发自内心的微笑，说道："那如果让你选择，你愿意留在米兰帝国吗？"

叶音竹犹豫了一下，道："我也不知道，要看我的家人留在哪里。"

西尔维奥点了点头，道："以后你可以问问你的家人。米兰帝国的大门，永远向你们全家敞开。同时，你也可以告诉你的秦爷爷，无论阿卡迪亚王国给他什么，米兰帝国都愿意给他三倍。"

叶音竹一愣，道："阿卡迪亚王国给了秦爷爷什么？"

西尔维奥道："你只要将我的话转告给你的秦爷爷就可以了。音竹，香鸾说你涉世未深，这一点我看没错。我认为，你在米兰魔武学院要学的东西恐怕不止音乐。"

叶音竹深以为然地点了点头，道："我也这么认为。以前在家里的时候，我对外面的事情都不了解。来到米兰帝国之后，我才感觉到了自己知识的匮乏。这次回学院后，我一定好好学习。"

西尔维奥微微一笑，道："这次我减少了你应得的赏赐，你怪我吗？"他现在的语气一点都不像帝王。

叶音竹摇头，道："我从没想过要得到什么赏赐。"

西尔维奥道："米兰魔武学院虽然是大陆第一学院，但是，学院主要传授的是武技或者魔法。你想学其他知识的话，恐怕要失望了，因为米兰魔武学院并没有设杂学的门类。"

叶音竹郁闷了，道："那我在哪里才能学到呢？"

他现在对知识非常渴望，他再也不想在别人说什么的时候，自己却什么都不懂了。

西尔维奥站起身，指着周围的书架，道："你没听过那句话吗？'书中自有黄金屋，书中自有颜如玉'，要想得到需要的知识，书就是你最好的朋友。"

叶音竹眼睛一亮，说道："谢谢您，陛下。"

西尔维奥微笑道："叫我西尔维奥叔叔吧。从今天开始，你可以随便进出这个图书馆。这里是帝国皇家图书馆，恐怕也是大陆上对各种古籍保存得最完整的图书馆。在这里，你一定可以得到你想要的知识。"

叶音竹心思单纯，也没多想为什么西尔维奥会对自己这样亲切，他由衷地道："谢谢您，西尔维奥叔叔。"

西尔维奥将一枚徽章递给叶音竹，叮嘱道："以后再来时拿出这个，自然会有人带你到这里来。"

叶音竹低头看去，发现自己手中的徽章和当初香鸾、费斯切拉拿出来的一样，正是米兰帝国皇室的象征——米兰红十字盾徽。

"科尼亚城就作为你暂时的领地，那里的税收虽然不高，但对现在的你来说也够用了。作为科尼亚城的领主，你拥有为它命名的权力，你想叫它什么呢？"

叶音竹想了想，道："就叫琴城吧。"

"琴城，好一个琴城。旅途劳顿，你先回去休息吧。正式的委任书我会让香鸾送给你。来人，送叶音竹出宫。"

叶音竹走了，西尔维奥脸上的笑意更浓了，只是在他的笑容之中，多了几分深沉。

"陛下，您是不是对这个小子太好了？"低沉的声音在身边响起，西多夫高大的身影出现在西尔维奥身边。

西尔维奥摇了摇头，道："不，我不这么认为。在这个孩子身上进行的任何投资，都是值得的。天才神音师，可遇不可求。虽然我很看好他的秦爷爷，但是，我更看好他。毕竟他更加年轻，不是吗？更为重要的是，他和香鸾、费斯切拉的关系都很不错。"

西多夫心中一动，顿时明白了西尔维奥的想法，赞叹道："陛下英明。只是他今天对公主的冒犯……"

西尔维奥道：“如果他能在米兰魔武学院学习期间，将神音系魔法提升到青级以上，我甚至可以考虑让香鸾嫁给他。”

西多夫心中大惊，他此时才明白西尔维奥对叶音竹的看重竟然到了如此程度。

西尔维奥脸上的笑容逐渐消失，他转向西多夫道：“西多夫叔叔，您和马尔蒂尼叔叔都是帝国的支柱。对于您，我也没有什么好隐瞒的。您看看吧。”他一边说着，一边打开手中的书，从书页中取出两封信递给了西多夫。

“这两封信，一封是马尔蒂尼叔叔派人用最快的速度送来的。其中不仅详细记载了科尼亚城一战中的所有情况，而且有马尔蒂尼叔叔的分析。叶音竹虽然单纯，但他在战争中所展现出的是另外一面。至于另一封信，则是我姐姐先前派人送来给我的，里面只有一句话：尽一切可能，用最优厚的待遇，将叶音竹留在米兰帝国。”

西多夫惊讶地道：“陛下，您说的是妮娜公主？”

西尔维奥轻叹一声，道：“姐姐终身未嫁，其实是为了一个人。这也算是皇室秘闻了。而这个人，就是叶音竹的老师，他口中的那个秦爷爷。我姐姐从不轻易夸人，而且眼界极高。西多夫叔叔，我想，您应该明白我的意思了。”

西多夫眼中紫光连闪，他注视着手中的两封信，点了点头。

出了皇宫，叶音竹顿时觉得那种压抑感消失了。和西尔维奥的一番交谈令他心情大好，不为别的，单是图书馆的进出权就已经是他得到的最好的奖励了。

叶音竹没有直接回米兰魔武学院，他决定先去看看安雅。

在他心中，早已将安雅当成了姐姐，不是因为安雅送了他很多贵重的礼物，而是因为安雅对他的亲切。

当叶音竹来到飘兰轩的时候，正好是下午，飘兰轩正照常营业。一进门，他就遇到了正在忙碌的迪达。

“啊！音竹！你回来了。”迪达迎了上来。

“迪达大哥，你好。”叶音竹很有礼貌地道。

迪达笑道："你可不知道，你走的这些天，飘兰轩的客人们都很想你呢。没了你的琴曲，这里好像少了点什么，连我们都觉得有些不自在。如果小姐知道你回来了，一定会很高兴的。走，快上去吧。"

迪达直接将叶音竹送到了三楼。

安雅见到叶音竹归来，顿时喜出望外，径直将他带到了自己居住的树屋之中，并叮嘱迪达不要让任何人来打扰。

安雅上下打量了叶音竹几眼，道："音竹，你的琴曲是不是又有所突破了？"

叶音竹一愣，道："安雅姐姐，你为什么这么说？"

安雅微微一笑，道："气质的变化是实力的反映，从你比以前凌厉了几分的气质上，我已经能看出许多东西了。"

安雅还是那么美，淡绿色的长裙衬托着她那绝美的身姿，让她高贵得犹如自然女神一般。

叶音竹笑道："我都忘记了，姐姐是紫级强者。光看外表就能判断出一个人的实力，真的很难令人相信。"

安雅笑骂道："你这小家伙也会耍滑头了，不会是学坏了吧？你的事情我都听说了，以后我可不敢再让你来弹琴了。现在，你可是米兰帝国的英雄。"

叶音竹道："姐姐，你不要我了？"

安雅轻叹一声，道："不，不是不要你，是姐姐可能要离开这里了。"

叶音竹心中一惊，不舍的感觉油然而生，他不禁说道："为什么？飘兰轩的生意不好吗？"

安雅摇了摇头，道："和生意无关。还记得我给你讲过的那个故事吗？我的姐姐既然已经找到了这里，她就肯定还会再来。到时候，就不会像上次那么好应付了。毕竟她的实力比我强，更何况她背后还有一个暗之塔。"

叶音竹眼中寒光一闪，道："姐姐，我帮你。"

安雅拉住叶音竹的手，说道："你有这份心，姐姐就很高兴了。不过没用的，在龙崎努斯大陆，还没有谁能与法蓝七塔抗衡。或许，姐姐的命运注定就是流浪吧。”

叶音竹一呆，心中不舍的感觉更加强烈了。看着落寞的安雅，他产生了一种强烈的保护欲望。

“安雅姐姐，那你要去哪里呢？”

安雅摇了摇头，道：“我还不知道。越远越好吧，去一个让我姐姐找不到的地方。”

叶音竹脑海中突然灵光一闪，他赶忙道：“那你不如去我的领地吧。我得到了奖赏，被封为子爵，领地就是科尼亚城，只是那里冷了点。”

安雅眼中一亮，问道：“科尼亚城？在什么位置？”说着，她像变魔术一样，从空间戒指中取出了一张完整的羊皮地图，在叶音竹面前摊开。

叶音竹仔细辨认了一下，在米兰帝国与极北荒原之间的交界处，找到了科尼亚城。

安雅仔细地观察着地图上所显示的地形，眼底的笑意变得越来越明显，她说道：“好，这真是太好了！看来，是上天安排你来帮助姐姐的。科尼亚城地处偏僻，周围群山环绕，易守难攻。音竹，如果你放心的话，让姐姐帮你建设一下这里如何？不论那里的土地有多贫瘠，只要有我们精灵在，就可以让它变得富饶起来。”

叶音竹对于建设科尼亚城倒没什么概念，只是不想失去安雅这个姐姐而已，于是他赶忙答应道：“当然好了。我的地方不就是姐姐的地方嘛！”

安雅笑了，心中暗道：姐姐啊姐姐，看来我终于要有一个能够与你抗衡的根据地了，哪怕那是在寒冷的北方。

第三十九章

银龙城的召唤

在安雅的盛情挽留下，叶音竹吃完晚饭后才返回米兰魔武学院。他答应安雅，只要一拿到正式的委任书，就立刻以领主之名，下令将城内事务交给安雅处理。

今天的天气很晴朗，夜晚的星星和月亮看上去格外清晰。走在校园的石子小路上，叶音竹突然有一种感觉，他发现自己好像变了。来到米兰帝国之后，他认识了那么多人，经历了那么多的事，所有的一切似乎都在不断影响着他。但此时，他有些想家，想父母，想两位爷爷，也想念他生活了十六年的碧空海。

“子爵大人，不赶快回宿舍，在闲逛什么呢？”苏拉不知道从什么地方钻了出来，正微笑着看着他。

叶音竹看到苏拉，思乡之情立马淡了几分。叶音竹突然发现，今天苏拉的笑容似乎和平时有点不一样，虽然他在笑，但他的眼神很冰冷。

“苏拉，我去了飘兰轩一趟，所以回来得晚了些。你怎么了？好像不高兴。”

苏拉哼了一声，道：“我哪敢不高兴啊！你已经是子爵大人了。”

叶音竹莫名其妙地道：“苏拉，你这是怎么了？”

苏拉什么都不说，转身就走。叶音竹赶忙追上去，问道：“苏拉，我让你生气了吗？”

苏拉停住脚步，扭头看向他道：“你现在的本事越来越大了，谁敢生你的气？连帝国公主都敢冒犯，你也算是大陆第一人了。”

“你是因为这个才生气的啊？你听我解释，我真的不是故意的。”

在叶音竹的道歉中，两人回到了别墅。

一进门，叶音竹就闻到了扑鼻的香气。小别墅的大厅桌子上，有六盘香气扑鼻的菜肴，只是看上去似乎有点凉了。

叶音竹只觉得自己的心和眼睛都变热了。苏拉刚才是在外面等自己回来，而且已经做好了饭。

“苏拉，今天怎么做了这么多好吃的？”

苏拉没好气地道：“米兰帝国的奖赏发下来了。现在我们有钱了，本来想让某个人吃得好一点，现在看来没必要了。我倒掉好了。”说着，他就去拿盘子。

“别，倒掉多可惜。好香啊！还是苏拉做的饭菜最好吃。”

“真的？”

“当然，我发誓。”

苏拉白了他一眼，道：“谁要你发誓，好吃就快吃吧。”说着，他自己也拿起了筷子。为了等叶音竹回来，他也一直没吃饭。

之前在飘兰轩吃的还没消化，现在又要大吃一顿，还不能让苏拉看出来，这可真是苦了叶音竹。饭菜再好吃，一个人的饭量总是有限的。

“音竹，你以后要注意点，别和女孩子接触太多，不然很可能会再次出现今天这样的情况。”

苏拉眉头微皱，看着叶音竹。

“我会注意的。苏拉，我是不是很笨？”叶音竹脸上露出一丝苦涩的神情。

苏拉摇了摇头，柔声道：“不，你当然不笨，你甚至是我见过的最聪明的人。笨蛋能在那么短的时间内，从奥利维拉的讲述中学到那么多东西吗？只不过是你以前接触外界的机会太少了。这些会慢慢变好的，你也别太自卑了。”

叶音竹点了点头，道：“是的，我一定会变得越来越好的。苏拉，我决定暂时不上神音系的课程，先到图书馆去看书了。”

苏拉惊讶地道：“看书？”

叶音竹将今天西尔维奥对他说的话说了一遍。听了他的复述，苏拉不禁眉头紧皱，不解地道：“皇帝陛下到底要干什么？你不过是一个小小的魔法师，就算这次立下了大功，他也没必要对你这么好啊！更何况，你之前还冒犯了他的女儿。不对，这里面一定有蹊跷。”

叶音竹不以为然地道：“不会啊！我觉得西尔维奥叔叔人很好。你是不是想太多了？”

苏拉眼中光芒一闪，道：“或许吧。但是，帝王心并不是常人所能了解的。”

叶音竹道：“苏拉，你是不是不想让我去皇宫看书？”

苏拉摇头道：“不是的。西尔维奥说得没错，多看书是能让你尽快学习到知识，从而融入社会的最好方法。你就去吧，只要小心一点就好了。不过你不到神音系上课，一定要先和你们的妮娜主任说一声，我看得出来，她挺重视你的。”

听苏拉提到妮娜，叶音竹顿时想起一件事，说道：“对，我还真要去找妮娜奶奶一趟。”

苏拉惊讶地道：“现在？是不是晚了点？”

叶音竹道：“我想明天去皇宫里看书，还是现在去找妮娜奶奶吧。一会儿就回来，你先休息。”说完，他勉强将自己饭碗中的最后一点饭菜吃下，离开了宿舍。

听着叶音竹关门的声音，苏拉轻叹一声，自言自语起来：“西尔维奥不愧是米兰帝国有史以来最出色的帝王，居然现在就开始拉拢音竹了。在这一点上，他可要比死老头强多了。但是，音竹，这样对你来说，究竟是好还是坏呢？”

妮娜居住的地方也是一栋别墅，她的别墅比学员的要大一些，别墅门前还有一个种植着各种花草的小花园，非常别致。

“妮娜奶奶，您在家吗？”

“门没关，自己进来吧。”妮娜平淡的声音从房间中传出。

叶音竹走进别墅，只见妮娜正从楼上下来。

“妮娜奶奶，我回来了。”

妮娜眼中流露出一丝慈祥的光芒，微微一笑道：“坐吧，子爵大人。”

叶音竹尴尬地道：“您就别损我了。”

妮娜哼了一声，道：“还算你小子有点良心，一回来就先来看我了。这次的事你也不用说了，我都知道了。不错，你给我们神音系争了不少面子，但也带来了不少麻烦。现在学院里闹得最厉害的事，就是有不少魔法师想要转到神音系。弗格森院长已经找过我很多次了。”

叶音竹道：“妮娜奶奶，我暂时不想上课了，可以吗？”

妮娜一愣，道：“不上课？你是不是有些自满了？不错，你的琴魔法造诣很高，但是，你要知道，作为一名神音师，只有不断学习才能进步。”

叶音竹赶忙道：“不是这样的。”

于是，他将自己准备把大量时间放在读书上的事跟妮娜说了一遍。听完他的解释，妮娜的脸色才算好看了一些。

“既然如此，你就去吧。不过，仅限于这个学期，下个学期你还是要回来给我老老实实地上课。同时，你的琴曲也不能落下，每天的练习必不可少。”

“我会的。妮娜奶奶，我的空间戒指找回来了。”

“找回来了？”妮娜一时间还没明白叶音竹的意思。

光芒一闪，一封信从叶音竹的空间戒指中飘落出来，落在他的手上。他将信递到了妮娜面前。

妮娜的身体骤然一僵，信封上的字很少，写着“妮娜亲启”，落款是一个苍劲有力的署名：秦殇。

妮娜颤抖着手，缓缓地将信接了过来。多么熟悉的字体啊！是他，是他的信。妮娜小心翼翼地拆开信封，像是怕让信封有一点损毁。

从信封里面，她取出了只有一页纸的信。妮娜的身心因为这封信而静止了，她静静地看着，呼吸有些急促。因为精神力的波动，她身体周围的魔法元素变得有些乱。

很短的一封信，妮娜竟然看了足足半个小时。

“浑蛋！秦殇，你这个老浑蛋！”妮娜突然怒骂一声，吓了叶音竹一跳。

“妮娜奶奶，您为什么骂秦爷爷？”叶音竹惊讶地问道。

妮娜气息不稳地看着叶音竹，说道：“我骂他都是轻的，如果他在这里，我恨不得打死他。他把你甩给我，甚至一句问候都没有。浑蛋，浑蛋！”

她嘴里骂着，眼圈却已经红了，双手还做着和口中的话完全不相符的事——小心翼翼地将那封信收了起来。

“音竹，你看过这封信没有？”妮娜突然问道。

叶音竹摇了摇头，道：“这是秦爷爷给您的，我怎么能看！”

妮娜道：“那就好。你先回去吧，就按照你自己想做的那样去看书好了。”

“哦。”看到妮娜的情绪这么不稳定，叶音竹也不敢多留，赶忙走了。

看着叶音竹离开的背影，妮娜恨恨地自言自语道：“秦殇，你这老浑蛋。总有一天，我会和你算总账的。你不是想让你徒弟来神音系当老师吗？我不，我偏偏要让他当学员。哼，音竹可是我们神音系的骄傲。”

从第二天开始，从秋季保卫战中归来的学员们就恢复了正常的生活，只有一个人例外，那就是学院的焦点叶音竹。他没有再到神音系上课，每天都是大清早就离开了学院，直到很晚才会回来。只有极少数的人知道他干什么去了。

马尔蒂尼元帅在处理完了边疆的事务后班师回朝。但是，当他回来的时候，却吃惊地发现飘兰轩已经换了主人。安雅不见了，连她手下的服务生也都不见了。

所有人都不见了，没有留下一丝痕迹。最令人感到奇怪的是，飘兰轩中央的那棵大树也不见了。他哪里知道，安雅早已经拿着叶音竹的领主手令去了琴城。

叶音竹盘膝坐在地上，背靠着书架，正在仔细阅读一本吟游诗人所写的古籍。

他已经在皇家图书馆阅读近一个月的时间了，每天除了必要的修炼以外，叶音竹的全部精力都用在看书上了。他这么做不是为了找寻修炼方法，而是为了更加全面地了解这个世界。

原本的叶音竹堪比一张白纸，此时的他，就像一支神奇的画笔，正在以惊人的速度在这张白纸上增添色彩。他从最基本的书看起，在这一个月的时间里，他学到了太多太多的东西。

皇家图书馆比他想象中的还要大，一共有五层，除了他第一次来这里时看到的第一层以外，地下还有四层。难怪当时西尔维奥会说这里是大陆上最大最全的图书馆。

这里的书实在太多了。叶音竹虽然是挑选着看的，但到现在也只看了第一层的很小一部分书而已。

他把这里看作知识的宝库，他的心智随着知识的增长而逐渐成熟着，这一点连他自己都能感觉到。

脚步声传来，叶音竹下意识地抬头看去。能来这里的只有皇室成员，而米兰帝国的皇室成员少得可怜，所以平时这里都非常清静。

来的是费斯切拉，他的脸色显得很难看。他快步走到叶音竹身边，说道："音竹，别看了。快跟我走，我带你找个地方躲躲。"

"躲？为什么？你怎么不去上课来这里了？"叶音竹惊讶地看着他。

费斯切拉急道："我下午没课。你就别问了，跟我走吧。你遇到大麻烦了。这件事，连我父皇都没办法解决。他让我赶快带你到一个安全的地方去。"

叶音竹的好奇心一向很强，而且一旦沉浸在书里面，他就很难自拔。此时费斯切拉不让他看书，又不说原因，立马引起了他的不满。

“费斯切拉，你先把话说清楚了，我再和你走。究竟发生了什么事？我天天都来这里看书，会惹什么麻烦？”

费斯切拉翻了个白眼，道：“老大，求求你了，快跟我走吧，不然就来不及了。这件事你还是暂时不知道的好。”

“不，你不说我就不走。”叶音竹强硬地说道。

费斯切拉犹豫了一下，道：“好吧，那我就告诉你。还记得我们在科尼亚城，也就是现在你的领地琴城，面对那些兽人的时候，你是用了什么方法将兽人击溃的吗？”

叶音竹点了点头，道：“琴曲啊！”

费斯切拉苦笑道：“麻烦就出在你的琴曲上了。那天，你一首琴曲使得千龙齐爆，至今我都还记忆犹新。你的琴曲引起的可是龙爆啊！这个消息不知道怎么就传到了银龙城。现在银龙城来人了，说要带你回去问话。”

叶音竹眼中精光一闪，道：“是因为我威胁到了银龙？”

这一个月的书他可没白看，对外界的事已经了解了许多。

费斯切拉点了点头，道：“没错。换了我是龙族，恐怕也会对你忌惮得很。你才黄级就能让驯龙自爆了，要是你再厉害点，以后岂不是可以随便屠杀巨龙了？快跟我走吧，银龙城是惹不起的。父皇正在和来人周旋，我先带你藏起来，等银龙城的人走了再想办法。”

“想走吗？银龙城想要的人，还没有谁能藏得住。”清朗的声音突然响起，吓了费斯切拉一跳。叶音竹的目光也顿时变得专注了。

刹那间，两人都产生出一种错觉，似乎皇家图书馆里的魔法元素都突然活过来了，每一个魔法元素似乎都拥有了属于自己的生命，正欢快地跳跃着。只是一瞬间，整个皇家图书馆中的魔法元素强度竟然提升了一倍，甚至给人一种很黏稠的错觉。

什么样的力量能让空气中的魔法元素都发生变化？同样的情况叶音竹见过一

次，就是那次安雅姐妹对战的时候。空气仿佛将他的身体都完全定住了，让他甚至连动一下都变得困难了。

银色的六芒星毫无预兆地出现在皇家图书馆内，银光一闪，一道身影出现在这里。

空间系顶级魔法之一，瞬间转移。

那是一个年轻人，大约二十岁的样子，一头银色长发披散在背后，英俊的面容简直不像是人类所能拥有的。银色长袍覆盖了他的全身，虽然他的身材不是很高大，却能给人一种巍峨的感觉。最引人注意的，是他那双深紫色的眼眸。

紫眸中魔光闪烁，一瞬间锁定了叶音竹的身体。

“你就是叶音竹？”

叶音竹淡然道：“我就是。”

紫眸年轻人点了点头，道：“那就好。跟我走一趟。”

叶音竹皱眉道：“为什么？”

紫眸年轻人傲然道：“因为是我说的。”

叶音竹突然笑了，问道：“银龙城好玩吗？”

紫眸年轻人一愣，道：“你不怕？”

叶音竹淡淡地道：“我为什么要怕？难道银龙就是无敌的吗？”

紫眸年轻人大怒，道：“银龙在大陆就是无敌的。”

叶音竹不屑地哼了一声，说道：“如果你们是无敌的，那这个世界上就不会有黑龙城了。”前些天他看过一本书，里面介绍的就是龙崎努斯大陆上龙族的领地龙城。

在龙崎努斯大陆，一共有七大龙城，分别是银龙城、黑龙城、金龙城、红龙城、蓝龙城、黄龙城、绿龙城。其中，银龙、黑龙和金属龙是上位龙族，成年巨龙都能达到九阶。

黑龙虽然不像银龙那样拥有强大的全系魔法能力，但黑龙的肉体要比银龙强壮许多。而金属龙则是身体最强壮的龙族。至于红、蓝、黄、绿四龙城里面的巨龙，则属于下位龙族。这四种颜色分别代表着使用四种自然魔法元素的巨龙——红色是火龙族，蓝色是水龙族，黄色是土龙族，绿色是风龙族。

这七大龙城分别处于大陆的不同位置，就像法蓝一样，有着超然地位，毕竟任何一个国家都不愿意去得罪这些真正的巨龙。除了阿卡迪亚王国以外，剩余的七个国家分别与一个龙城结为了联盟。像米兰这样的第一大帝国，自然是和强大的银龙城结盟了。只不过能够得到银龙认可并成为银龙骑士的，却只有西多夫一人。

龙城与龙城之间的关系就像人类国家之间的关系一样，也会相互倾轧，并不团结。只不过龙城之间的争斗，并不是人类所能看到的罢了。

黑龙城与银龙城是死敌。银龙城的盟友是绿龙城、红龙城和黄龙城，剩余的两座龙城则和黑龙城是盟友。虽然黑龙和金属龙都是上位龙族，但银龙族一方有四座龙城，因此双方一直呈分庭抗礼之势，谁也奈何不了谁。此时叶音竹所言，正好触碰了面前这位化身为人的成年银龙心中的忌讳。

“你想找死吗？”不需要任何咒语，无数紫色风刃就出现在叶音竹身体周围，只要那紫眸年轻人意念一动，就会立刻向他射来。

“离杀，手下留情。”又是一个银色的六芒星出现在皇家图书馆内，只不过这一次来的是三个人。

为首者面容刚毅，同样是银发银袍、紫色眼眸，他的身材比那紫眸年轻人的身材高大许多，空气中的紫色风刃仿佛认识他似的，自行向周围散开了。在他身后，正是米兰帝国皇帝西尔维奥和帝国元帅西多夫。

“亚修斯，你让我停下？你知道他刚才说过什么吗？”离杀眼中的杀机极盛，随时都有爆发的可能。

被称为亚修斯的银发男子冷哼一声，说道：“别忘记了，我们银龙城和米兰帝国是合作关系，而这个年轻人又是米兰帝国的天才。这次长老是让你带他回去，而不是伤害他。”

听到“长老”二字，离杀脸上的神色明显出现了一些变化，他闷哼一声，空气中的紫色风刃这才消失。

西尔维奥有些为难地看着叶音竹，道："音竹，这次你恐怕要到银龙城走一趟了。不过你放心，你是为了帝国才弹奏了那样的琴曲，叔叔会为你据理力争的。"

叶音竹微微一笑，道："没关系，西尔维奥叔叔。我会去的，不过不是现在。"

离杀怒道："你想拖延时间吗？"

叶音竹道："因为我还有事情必须要做。做完这件事，我就和你走。"

离杀笑了，冰冷而残酷的笑声里充满了不屑。

"有什么事能比银龙城的召唤更加重要？叶音竹，如果你要践踏银龙城的尊严，那么，即使我们与米兰帝国是合作关系，我也随时可以将你击杀。"

西尔维奥向叶音竹连使眼色，示意他不要再激怒离杀了。

叶音竹似乎并没有看到西尔维奥的目光，反而转向西多夫，轻叹一声，道："这十天的时间并不是我需要的，而是我的学姐。十天后，我需要给她完成最后一次治疗。如果我走了，那么，她的脸就永远也无法治愈了。"

西多夫看着叶音竹那含有深意的眼眸，心中一动，问道："你的学姐叫什么名字？"

叶音竹淡然一笑，道："她叫海洋。"

听到"海洋"二字，西多夫顿时瞪大了眼睛，问道："你是说你能够治好海洋的脸？"

叶音竹微笑不语。

一旁的离杀并没有看出西多夫的异样。出身于银龙城的他十分骄傲，除了本族的龙以外，外界的一切他都不放在眼里。

"什么海洋、陆地的，你现在必须跟我走，否则别怪我不客气了。"

西多夫和亚修斯脸色同时一变。亚修斯低喝道："离杀，不要乱说话。"

离杀傲然道："难道我说得不对吗？亚修斯，你是不是在人类世界待太久，连我们银龙一族的尊严都忘记了？”

突然，紫光骤然一闪，奇异的一幕出现了，空气中原本如同黏液一般浓郁的魔法元素，竟然像是被利刃划开一般，朝两旁分开了，虚幻的身影瞬间从魔法元素中间的通道中穿越而来，一柄闪烁着强烈紫光的长剑直接架在了离杀的脖子上。

离杀只觉得自己全身一冷，他骇然发现，自己与魔法元素之间的联系竟然在刹那间完全被封死了，脖子上的丝丝寒气刺激得他一阵战栗，强烈的杀意像死神的呼唤一般笼罩着他的灵魂。

西多夫的眼中只有寒冷，他的剑虽然不宽大，但这柄名为水神的长剑，是真正的神器。

银龙固然强大，但主要依靠的还是魔法。在化身为人的情况下，被一名紫级六阶强者瞬间近身，即使是银龙，也无法抵挡。

西多夫距离离杀很近，他那冰冷的眼神令第一次离开银龙城的离杀感觉到了恐惧。

“米兰帝国愿意与银龙城合作，并不是因为害怕银龙城。今日你登门要人，在我王面前已经极为失礼。不要以为银龙就是世间最强大的生物。我告诉你海洋是谁，她是我唯一的孙女，我最疼爱的孙女。”

作为米兰帝国第一强者，西多夫的脾气甚至比马尔蒂尼的还要差得多。今天在来图书馆之前，离杀就已经叫嚣了好久，他早就有些忍不住了。

亚修斯身形一闪，来到了西多夫身边，赶忙道：“老伙计，别生气，我替他向你道歉。”

西多夫眼中锐光连闪，沉声向离杀道：“当年，我们全家都参与了银龙城与黑龙城一战，我的儿子和儿媳，在那一战中丧生。就连襁褓中的孙女，也受到了黑龙魔法的侵蚀，脸上留下了诅咒腐蚀的伤痕。你可以带叶音竹回银龙城，但那得是十天后。”

话音一落，西多夫手中的长剑突然消失，紫色斗气骤然迸发，强行将离杀的身体震飞了出去。

离杀在地上打了个滚才站起来，原本整洁的银袍顿时变得脏乱了。他呆呆地看着西多夫，突然“哇”的一声哭了出来。最令人惊讶的是，他的哭声竟然是女声！银光闪烁，离杀从图书馆消失了。

西尔维奥无奈地摇了摇头，道：“原来是条雌性小龙，难怪如此任性。”

亚修斯叹息一声，道：“这孩子是被大长老宠坏了。离杀的爷爷就是银龙城城主、银龙一族的大长老。真不知道为什么这次大长老会派自己的孙女来。”

西多夫恍然大悟道：“我说呢，你们银龙族虽然骄傲，但还算讲理。这个小龙女原来是银龙公主，难怪了。”

说到这里，他突然转向叶音竹，问道：“你真的能治好海洋的脸？”

叶音竹道：“我只有七成把握。现在就差最后一次治疗了，这次治疗完成以后，接下来就看学姐自己的恢复能力了。如果幸运的话，应该可以痊愈吧。”

此言一出，不仅西多夫十分吃惊，他一旁的银龙亚修斯也惊讶地张大了嘴，说：“这怎么可能？当初我发动了紫级光明治疗魔法都无法治愈她，你是怎么做到的？”

叶音竹道：“光明系魔法只能净化，却无法根除肌理中的诅咒与黑暗。想要治好学姐，就需要用庞大的生命气息，帮助她用自己的生机将那些诅咒和腐蚀彻底驱除。”

亚修斯眼中流露出若有所思的光芒，西多夫却喃喃地道：“这丫头，怎么没和我说起过呢？”

西尔维奥微笑道：“你天天都忙着军国大事，哪有时间顾得上孙女。音竹，你放心吧，叔叔一定会尽可能地护着你，银龙城最多也就是向你询问一下而已。你那能够引发龙爆的琴曲虽然会对龙族构成威胁，却并不只是能够影响银龙，不是吗？”

西尔维奥一行人离去了，图书馆内又只有叶音竹一个人了。此时叶音竹在思考着刚才西尔维奥临走前说的话，暗想：他在提示我什么？

叶音竹眼中一亮，他突然明白了，西尔维奥就是在暗示自己七大龙城之间的关系并不和谐。现在银龙城方面认为自己的琴曲会对龙族造成伤害，但只要自己表示这琴曲只会对黑龙城一方使用，恐怕银龙城的那些龙护着自己还来不及吧？姜果然是老的辣，西尔维奥一下就把最关键的地方点出来了。

叶音竹长出一口气，重新坐回地上。刚才在离杀准备向他发动攻击的时候，他已经做好了召唤紫的准备，所以才能有恃无恐地与离杀对峙。

虽然紫未必是离杀的对手，但紫能够驱使黄金比蒙，说不定也能召唤黄金比蒙来作战。只是比蒙一族毕竟是人类的敌人，不到万不得已，叶音竹绝对不会暴露紫和比蒙巨兽的关系。

叶音竹把书放在一旁，找了个舒服的姿势躺在地上。这些天，他学到的知识实在太多，对他的心态产生了不小的影响，再加上这几个月以来在米兰帝国的历练，现在的他已经不像刚离开碧空海时那样不谙世事了。

叶音竹除了看书，也一直都在努力修炼，但是，斗气的提升速度非常缓慢，不知道是不是因为他当初接受紫的力量以后提升得过于快速了，现在黄竹五阶似乎成了一个很难突破的瓶颈。倒是他的琴魔法的进步速度很快。尤其是在琴城弹奏那一曲《龙翔操》之后，他的精神之海有了很大程度的扩展。经过这一个月的修炼，他的精神力有了长足的进步，已经隐隐有突破剑胆琴心三阶的迹象了。

叶音竹随手从书架上抽出一本书，准备当作枕头用，好让自己更舒服一点。突然，叶音竹发现，自己拿出的竟然是一本《音乐基础理论》，不禁有种啼笑皆非的感觉。

看来，自己果然是学琴的天才，不然为什么随手拿的书都和音乐有关呢？

叶音竹翻开了这本书的第一页，上面只有简单的一行字——总纲：音乐，是一种特殊的艺术。物体通过不同频率的振动而发出的乐音在经过特殊的排列组合之后就形成了旋律，而音乐正是通过旋律来表达思想感情、反映现实生活的一种艺术。

什么是天才？天才就是能够从最细微、最普通的地方找到机遇的人，叶音竹无疑就是这样的人。

对于在琴曲演奏上不逊色于任何人的叶音竹来说，《音乐基础理论》根本没有什么意义。但是，就是这总纲上的一句话，让一个特殊的念头瞬间钻入了他的大脑深处。

“不同频率的振动，不同频率的振动……是啊！这才是音乐的根源。既然是这样，那么……”想到这里，他突然从地上爬了起来，眼中充满了兴奋和欣喜。他左手一挥，春雷琴已经出现在他双膝之上。他闭上双眼，右手轻叩，拨动第一根琴弦。

“嗡！”低沉的琴音在皇家图书馆内回荡。琴弦颤抖着，嗡鸣的声音通过琴箱传出来，形成美妙的音符。

叶音竹没有继续，只是用心聆听着，感受着琴弦逐渐减弱的振动，自言自语起来：“任何乐器，都是通过不同的方式令空气随着它的振动而发出不同的声音的。振动越剧烈，声音就越大。我的音刃不就是通过令斗气与琴弦保持同一频率振动而发出的吗？如果能让音刃在发出后，始终保持着较高的振动频率，那么它的速度就不会很快降下来，攻击的距离自然也会大幅度增加，那样一来，切割力自然也就增加了。”

想到这里，他猛地睁开了自己的双眼，眼中光芒大放。他抱着春雷琴，用最快的速度朝外面跑去。图书馆显然不是适合练习音刃的地方，他现在需要一个广阔的空间来证实自己心中的想法。

因为是下午，所以米兰城街道上的人很多，等叶音竹终于出城时已经过了一个多小时。毕竟，米兰城太大了。

天空阴沉沉的，厚厚的云层将阳光完全遮挡了，但这阴郁的天色并没有影响叶音竹现在的好心情，他甚至将自己要去银龙城的事完全抛在了脑后。只是他没有发现，一道银色的身影正跟随在自己身后不远处。

第四十章
银龙公主

出城以后，叶音竹就加快了速度。很快，他就来到了目的地——距离米兰魔武学院不远的一片空地。这里四周都是树林，人迹罕至，不容易被打扰。

他再次将春雷琴取出，双手抚弦，稳定了一下自己的心神。

不远处的一棵大树上，那银色身影的紫眸中露出几分惊讶。因为她突然发现，面前的这个少年在抚摸琴弦的瞬间，本身的气质发生了天翻地覆的变化。

先前见到的时候，他似乎是冷傲的，但此时此刻，他给人的感觉只有优雅高贵。他的双手轻抚琴上，每一个动作都是那么协调。他那专注的神情、英俊的相貌很容易给人留下深刻的印象。本来已经准备动手的银色身影不由自主地停了下来，心中甚至有些期待，想听他弹奏一首琴曲。

叶音竹并没有急于验证自己之前对音刃的想法。刚才的快速奔走令他的心神和呼吸都有些不稳定，他需要让自己的心弦与琴弦先融为一体，再进行那特殊的验证。

叶音竹轻拨琴弦，一首婉转抒情的琴曲飘然而出，这并不是琴宗九大名曲之一，只是一首普通的琴曲，纯粹就是用来陶冶情操的。虽然没有什么特殊效果，但这是秦殇最喜欢的一首琴曲，叶音竹同样也很喜欢。

他的左手四指仿佛粘在了琴弦上，右手四指兔起鹘落，飞快地带起一串清脆的琴音，优美的旋律清音袅袅。

琴音是细腻含蓄的，轻快的节奏带着回旋往复的缠绵，让那往心里去的吟哦竟然有种如泣如诉的意境。

树上那银色的身影呆住了，她从没想过音乐居然可以如此动听，令她的心弦也随之颤抖。

她看着那完全沉浸在弹奏之中的叶音竹，看着他脸上那专注而优雅的神情，不知不觉间，心中的怒火渐渐趋于平息。此时此刻，她只希望琴弦上的双手不要停，继续下去，继续让那美妙的琴音萦绕于这树林之间。

叶音竹伴着那缠绵的琴曲，轻声唱起来。他的声音并不圆润，却清朗得毫无杂质，就像他的琴音一样纯净。

北方有佳人，

绝世而独立。

一笑倾人城，

再笑倾人国。

宁不知倾城与倾国？

佳人再难得！

随着那句“佳人再难得”，这首并不长的曲子结束于琴歌那袅袅余韵之中。

叶音竹的双手轻柔地抬起，再轻柔地落下，仿佛春风一般，抹去了琴音的余韵。他的脸上露出一丝微笑，心中暗道：或许，这首曲子就是当初秦爷爷为妮娜奶奶所作吧。只是，为什么他们没在一起呢？

树上的银色身影完全陷入了一片痴迷，不是因为下面的人，而是因为那首琴曲与歌声。

“北方有佳人，绝世而独立。一笑倾人城，再笑倾人国。我就是来自北方，难道他是故意唱给我听的吗？难道他已经发现我了？好动听的琴曲，好美的歌词啊！”

叶音竹觉得自己的心神已经调整得不错了，略微思考了一下，抬起右手，竹宗斗气自行流转到指尖位置。他轻拨琴弦，顿时一道淡黄色的音刃飘然而出。就是那一瞬间，叶音竹将自己的精神力完全投入到音刃之中，感受着其中的奥妙。

他发现自己是在将斗气融入琴弦的瞬间，弹动琴弦发出的音刃。这样，就不会对琴音产生影响。

当音刃发出之后，斗气会随着琴音的振动而激荡，所以它才和其他的攻击截然不同。

以前他都只是单纯的练习，从来没认真考虑过这些。此时仔细探索，不禁更加佩服自己的秦爷爷了。想当初，这也只是秦殇的一个猜想啊！在并不拥有斗气的情况下，想出这种妙招来弥补神音师施法时间过长的缺点，秦殇果然不愧是一代大魔导师。

因为音刃的强度和很多因素有关，所以即使是使用不同的琴、不同的琴弦也会令音刃有差别。总的来说，音刃和琴、斗气、精神力以及斗气与琴音之间的振动有关。这些地方配合好了，才能让音刃产生一定的增幅，发挥出它真正的威力。

虽然叶音竹有斗气，还有竹宗的武技，但看了西多夫出击的那强横的一剑后，叶音竹才明白自己的近战能力有多差。他是神音师，不可能将大量的时间花费在修炼武技上，这一点秦殇早就告诉过他。修炼斗气只是为了辅助他修炼琴魔法而已。既然如此，他想要提升近战能力，就必须从提升神音师的能力上下手，而音刃正是最好的选择。

想要提升音刃的威力，前面三个因素基本都是固定的，只是琴有不同，这一点叶音竹无法改变。至于斗气和精神力，他都需要不断修炼，才能慢慢提升。而今天他发现的第四项因素，是不是改善音刃的关键呢？

想到这里，叶音竹又将这首曲子弹了一遍，只不过这一次他是注入了精神力在弹奏。

这首曲子注定只能抒发情怀，即使叶音竹在弹奏时注入了精神力，也只能增强它的感染力而已。

叶音竹现在要做的并不是练习弹琴，而是更好地感受音刃的奥妙。只见一道道黄色的弧形音刃，随着他的双手飘荡而出，音刃在空中飞舞，形成一道道柔和的光芒。

在具有一定频率的振动之中，音刃飞行的距离越远，光芒就越暗淡，振动的频率自然也会随之逐渐降低，直到光芒消失、振动停止，它也会完全失去威力。

自从叶音竹的斗气提升到黄竹五阶之后，他的音刃已经可以在三十米内发挥有效威力了。超过三十米，音刃的威力就会立刻降低，到了四十米的时候，音刃就已经完全消散了。

使用音刃的时候，斗气会随着音符而振动。因为琴音受到了斗气的影响，所以琴魔法笼罩的范围也会缩小。也就是说，音刃影响了音波散发的范围，斗气降低了音符振动的频率。

那么，如果让斗气和音符保持同等的振荡而发出呢？那样，不但音刃发出的距离和切割力会更加可怕，同时也能让琴音的扩散范围不受影响。

这就是那本《音乐基础理论》对叶音竹产生的影响，也是他会突然兴奋地跑到这里的主要原因。想到这里，他停止弹奏那首曲子，右手飞快地拨动琴弦，当一道黄色音刃骤然成形发出的瞬间，他的左手快速地在音刃上方弹动一下。

伴随着一声尖啸，低沉的琴音顿时变得高昂起来。音刃黄光大盛，光芒一闪，已经激射到百米之外的树林之中消失不见了。

音刃所过之处，七八棵大树倒了下来，切口如同被利刃斩断一般，极为光滑。

“太好了，成功了！”叶音竹兴奋地大叫一声。只是他的兴奋并没有维持太长时间，不一会儿，他脸上就出现了惋惜的神情。他摇了摇头，自言自语起来：“不，这样不行。虽然我可以在音刃形成的一瞬间通过斗气使它再次振动，但这样的话，我又怎么能完成琴曲呢？琴曲才是王道啊！看来，我的思考方法是正确的，做法却错了。”

“区区黄级实力，对与错又有什么意义呢？”不屑的声音响起，银光一闪，叶音竹身前已经多了个人，正是从银龙城而来的离杀。

“是你？”叶音竹心中一惊。离杀脸上已看不出哭过的痕迹了，虽然她嘴角处依旧带着一丝不屑，但现在看上去，她比之前在皇家图书馆的时候，神态平和了几分，紫眸中更多的是好奇。

离杀哼了一声，道：“叶音竹，今日我因为你而受辱，现在是你偿还的时候了。”

叶音竹双手按在春雷琴琴弦之上，故作惊奇地道：“今天你那应该是自取其辱吧。就算你想要报复，也应该去找西多夫元帅才是，和我有什么关系？”

“你！”离杀大怒，变得平和的情绪再次暴躁起来。一层紫蒙蒙的光晕随着她举手投足之间悄然出现，令空气中的元素波动顿时变得强烈起来，巨大的压力又一次笼罩着叶音竹的身体。

叶音竹没有动，只是说道：“如果我猜得没错，你是不会杀我的。因为我是你们银龙城要的人，对不对？”

离杀冷冷地道：“不错，我是不会杀你。不过我会让你生不如死。”

叶音竹苦笑道：“难怪我前几天在一本书上看到有句话叫作‘最毒妇人心’，果然没错。”

离杀一愣，说道：“最毒妇人心？和我有什么关系，我可不是妇人。”

叶音竹道：“你不是吗？成年巨龙至少也有上千岁。难道你还没嫁人？”

离杀似乎很重视这一点，身上散发出的压力减轻了许多，道：“当然不是。你看着。”

她身体周围的紫色光芒突然变得耀眼起来，浓郁的紫光顿时将她的身体完全包裹在内。从紫光的颜色深度就能看出，作为九阶魔兽的她，魔法实力至少相当于紫级五阶的人类强者了。

突然，紫光如同烟雾般散去，原本站在叶音竹面前的离杀变成了另一个人。

依旧是银发紫眸，面容和之前相似，只不过线条变得柔和了许多，那双紫色的眼眸看上去更加灵动，眉宇间英气逼人，容貌竟然不在香鸾之下。

紫雾过后，变化最大的并不是容貌，而是她的身体。作为女孩子，离杀已经很高了。修长的腿，配上她那独特的银发，顿时带给叶音竹一种惊艳的感觉。

不过也仅仅是一瞬间，叶音竹就已经恢复了正常，毕竟，同级别的美女他也见过几个，安雅和香鸾都不比面前的离杀差，只不过感觉略有不同而已。

离杀并没有注意叶音竹观察自己的目光，她指了指自己额头上一个银色的圆形印记，道："看到没，这是我们龙族逆鳞的象征。只要成亲之后，额头上这片逆鳞就会消失。我还是姑娘，可不是什么妇人。"

叶音竹突然发现，这个从银龙城来的银龙女孩儿虽然脾气暴躁了一些，却和自己一样，有些单纯。

"离杀小姐，那你想怎么惩罚我呢？"

离杀恨恨地道："很简单，我先把你打成重伤，然后再把你治好。绝对不会要你的命。如此几次，单是那些痛苦就足以让你生不如死。"

叶音竹无奈地道："你们龙族都只会欺负弱小吗？"

离杀不屑地道："你算什么弱小，一次弄死那么多驯龙！虽然我们从不承认驯龙是龙，但毕竟驯龙身上也流淌着部分龙族血脉。"

叶音竹摇了摇头，道："不，那并不是我一个人的力量。不如我们打个赌如何？你们龙族天生就实力强大，恐怕你刚出生的时候，实力就不止黄级。但我敢说，如果你只是使用和我同等级别的魔法，不可能战胜我。"

离杀怒道："你说什么？你的意思是，我们银龙一族对魔法的理解还不如你这个人类吗？"

叶音竹自信地笑了笑，仿佛是在说，我就是那个意思。

离杀愤怒了，从小到大，她还没被人如此轻视过，道："好，我就和你赌。不过，有一点我要提前告诉你，即便我和你使用同等的魔法，但以我的精神力强度，你的琴曲是不会有任何作用的。"

叶音竹有些惊讶地看着她，突然发现，这个银龙女孩儿也有着她的可爱之处，至少她是如此坦城。

“如果你输了怎么办？”

离杀不屑地哼了一声，道：“我不可能输的。”

叶音竹微笑道：“万一你输了呢？”

离杀毫不犹豫地道：“如果在同等级别的情况下你能战胜我，那就证明你是真正的魔法天才，但那是不可能的。没有任何种族对魔法的控制能与我们银龙一族相比。如果真的出现了那样的情况，我就做你的魔兽。”

叶音竹摇头道：“可是，我已经与别人签订了契约，无法让你成为我的魔兽了。”

离杀一愣，紧接着她笑了，道：“以你对魔法的认识，还想与我打赌吗？签了契约又如何，银龙一族除了平等契约以外，还有一个特殊天赋能力，就是灵魂依附。”

“灵魂依附？那是什么？”叶音竹确实不知道，不禁好奇地问道。

离杀道：“就是说，不需要签订契约，银龙就可以将自己灵魂中的一部分依附到某人身上，形成契约的力量。虽然主动权在银龙手中，银龙可以随时解除这个契约，但也能让被依附者在契约没有解除之前进行召唤。我们银龙一族最重承诺，即使是灵魂依附，也会像契约一样跟随终身。”

叶音竹眼睛一亮，如果能拥有九阶银龙，那岂不是一件非常美妙的事吗？他刚想到这里，就听离杀问道：“那如果你输了呢？”

叶音竹摊开双手，道：“如果我输了，随你处置就是了。”

离杀轻蔑地道：“你这样弱小的人类，能输给我什么？这样好了，如果你输了，就自愿让我抽离你的部分灵魂，成为我的灵魂之奴。”

灵魂依附叶音竹虽然没听说过，但这灵魂之奴他可是知道的。灵魂之奴比契约更加可怕，一旦成为灵魂之奴终身都要受对方奴役，无法违抗任何命令。主人死则灵魂之奴死；反之，灵魂之奴死，主人却没事，极其霸道。

此时叶音竹想到的不是自己，就算为了九阶魔兽，他也愿意赌一下。但是，他和紫有平等本命契约，如果输了的话，紫会不会也成为离杀的灵魂之奴呢？

离杀见叶音竹沉吟不语，不禁发出一串银铃般的笑声，嚣张地问道：“怎么？怕了？你是不是个男人啊？是男人就不要怕。”

叶音竹淡然道：“你管我是不是男人。既然如此，那么我们来吧。”

“好，我就勉为其难收你这个灵魂之奴。”离杀的紫色魔法力的颜色变化着，经过蓝、青、绿三色，一直变到黄色为止。随着魔法力的变化，空气中的压力也逐渐消失了，但各种魔法元素依旧极为活跃。

离杀刚准备动手，却被叶音竹阻止了：“等一下。”

“干什么？你要认输吗？”离杀眼中的轻蔑更多了几分。

叶音竹摇了摇头，道：“当然不是。既然你已经将自己的魔法力降下来要和我公平比试，那么我也不能占你便宜。我是魔武双修，虽然表面是黄级，但我的魔法已经相当于绿级中阶，而我的斗气是青级中阶。折算一下，你应该使用青级初阶左右的实力，这样我们的比试才算公平。”

离杀有些惊讶地看着叶音竹，第一次正视眼前这个英俊而优雅的少年，道：“违背彩虹规则，你是异端。你告诉我这些，不怕法蓝找你麻烦？”

对于违背彩虹规则的人，被法蓝统一划定为异端，而异端的结果往往只有一个，那就是死。

叶音竹微微一笑，道：“法蓝是不会知道的。如果你变成我的魔兽，又怎么会出卖我呢？”

离杀冷笑一声，道：“确实，如果你变成我的灵魂之奴，我是不会告密的。别人怕法蓝，我们龙族可不怕。七大龙城和法蓝七塔一向是平等的。”

叶音竹道：“如果法蓝七塔真的那么简单，那么法蓝那片大陆的中心地带就应该属于你们龙族了。开始吧。”

他已经想清楚了，今日一战不可避免，因为离杀是不会放过自己的。在等级相同的情况下，双方比拼的就是相互之间的技巧。

虽然琴曲或许对于拥有紫级实力的离杀没用，但叶音竹也有着自己的特殊能力。实在不行，就只有召唤紫了，总之，今日一战绝对不能输。反正离杀又没说自己不能召唤伙伴。

离杀动了，她虽然高傲，但是她的魔法天赋在同族中也是极为出色的，因此和叶音竹一样，她也认为自己今日一战是不可能输的。

因为她并没有告诉叶音竹，将紫级魔法力降到青级初阶后，她的所有魔法都是瞬发，而且，她的魔法强度虽然降低了，但魔法力的多少不会改变。

此刻离杀真想大笑一声，告诉叶音竹自己很有优势。

青光一闪，离杀已经从地面飘浮而起，正是青级魔法飞翔术。只是一瞬间的工夫，她就已经脱离地面，朝空中飞去，双手同时挥动。

各系魔法中速度最快的风刃，铺天盖地般朝着叶音竹攒射过去。

在离杀发动魔法的同时，叶音竹也动了，从地面弹身而起，飞速后退，一道碧绿色的光芒如同水波一般从他右手上蔓延而出，化为一道道碧绿光环将身体完全围绕在内。

叶音竹自知，想凭音刃对付离杀瞬发的大量风刃是不可能的，所以他使出了竹宗绝学——竹御。

充满了生命气息的碧丝，如同一片高傲而坚韧的竹林，将叶音竹的身体紧紧保护在内。风刃与碧丝碰撞，发出一阵噗噗之声，强烈的魔法和斗气波动，顿时掀起一片气浪，吹得周围的树叶都沙沙作响。

武技？

离杀嘴角露出一丝狡猾的微笑，心想：就算你能挡住我青级的魔法攻击又如何？你的斗气总是有限的，至少绝对无法和我紫级五阶的魔法力相比，我就是跟你耗下去也能耗死你。

离杀一边想着，一边飘浮在百米高空。水、火、土、风四系基础魔法，如同狂风暴雨一般朝叶音竹的身体冲击着。这是青级魔法师绝对无法做到的。

叶音竹的右手控制着碧丝，左手轻抚着琴弦，面对强敌，此时他的大脑一片清明。

在离杀攻击的一瞬间，他就明白了对方的用意。百米距离是他的音刃无法达到的距离，对手又是用青级的强度来发挥紫级的实力。这样被动挨打下去，恐怕自己连琴曲都无法完成，又如何能赢得了呢？

叶音竹的琴魔法是绿级中阶，自然挡不住青级魔法，更不用说是青级魔法如此密集的轰击了。话虽如此，但此时叶音竹眼中流露出的是无比坚定的目光。

乳白色的光泽从月神守护中激荡而出，好似感知到叶音竹有危险一般，自发地保护着他。月神守护作为神之守护三件套之一，和其他两件对比它似乎很普通，但是，它可以根据使用者本身的实力增强而释放出不同强度的防御力，可以说是神之守护三件套中最实用的一件。

面对离杀，叶音竹不敢大意。为了自己，也为了紫，他用出了在琴城面对数万兽人大军时也没有用过的能力。

叶音竹的左手瞬间探出，从小腿上摸出那个装有紫竹针的布囊，四指轻挑，三根长针到了手中。他一边控制着碧丝，一边毫不犹豫地将三根紫竹针插在了自己头上。

紫光一闪，紫竹针悄然而没，随后叶音竹眼底顿时闪过一道紫光，脸上露出几分痛苦的神色。他手上的碧丝略微一缓，险些被离杀的魔法攻进来。

由于碧丝幻化出的竹御光芒耀眼，再加上大量的青级魔法遮挡住了离杀的目光，所以她并没有看到叶音竹的动作。

叶音竹飞快地重复了三次之前的动作，同样是紫色的长针，只是扎入的地方略微不同。

眨眼间，九根紫竹针已经没入他头部，他脸上的平淡消失了，所有的表情也随之而去。先前的痛苦不见了，取而代之的，是一片冰冷。

碧光骤然收敛。就在离杀以为叶音竹坚持不住，要输的时候，月神守护瞬间光芒大放，像一个巨大的白色光球一样，迅速扩张到直径三米的范围。所有青级魔法轰击在上，也只能带起一圈圈白色的涟漪，根本无法攻入。

叶音竹抬头看向空中的离杀，淡然道："不错，以你的精神力，我的琴魔法不可能完全发挥作用。但是，也并不是没有作用，只是作用略小而已。现在就请你听我弹一曲《平沙落雁》。"

月神守护继续发挥出强大的防御作用，银光闪烁，保护着叶音竹。

当叶音竹坐下的时候，膝上的琴已经由春雷琴换成了海月清辉琴。一层淡银色的光彩缓缓地出现在他眼眸深处，八指齐飞，《平沙落雁》那美妙的旋律起起伏伏，绵延不断，优美动听。

这是离杀听到叶音竹弹奏的第二首琴曲，和之前听的那一首曲子完全是两个感觉。

之前那一首曲子仿佛要将她心中的情怀完全抒发一般，此时的《平沙落雁》却令她的心情变得越来越平和，就连手中的魔法也不禁发出得慢了一点。

虽然离杀奇怪叶音竹的月神守护为什么能挡住自己青级魔法的攻击，但她更惊讶叶音竹为什么要弹奏这首琴曲。这首曲子听上去，简直就毫无攻击性。不过她不得不承认，这首琴曲同样非常动听。

这是一幅怎样绚丽的画面啊！

空中，飘浮着一个绝美的银发紫眸少女，她的身体周围无数不同形态的青色光芒飞射而下，地面上却有着一个像巨大的棉花堆一样的乳白色光团，其中端坐着一个神色冷峻，气质优雅的英俊少年。这幅画面完美诠释了"玉律潜符一古琴，哲人心见圣人心"的感觉。

一圈圈深黄色的光芒，伴随着《平沙落雁》飘荡而出。当离杀感觉到有些不对的时候，骇然发现，自己竟然已经从百米高空下降到了二十米左右的高度，仿佛身体完全不受自己控制了一般。

《平沙落雁》，琴宗九大名曲之一，效果：禁空。

叶音竹在面对内斯塔的时候弹奏过这首琴曲。当时内斯塔的巨龙为五阶，相当于青级的水准，但在海月清辉琴的作用下，加上紫对巨龙的震慑，琴曲一瞬间就发挥了作用，使巨龙不能飞行。

当然，内斯塔的红龙远远无法和面前的成年银龙离杀相比。但是，现在的叶音竹也不再是那时候的叶音竹。

因为，他的精神力刚刚瞬间提升了三阶，由剑胆琴心二阶达到了剑胆琴心五阶，也就是相当于彩虹等级中的青级中阶水准。

再加上他修炼赤子琴心带来的好处和海月清辉琴的增幅效果，虽然无法将禁空效果完全发挥在离杀身上，但正像他所说的那样，无法完全发挥，并不代表没有效果。

所以，离杀的身体下降到了距离地面二十米的位置，再也无法高飞。也正是因为叶音竹精神力的突然提升，才令月神守护拥有了暂时抵挡青级魔法轰击的能力。

为了这场战斗的胜利，叶音竹使用了竹宗特殊的能力——九针激神大法。

通过九根紫竹针对头部九个不同穴位的刺激，使精神力通过生命气息的压缩瞬间升华，在短时间内将精神力提升三阶。本来是竹宗教给魔法四宗的辅助能力，但对于魔武双修的叶音竹来说，自然也是可以使用的。

当初叶离在将这个能力传授给叶音竹的时候告诉过他，除非是遇到无法抵御的强敌，否则绝对不能轻易使用，因为九针激神大法虽然可以瞬间提升实力，但副作用也是巨大的。

每使用一次，魔法等级都会下降一阶。要知道，魔法修为越高，提升就越困难，对于普通魔法师来说，或许经过数年修炼都未必能增长一阶。

如果不是因为双方的差距实在太大，叶音竹也不愿意使用这个能力。

身形一闪，叶音竹弹跳而起，将海月清辉琴瞬间收入空间戒指。《平沙落雁》虽然已经结束，但禁空效果可以持续十分钟以上。对于叶音竹来说，这十分钟就是决定胜负的关键。

眼看着叶音竹以闪电般的速度朝自己冲来，离杀不禁吓了一跳，不过，此时她的魔法能力才完全展现出来。

青光一闪，一面厚实的土墙突然出现在叶音竹面前，紧接着，离杀立刻在自己身上释放了一个光明系的神圣守护，充满神圣气息的光罩将她的身体完全保护在内。离杀身体原地一晃，在二十米的空中立马出现了数十个她，形成一个巨大的圆弧，令人难辨真伪。这正是空间系的镜影术。

镜影术并不可怕，毕竟在众多身影中只有一个是真实的。真正可怕的是，每一个影子都能使出真实的魔法。

铺天盖地的水、火、土、风、光明五系魔法，如同洪水一样充斥在空间的每一个角落之中，就像一个毁灭风暴，以叶音竹为中心疯狂肆虐着。

叶音竹在助跑之后，身体高高跃起，脚尖在试图阻挡他的土墙上用力一点，整个人都冲入了高空，毫不闪避地面对那庞大的毁灭风暴，口中大喝一声，道："真实之眼！"

一道黄色光芒出现在叶音竹的眉心之处，如同眼睛一样的形态，释放出耀眼的光芒。这正是精神系魔法，专门破除幻术的真实之眼。这个魔法，是他在弗格森赠送的笔记中学到的。

在毁灭风暴疯狂轰击月神守护释放的光罩之时，叶音竹也凭借真实之眼瞬间锁定了离杀真身所在的位置。

密集的轰击，如同冰雹洗礼大地。随着一声清脆的破碎声，月神守护的防御终于承受不住巨大的压力而破碎了，化为点点白光消失不见。

黄竹五阶斗气在沉默中爆发，那并不是竹御，因为一旦使用竹御，叶音竹必然会被魔法重新压回地面。此时他所用的，是竹攻。

无数道黄色竹影从碧丝上爆发，如同一个瞬间爆裂的光球，化为一道道绚丽的光芒朝四面激射而出。

月神守护破碎时带走了离杀大部分的魔法攻击，竹攻更是将剩余的魔法挡住多数，只有少量的魔法余波轰击在叶音竹身上，令他发出一声闷哼。

但是，叶音竹的目的也已经达到了。竹攻是无差别地朝四面八方发出，其中也包括地面。借助竹攻对地面轰击的反作用力，叶音竹的身体再次腾起向前冲，眨眼间已经到了离杀真身五丈之内。

“竹星寒。”

碧丝幻化出的所有光芒伴随着空间的压迫瞬间归一，露出了碧丝的本体。三丈长的碧丝，此时如同一柄笔直的利剑，带着叶音竹所有竹宗斗气的凝结体，化为一点碧绿寒星，直奔离杀胸前刺去。

第四十一章

银龙的灵魂依附

竹星寒是叶音竹学到的竹宗三式绝学中的最后一式，也是最强的一式。所有攻击化为一点，完全锁定对手，孤注一掷。此时，碧丝已经成为他手中的剑，无坚不摧的剑。

离杀有些慌了。虽然她对自己的实力有着充分的信心，但她清晰地感觉到了神圣守护不可能挡住那碧绿的星光。更令她惊讶的是，自己的身体竟然被叶音竹的精神力和斗气完全锁定，无法使用空间魔法的各种闪避技能。

无奈之下，青级魔法力被她瞬间释放到最大，以光明魔法为中心，五个分别代表着水、火、土、风、光明的光球顷刻间出现在她胸前。

“五元素，合！”镜影术所化幻影完全消失。离杀双手在五个光球两旁做出挤压的手势，在她强横的精神力作用下，本来毫不相干的五种魔法元素竟然瞬间融合成了一个五彩光球，挡在她胸前。

变异的魔法力完全质变，已经超出了彩虹等级的颜色范畴。

在离杀反应的同时，碧丝所化的星光仿佛没有受到任何阻力，直接就穿过了神圣守护的光幕，笔直地刺入那五种元素融合之球。

时间和空间在这一刻仿佛完全静止。三丈，就是叶音竹与离杀此时的距离，也刚好是碧丝的长度。

在距离地面二十米的空中，两人就那么彼此对视着，双方的能量也都提升到了极限。

无坚不摧的碧丝此时完全显示出以点破面的威力，在那五种元素融合的球中竟然缓缓地前刺，以音波般的震动切割着前方的阻碍。

离杀眼中紫光大放，尖声喝道："叶音竹！"

银龙不愧是除了暗魔系以外的全系魔法师。在使用五种魔法元素的同时，离杀竟然用出了精神系的精神穿刺。

即使叶音竹已经用九针激神大法将自己的精神力提升了三阶，在离杀那本源为紫级五阶的精神力释放的魔法攻击面前，还是不禁眼前一白，出现了片刻的失神。

借着叶音竹短暂的迟滞，离杀大喝一声，双手带着浓郁的魔法元素全力上托，将那五种元素融合之球甩向高空，自然也甩开了那充满强大穿刺能力的竹星寒。

仿佛是找到了一个宣泄的出口，不论是离杀的魔法，还是叶音竹的斗气与精神力，在这一刻完全爆发。

在强烈的轰鸣和疯狂的魔法元素作用下，两人的身体瞬间倒飞而出。

在身体被抛飞的一瞬间，叶音竹只有一个想法，那就是绝对不能再让离杀拉开距离。因为他深知跟银龙比后劲，自己肯定是没有一点机会的。

叶音竹将飘荡而起的碧丝瞬间收回，在身体后飞的同时脱手而出，碧丝像一条碧绿的竹叶青追向离杀的身体。与此同时，叶音竹左手抬起，一道银色的丝线快速射出，奇异地追上了空中的碧丝。银丝与碧丝首尾两端缠绕在一起，形成了一条长度超过十丈的丝线。

离杀只觉得腰上一紧，就被那如同毒蛇一般的碧绿丝线缠绕上了。

紧接着，她后飞的身体在碧丝的大力拉扯之下立刻改变了方向，如同乳燕投怀一般，朝着叶音竹飞去。叶音竹借助这一拉之势，止住了自己倒飞的身体，向着离杀冲去。

那碧绿与银色组成的长线，成为他们之间的纽带。眼看着两人距离越来越近，离杀不禁心中大惊，手中幻化出一道锐利的风刃朝碧丝上斩去。

可惜她斩的不是银丝，因为那银丝只是普通的琴弦而已。

没想到那碧绿的丝线除了充满澎湃的生机之外，还极其坚韧。随着碧绿的光晕荡起，风刃应声而断，不但没能奈何碧丝，自己反而破灭了。

眼看距离离杀越来越近了，叶音竹冰冷的脸上不禁露出一丝微笑，右手前探，朝着离杀的肩膀处抓去。

离杀厉喝一声，道："你找死！"

数团氤氲的魔法光芒瞬间亮起，即使是瞬发魔法，在刚受到巨震的情况下立刻发动，恐怕也只有银龙能够做到了。

在面临危机的同时，离杀的魔法控制已经有些超越青级初阶的水准了。此时，她看到了叶音竹脸上的诡异笑容。

所有魔法在袭上叶音竹身体的瞬间，突然被一团金色光芒抵消了，而下一刻，叶音竹已经来到了她面前。

生命守护？没错，就是生命守护！在最关键的时刻，叶音竹发动了这保命的技能，强行抵消了离杀的最后一波魔法攻击。

叶音竹有力的大手，一下子就抓住了离杀的左肩。在距离近的情况下，他眼中光芒大放，瞬间发出一道精神穿刺。

弗格森的笔记叶音竹可不是白看的，以他的领悟力，自然学到了一些有用的精神系魔法，虽然不是很强，在关键时刻，却起了作用。

离杀的精神微微停滞了一下，她没有及时释放出护身魔法，而两人的身体此时已经极其接近了。

龙族的自保意识令她抬起双手，直接按上了叶音竹的胸膛。

银龙的肉搏能力差，并不代表就没有肉搏能力。

离杀毕竟是龙，而龙的身体，比人类强大得太多太多。

"砰！"

叶音竹全身一震，脸上涌起一片潮红，清澈的黑眸中闪过一片紫气，但离杀的双掌并没有将他震开。

叶音竹将银丝收回，同时将碧丝上带，缠向离杀的双手。

离杀只觉得自己的双掌仿佛按上了金铁一般，被震得生疼。一股令她感觉到恐怖的气息从叶音竹身上喷涌而出，而下一刻，她的双手就被碧丝缠绕上了。

叶音竹用力一带，强行将她搂入自己怀中。

为了能够完全封印住对手的反击，叶音竹不得不这么做。

竹宗斗气喷薄而出，将两人的身体同时包裹在内，强行切断离杀与空气中魔法元素的联系。

离杀的飞翔术失效，叶音竹前冲的力也渐渐消失了，于是他就那样抱着离杀从二十米的空中跌了下来。

离杀毕竟是女孩子，情况危急，她不禁惊呼一声。

叶音竹抱住离杀，只觉得一股股充满魔法气息的反抗力不断从离杀身上发出，致使他不得不紧紧地搂住她，以免被她挣脱。

“轰！”

身体重重地摔落在地面上，令离杀眼前一黑，险些晕过去。但是，此时她心中无比惊讶，因为从空中跌落的一刻，她清楚地看到叶音竹先是带着自己转了一圈，然后用他的后背着地。

叶音竹在身体重摔在地面上的时候，眼中紫雾顿时喷涌了一下，全身上下都冒起一层紫气。

由于从高空摔落，离杀并没有发现叶音竹的异样，但是她能感觉到叶音竹身上那种可怕的气息瞬间变强了几倍，使她自身散发出的魔法抗拒立刻减少了许多，她全身一软，伏在叶音竹怀中。

叶音竹偏过头，“哇”的一声，喷出一口鲜血，脸色变得一片苍白。他一只手紧紧搂着离杀，另一只手迅速点向自己眉心处。

九道紫光同时激射而出，在他左手四指的收拢下，九根紫竹针便被收回。

九根锐利的长针抵在离杀的咽喉处，叶音竹有些喘息地说道：“你输了。”

“你……”离杀感觉得到，那九根闪烁着淡淡紫色光晕的长针，绝对拥有破开她魔法防御的能力。在叶音竹的斗气灌注之下，自己也无法抵御它的穿刺，尤其是在身体被完全锁定的情况下。毕竟，银龙不是金属龙，肉体防御能力还是比其他龙族要差许多。

大滴大滴的汗水顺着叶音竹额头处流淌而下，短暂的交锋，已经令他耗费了全部心力。九针激神大法留下的后遗症正在飞快地吞噬着他的意识，巨大的痛苦令他的身体不禁一阵痉挛。

叶音竹猛地一翻身，搂着离杀站了起来。

叶音竹收回紫竹针，右手一甩，碧丝带着离杀的身体像陀螺一样旋转几周，飘荡到了三丈之外。

离杀只觉得一阵眩晕，脑海中不断出现各种念头：我输了？我竟然输给了一个远远不如自己的人类？不，这怎么可能？我怎么可能输给他？

之前战斗的一幕幕不断在离杀脑海中重现，一切都是那么自然，她似乎并没有任何失误，但还是输了。

身上的青光重新变回紫色，空气中的魔法元素又一次浓郁起来。离杀满脸杀机地抬起了自己的右手。

她的内心正在极度挣扎之中，想着只要自己现在杀了他，就没有人会知道自己曾经输给他。以叶音竹的实力，根本无法抵挡自己紫级的魔法攻击。或许，只需要一个最简单的魔法，就能将他彻底解决。

叶音竹脸上尽是痛苦之色，此时的他连说话都已经变得困难了，但是他那双黑色的眼眸，依旧死死地盯着离杀，坚定而执着地看着离杀的紫眸。

即使他的身体已经因为精神力的过度透支而极为虚弱，但他的腰杆依旧挺得笔直，就像一根孤傲的竹。

离杀的手还是挥了下去。一团耀眼的紫光从天而降，化为直径一米的光柱，将叶音竹的身体完全笼罩在内。是毁灭吗？不，那并不是毁灭的光芒，而是光明的力量。

暖融融的元素不断涌入叶音竹体内，他的身体仿佛得到了最大的安慰，顷刻之间，所有的伤痛如同抽丝剥茧一般悄然消失了。

除了九针激神大法产生的后遗症以外，叶音竹的身体竟然在一瞬间完全恢复了，包括他之前消耗的大量斗气。

“神圣守护之大恢复术！”叶音竹有些惊讶地看着离杀。

离杀嘴角微微上翘，俏脸上满是倔强的神色，道：“龙族永远不会不遵守自己的承诺。输了就是输了。我想问你一个问题。”

叶音竹点了点头，道：“你问吧。”

离杀的目光变得柔和了几分，她问道：“为什么刚才从空中摔落的时候，你要用自己的身体坠地？如果不是那样，你也不用受伤了。你就那么肯定我会认输吗？”

叶音竹轻叹一声，道：“虽然你是龙族，但毕竟是女孩子。如果不是你苦苦相逼，我甚至不会和你动手。我既然已经赢了，又何必要伤害你呢？前几天我看过一本书，上面说，男人就应该有绅士风度。”

离杀咬了咬下唇，道：“你这个浑蛋。”

一团紫光从她眉心处迸发而出，以肉眼难辨的速度瞬间涌入叶音竹眉心处。

叶音竹只觉得眼前一暗，自己仿佛进入了一个紫色的世界。之前使用九针激神大法产生的精神力空虚的感觉瞬间消失，精神之海反而变得充实起来，庞大的精神气息令他精神烙印中多了些什么。

一道桥梁般的联系瞬间在两人脑海中建立，虽然不像他和紫之间的联系那样清晰和坚实，但这道桥梁，让他感觉到了魔法气息的强势。

“大浑蛋，十天后我再来找你。虽然你能召唤我，但你别指望我会帮你做什么。”声音逐渐远去，当最后一个字在空气中消失后，叶音竹才重新恢复了清醒。

周围依旧是茂密的树林，天也依旧是那么阴沉沉的，小雪片从空中缓缓地飘落，使空气变得清新了许多。

离杀虽然已经消失了，但叶音竹的耳边还回荡着她那怨愤的声音。叶音竹喃喃地道："为什么她在骂我是浑蛋的时候，语气和妮娜奶奶骂秦爷爷时那么像？"

叶音竹甩了甩头，微微一笑，心中感叹：今天的收获实在丰富，不仅找到了提升音刃威力的方法，还得到了成年银龙的灵魂依附。灵魂依附除了令自己拥有召唤离杀的能力以外，更直接的好处是，抵消了九针激神大法的副作用，甚至还帮助自己冲破了剑胆琴心二阶的瓶颈，达到了三阶水准。银龙的精神力，果然强大啊！离杀虽然高傲了些，但感觉上，她还是一个好姑娘。刚才坠地前那一刻，自己的身体仿佛变得坚硬了，那是紫的力量吧？那时自己背后好像出现了一层紫色的晶体，所以从二十米的空中跌落后还能制服离杀。

被离杀打扰后，叶音竹也没有心情再练习音刃了。飘身而起，直接朝着米兰魔武学院而去。

一间完全封闭的密室。

密室的四面墙壁上，各自镶嵌着一颗暗蓝色的宝石，散发着幽幽的光。虽然这里的温度并不低，但仍让人感觉很冷很阴森。

密室一侧的墙壁前有一张巨大的椅子，一个高大的男子坐在那里。因为光线很暗，所以无法看清他的相貌，但此时他的右手，正在有节奏地敲击着椅子的扶手。

椅子前跪着另外一个人，身体被蓝色斗篷包裹着，样子很恭敬。

"主人，我们的第一批礼物已经送到雷神要塞了，古蒂很满意。只是古蒂依旧对上次的事情耿耿于怀，让我们给它一个交代。您看……"他一边说着，一边缓缓地抬起头，正是在雷神要塞中帮雷神部落酋长古蒂出谋划策的那个魔法师埃莫森。

"这件事已经查清楚了。"端坐在椅子上的高大男子淡淡地说道，他的声音很低沉，听上去虽然并不苍老，却给人一种非常压抑的感觉。

“你回去告诉古蒂，这次的事只是一个巧合，并不是我们的秘密泄露了，而是米兰魔武学院的一批学员正好在科尼亚城历练，其中一名一年级的神音师通过一些特殊的方法，强行提升了实力，以特殊的魔法方式令自己这边的驯龙自爆，才产生了那样恐怖的杀伤力。”

“神音师？”埃莫森惊讶地看着高大男子。

“怎么，你小看神音师吗？和兽人比起来，波庞王国更加倒霉。阿卡迪亚王国出现了一名真正强大的神音师，令波庞的十万大军几乎全军覆没。

“一直被忽视的神音师，才是最适合战争的魔法师。我们的人已经开始研究了。古蒂想让我给它一个什么交代？我给它的东西已经够多了。你告诉它，既然是合作，双方就都要拿出诚意。第二批礼物很快会送过去。”

“可是，主人，古蒂会满意我们的交代吗？不如我们抓来那个米兰魔武学院的学员交给它如何？”埃莫森有些担忧地说道。

“它会接受的。我们给它的，都是它最需要的。而且，这还只是个开始。那个学员自然是要抓，却不能交给它。那人才不到二十岁，就能够令驯龙自爆，就算那人的实力还不够，至少也是个天才，这样的人正是我所需要的。你明白了？”

埃莫森恍然大悟，忙道：“主人英明。”

高大男子挥了挥手，道：“你下去吧。你要时刻注意其他两个部落的动向，等稳定了与雷神部落之间的合作，就要和另外两个部落沟通了。

“兽人拥有得天独厚的条件，身体素质比人类强得多，是天生的战士，用得好，兽人就是一柄锐利的尖刀。因为兽人不如人类聪明，所以用利益打动兽人是很容易的事。”

埃莫森恭敬地道：“是，尊敬的主人。”说完，他起身慢慢地后退。当他退到另一面墙壁的时候，一道暗蓝色的光芒突然从墙上的宝石中释放，包裹住他的身体，光芒一闪，埃莫森便消失不见了。

高大男子的手依旧在扶手上缓缓地敲击着，他问道：“黑天在吗？”

“我一直在。”一个修长的身影悄然出现在密室阴暗的角落中。

“去抓那个神音师的人派出了吗？”高大男子问道。

“得到消息后就已经派出去了，而且派出去的都是我最得力的手下。你放心吧。我可不希望被银龙城那个老家伙抢了先。”

高大男子点了点头，道：“那就好。这个人对我们很重要，不论他与阿卡迪亚王国的那名大魔导师级别的神音师是否有关，我们都必须要得到他。

“就算不能为我所用，也绝对不能留给米兰帝国。只是我很奇怪，科尼亚城一战之后，那些比蒙巨兽到什么地方去了。那可是接近雷神部落三分之一的比蒙了。”

黑天淡淡地道：“这件事我也派人去查过了，但没有任何消息。那些比蒙巨兽仿佛从人间蒸发了，一点痕迹都没有留下。

“我实在判断不出比蒙巨兽去了什么地方。就算普通比蒙在龙爆中死去，黄金比蒙应该不会有事的，更何况那次的统帅是黄金比蒙中有名的强者，狄斯和帕金斯。

“但是，如果比蒙巨兽没有死，会去了什么地方呢？即使是古蒂想要命令比蒙巨兽也需要商量，作为九阶巨兽，又有什么人能将比蒙巨兽抓走？那么多比蒙巨兽，并不是一个小数目。”

高大男子突然道：“空间戒指。会不会是我给雷神部落的那十枚空间戒指？当时在龙爆的情况下，比蒙巨兽大多受了伤。眼看事不可为，如果立刻撤退的话，狄斯和帕金斯完全可以利用那十枚空间戒指将自己的族人带走。

“虽然空间戒指内是没有空气的，但以比蒙巨兽天生强大的身体，短时间内处于空间戒指中不会有什么问题。或许是因为伤势过重，比蒙们觅地疗伤，才没有返回雷神部落呢？”

黑天颔首道：“这倒是有可能。但是，现在过去一个多月了，如果是疗伤，以比蒙强大的自愈能力也应该回去了。这件事交给我吧，我会再仔细查查。”

高大男子点了点头，道：“黑凤凰那里有什么消息传来？”

黑天道："上次传来消息后，她就没和我联系过了。看得出，她对我们还是有很强的抵触情绪。如果黑凤凰真的成功杀掉西尔维奥，你会让她接替你吗？"

高大男子的声音骤然变冷，他说道："这是我的事，你还是不要多问了。转告黑凤凰，如果没有机会的话，就让她回来吧。不论怎么说，她毕竟是我的女儿，我不希望她受到任何伤害。"

黑天不屑地哼了一声，说道："你早已深深伤害过她了。有的时候，我觉得你真的很虚伪。"

高大男子猛地从座椅上站了起来，强烈的紫光从他身上骤然爆发出来，他问道："黑天，你想和我打一场吗？"

黑天冷笑一声，道："不，当然不。毕竟我们是站在同一战线上的。其实，我只不过是说了一句实话而已。"

黑影一闪，黑天像之前的埃莫森一样，悄然隐没于墙壁处。

随着强烈的紫光逐渐收敛，高大男子眼底闪过一道如同寒冰一般的光。

"你们都在啊！"叶音竹一回到宿舍就惊讶地发现，不仅苏拉回来了，香鸾和海洋也都在，三个人正坐在一起聊着什么。

一看到叶音竹，香鸾赶忙站了起来，关切地道："音竹，你没事吧？我听说银龙城的人来找你麻烦了。"

叶音竹微笑摇头道："没事啊！西尔维奥叔叔很关照我，不会有事的。十天后，我会到银龙城走一趟。"

香鸾有些惊讶地问道："十天后？银龙城什么时候变得这么好说话了？"

叶音竹目光转向海洋，道："这都要多谢西多夫元帅，是他震住了对方，才能给我争取这十天时间。海洋学姐，你不会怪我把给你治疗的事告诉西多夫元帅吧？"

海洋冰雪聪明，自然明白叶音竹为什么要多留十天，轻轻地摇了摇头，道：

“我怎么会怪你呢？”

与最初认识时相比，海洋的冰冷比以前少了许多许多，虽然依旧是那副打扮，但现在的她变得自信了许多，脸色也不像以前那样苍白了。

经过不断治疗，她脸上那片被诅咒腐蚀的伤痕虽然没有消失，却不像以前那样毫无知觉，现在她脸上的每一个细胞仿佛都被激活了，经常会出现各种不同的感觉。

海洋确实很坚强，不论是痛、麻、酸、痒，她都独自忍耐着。这一点令了解她感受的叶音竹不禁大为佩服。

叶音竹道：“还差最后一次治疗，这一次和之前会有些不同。我会以紫竹针，通过斗气的作用，将你脸部被激活的毒素完全排出，并注入更强的生命气息，让你脸部的伤痕能够自行恢复。

“最后一次施针后，你可能要一个月左右的时间才能愈合。到时候效果怎么样，我现在还不能保证，但从之前激活的情况来看，还是很有可能恢复你本来的容貌的。”

海洋微微一笑，用清澈的大眼睛看着叶音竹，道：“不论是否成功，我都谢谢你的帮助。将来如果你有什么需要我帮忙的地方，我一定不会拒绝。”

叶音竹眉头微皱，道：“学姐，我们是同学，也可以算是朋友吧。相互帮助何必要用这种利益交换的方法？”

海洋愣了一下，俏脸微红，道：“我、我不是那个意思，你别误会。”

一旁的香鸾扑哧一笑，道：“那你是什么意思啊？”

海洋急道：“香鸾姐，你怎么也取笑我？”

叶音竹道：“海洋学姐，还有九天，就要进行最后一次施针了。因为这最后一次非常重要，施针时我不能受到任何打扰，所以在施针的过程中只能我们两个人在。

“我会请苏拉为我们护法。有一点我要事先提醒你，在施针的过程中，我可能会需要在你身上更多的位置下针，希望你有个心理准备。”

“啊？”听了叶音竹的话，海洋不禁大吃一惊。她看着他，脸色顿时变得更红了。

香鸾双手叉腰，瞪着叶音竹道：“臭小子，你不会是想占海洋的便宜吧？”

叶音竹正色道：“香鸾学姐，我是那样的人吗？只是因为最后的毒素排除，需要通过全身经络，所以我必须要不断变换下针的位置才能成功。”

香鸾上下打量着叶音竹，虽然心中是相信他的，嘴上却不知道为什么有些故意刁难地道：“那可难说。”

海洋轻轻地拉了拉香鸾的衣袖，道：“香鸾姐，我相信他。”说完这句话，她赶忙低下头，不敢去看叶音竹。

香鸾叹息一声，似笑非笑地看着海洋，道：“女大不中留啊！看来，我的小海洋也是动心了。”

叶音竹尴尬地看着她们，一时间不知道该说什么好。

他看过爱情小说，大概也知道了些纯真感情的故事。

他见过的美女也不少，香鸾也好，海洋也好，甚至是安雅，他心中都有好感，但他对她们都没有那种爱情小说中所说，一见面就心跳加速，仿佛触电般的酥麻感。

他毕竟不到十七岁，对于爱情还处于很懵懂的年龄，不像女孩子成熟得早。

苏拉咳嗽两声，问道：“学姐要留下吃饭吗？”

海洋赶忙站起身，道：“不了，我们要回去了。”

香鸾向叶音竹做了个鬼脸，这才追上海洋。

当海洋走到门口的时候，突然停下脚步，头也不回地道：“我九天后还来这里找你。”说完，立刻逃跑似的出去了。

叶音竹朝她们离开的方向喊道：“记得中午来，那时候阳气旺盛，最适合下针。”

苏拉缓步上前将门关好，背对着叶音竹道：“你究竟是喜欢海洋还是香鸾？总不能两个都喜欢吧？我看得出，她们都对你很有好感。”

叶音竹愣了一下，道：“我自然是都喜欢了。”

苏拉猛地回过身，眼中尽是惊愕和冰冷，他怒道：“都喜欢？叶音竹，没想到你居然是这种人。”

叶音竹莫名其妙地道：“苏拉，你怎么了？脸色这么难看。你说我是哪种人？”说着，他来到苏拉身前，右手按在苏拉冰冷的额头上，道：“没发烧啊！不像是在说胡话。”

苏拉一把拍掉叶音竹的手，激动地道：“你！一个人的心是有限的，你怎么可以同时喜欢两个女孩子？这样的话，她们谁也得不到幸福，只会因为你而痛苦。”

叶音竹呆呆地看着苏拉，说道：“你想到哪里去了？我说的是朋友之间的那种喜欢啊！我喜欢她们，也喜欢你，喜欢我所有的朋友啊！

“难道你说的是男女之间那种？那是爱，不是喜欢。天啊！苏拉，你思想太复杂了。我才十六岁。”

苏拉冷笑着道：“装，继续装，在我面前你还要装吗？难道你对香鸾和海洋就一点那种感觉都没有？怎么说香鸾学姐也是我们米兰魔武学院第一美女。”

叶音竹无奈地道：“香鸾学姐确实很漂亮，但不知道是因为我年纪太小，还是其他什么原因，刚认识她的时候，我确实被她的相貌吸引过，但是，大家越来越熟以后，在我眼中，她和你一样，也是我的朋友啊！我对她并没有爱情小说中所说的感觉。至于海洋学姐，我只是觉得她很可怜。从小就被毁了容，这对一个女孩子来说，打击多大啊！

“所以，我一定要尽全力帮她，希望她能像香鸾学姐那样，每一天都开心快乐。不过，苏拉，你似乎对感情的事很了解啊！”

苏拉脸一红，他低下头，眼底闪过一丝喜悦，道：“了解什么？我们是朋友，我只是不希望你脚踏两条船而已。”

叶音竹没好气地道：“你这样污蔑我，是不是该惩罚一下？”

苏拉抬头看向他，扑哧一笑，道：“惩罚什么？”

叶音竹嘿嘿笑道：“这样好了，以后我的衣服也归你洗了。我是不是很大度？”

苏拉一脚踢向叶音竹的小腿，吓得叶音竹飞速后退。

苏拉瞪了他一眼，道：“音竹，你学坏了。看来，在皇家图书馆中，你一定没看什么好书。”

“冤枉啊！我这不是一直都在学习各种知识嘛，人际交往也是其中之一啊！你要是不愿意就算了，我自己洗。”

苏拉撇了撇嘴，有些无奈地道：“怕了你了，反正我也早就成了你的管家，我洗就我洗吧。我先去做晚饭。”

叶音竹有些惊讶地看着苏拉。他其实只是开玩笑而已，没想到苏拉竟然真的答应了，叶音竹不禁赞叹道：“苏拉，有的时候我真的觉得你是一个完美的人。如果你是女孩子的话，那我一定不会放过你的。书里面说‘娶妻娶德’，要是有你这么一个妻子，那我可要幸福死了。”

第四十二章

光明与黑暗的禁咒

“呸！你那是娶妻还是娶小奴隶啊？真不知道你什么思想。来，你也到厨房来，我还有话问你呢。”苏拉一边说着，一边走进了厨房。

叶音竹来到厨房前，倚靠着厨房门，道：“还要问什么？”

苏拉道：“你对银龙城了解吗？”

叶音竹道：“大概的情况都知道。银龙城是七座龙城之一，具体位置虽然说不准，但肯定在米兰帝国境内。

“银龙城与米兰帝国是战略合作关系。在七大龙城中，银龙城应该和黑龙城以及金龙城的实力相差不多。我知道的大概就这些了。”

苏拉道：“七大龙城就像龙崎努斯大陆上的人类势力一样，也分成两派，分别以银龙城和黑龙城为首。

“这次银龙城找你去，无非是要看看你的力量能否为银龙城所用，帮助银龙城对付黑龙城。

“银龙这边一向是以数量取胜，而黑龙和金属龙一方，在个体实力上则要超过银龙。所以，银龙一直不敢对黑龙一方发动强势攻击，就怕被对手逐个击破。

“音竹，这次你一定要小心一些。不如我跟你一起去吧，毕竟，我也是银龙骑士，有权前往银龙城。”

叶音竹摇了摇头，道："不用了，银币还小。虽然有逆鳞证明，但我觉得你还是先不要接触银龙城的人比较好。那些银龙似乎都很高傲，可不是好打交道的。你放心，这次我会小心的，实在不行，我也有办法逃走。"

还有什么比平等本命召唤更容易逃脱的呢？只要感觉不妙，他随时可以通过精神联系让紫将自己召唤走。

当然，叶音竹相信自己不太可能会遇到这种情况。

苏拉一边和叶音竹说话，一边做饭。他的动作很麻利，一点也不拖泥带水，一会儿的工夫，整个厨房都充满了饭菜的香气，不禁令叶音竹食欲大开，就差流口水了。

"好啦，你先出去吧，这里油烟重。"

苏拉将叶音竹推出厨房，就在他准备转身回厨房的瞬间，突然，他飞身扑向叶音竹。

没等叶音竹反应过来，两人就已经滚倒在地。

一团强烈的黑色气流冲破窗户，瞬间弥漫在房间中。虽然那团黑气没有直接命中叶音竹和苏拉，但也让两人的身体同时骤然迟滞了一下，所有感官在这一刻变得迟钝了许多。

低沉而苍老的声音从房间内每一个方向传来。

"统御四界的黑暗之王，依循着您的碎片之缘，借由您的力量，将黑暗之虚无，封印于此，黑暗隔绝。"

房间内的光线完全暗了下来，叶音竹和苏拉能看到的，只是一个紫色的六芒星。刹那间，外界所有的一切似乎被完全隔绝了，任何声音和光线都消失了。

他们的宿舍，变成了一个奇异的黑暗囚笼，强烈的压抑感充满了冰冷和邪恶的气息，周围的一切似乎都凝固了。

苏拉低呼一声，道："暗魔系大魔导师。"

一个黑色的身影缓缓地浮现出来，在那紫色六芒星的映衬下，叶音竹清晰地看到，那是一个脸色苍白的青年，全身都在黑色长袍的笼罩之内。那青年的一双眼睛竟然没有眼白，完全是如墨般的黑色。此刻，他正牢牢地盯着叶音竹和苏拉。

叶音竹缓缓地从地上站起，将苏拉挡在身后，沉声道：“你是什么人？”

低沉和苍老的声音不见了，青年的声音听起来有些尖锐刺耳。

“你就是叶音竹？”

叶音竹点了点头，道：“不错，我就是。”

青年诡异地一笑，说道：“那我就没找错人了。跟我走吧，别让我多费手脚，这样你可以少受苦。”

其实青年心中很惊讶，面对自己带来的压力，这个年轻人居然毫不畏惧。这是普通人类和一般强者不可能做到的。

叶音竹冷哼一声，道：“我为什么要跟你走？”

青年道：“因为这是我夜星栩说的。”

叶音竹有些惊讶地看着他，说道：“你们的语气真像，难道你也是龙？从你的魔法能力来看，是黑龙一族吗？”

虽然魔法完全不同，但眼前这个名叫夜星栩的家伙，在压力上和离杀带给他的感觉非常相似。

夜星栩吃惊地道：“没想到你这个人类如此聪明。既然你已经猜到了，那就跟我走吧。”

叶音竹摇头道：“不，我不能跟你走。”

夜星栩不屑地道：“怎么？你还想和我动手吗？就凭你们两个人类？”

苏拉沉声道：“你别忘了，这里是米兰魔武学院，就算你是黑龙，在这里也讨不了好。”

夜星栩道：“我当然知道这里是米兰魔武学院，所以我刚才就用了黑暗隔绝。现在这个房间已经完全与世隔绝，就算我在这里释放禁咒，只要不超过黑暗隔绝的魔法承受能力范围，外面就不可能知道。”

光芒一闪，飞瀑连珠琴已经出现在叶音竹双手之上。面对强敌，叶音竹选择了自己最强大的神器级古琴。

一股充满悲伤气息的能量波动从飞瀑连珠琴中倾泻而出，顿时将周围的黑暗压抑逼迫得散开了一些。

夜星栩的目光不禁集中在叶音竹手中的古琴上，他脱口而出道："好琴。"

"确实是好琴。"叶音竹一边回答，一边左手捧琴，右手迅速在七根琴弦上划过。他可不认为在这么狭小的空间内，对手会给他弹琴的机会，所以一上来，就用出了绝技，七音连爆。

七声充满颤音的嗡鸣，仿佛银瓶乍破般响起。那清如溅玉般的嗡鸣瞬间在整个房间内回荡，与此同时，七道黄蒙蒙的音刃澎湃而出。如此近的距离，又是瞬发，音刃的速度根本是任何人都无法闪躲的。

当初，就是凭借着这一绝技，叶音竹在阿卡迪亚王国魔法师公会才干掉了波庞王国的蓝级魔法师。和那时候相比，现在的叶音竹不但斗气进步了许多，琴魔法也相应提升了。更为重要的是，他手中这张飞瀑连珠琴是真正的神器。

夜星栩就像离杀第一次见到叶音竹时一样，根本就没把他放在眼里，所以突然出现的七音连爆瞬间冲入他庞大的精神力之中。

神器级别的古琴岂同一般，即使两人精神力的差距巨大，但是，飞瀑连珠琴带起的爆音仿佛搅乱了夜星栩的精神之海一般，令他的思想骤然迟滞。

就在这一刻，那七道黄蒙蒙的音刃已经重叠而来。因为对手的强大，所以叶音竹发出的音刃完全是朝着一个位置进行重叠攻击的。

一声凄厉的怒吼从夜星栩口中发出。他的胸前爆起一团浓烈的紫雾，同时房间内的暗元素顿时变得无比狂暴。

叶音竹的身体骤然后飞。身上的月神守护刚刚爆发出一团柔和的防御，就被黑暗能量侵蚀了。

与此同时，悄悄地举起天使叹息的苏拉，也被这股突然出现的强势暗元素震到了一旁。

夜星栩的双眼此时已经变成了暗红色，在他胸前也多出了一道伤痕。

太大意了！

在叶音竹的七音连爆面前，他甚至连阻挡一下都做不到，只能凭借本身的暗元素守护和防御能力承受七音连爆的威力。

神器毕竟是神器，飞瀑连珠琴发出的音刃有着极强的切割力，硬生生地破开了夜星栩自身的暗元素防御，与他的前胸发生了摩擦。

虽然黑龙的防御力比银龙要强得多，但他那媲美鳞甲的皮肤还是被完全划破。幸亏夜星栩在疼痛的刺激下，及时从爆音中清醒过来，全力爆发出自身的暗元素，这才将叶音竹发出的音刃完全化解。

经历过不少战斗，也曾在生死边缘徘徊的叶音竹，不会给对手任何攻击的机会，因为紫级的实力一旦爆发，他和苏拉就只有一个结局，那就是死亡。

“魔法之龙离杀，我以叶音竹之名召唤你！”

一个银色的六芒星瞬间从叶音竹眉心处喷涌而出，光芒一闪，空气中的元素波动顿时变得强烈起来。只是在黑暗隔绝的情况下，叶音竹宿舍内的其他属性的魔法元素似乎都减弱了许多。

离杀冰冷的声音响起，道：“这么快就召唤我？我说过，不会帮你做什么的。”

随着声音出现，银光一闪，离杀的身体已经俏生生地出现在叶音竹身前。

而此时，暴怒中的黑暗之龙夜星栩双手一合，一道充满了穿刺和毁灭能力的黑暗之箭已经朝着叶音竹射来。

“黑龙族？”离杀惊呼一声。

她的反应极快，双手在胸前交叉，紫色的魔法力喷涌而出。水、火、土、风四元素之盾骤然出现，强行挡住了那道暴怒中的黑暗之箭。

离杀惊讶，夜星栩也同样惊讶。他眼中充满了杀机地看向叶音竹，说道：“你居然已经和银龙签订了契约。”

没等叶音竹开口，离杀抢着道：“不错，他已经与我们银龙一族签订了契约。卑鄙的黑龙族，居然敢到米兰帝国寻衅，今日我就让你来得去不得！”

夜星栩右手在自己胸前的伤口处抹过，衣服虽然无法恢复，但他胸前那道深深的伤痕在一层紫雾的覆盖下快速消失了。

“银龙族的小丫头，你以为凭你就能阻挡我吗？感受一下吧！这是在我的黑暗隔绝之内，你认为，你的实力能够发挥出几成呢？”

离杀入世时间不长，还不善于隐藏自己的情绪，听夜星栩这么一说，脸色顿时大变。

黑暗隔绝，这个魔法她自然清楚得很。

这个魔法一旦施展出来，那么，不但会将封印内的所有声音和光线完全隔绝，还会将除了暗元素以外的其他魔法元素完全隔绝。

刚才在她发动四元素盾的时候就觉得有些不对了，因为房间内的四系魔法元素几乎在同一时间就被她抽空了。

银龙唯一无法使用的魔法元素就是暗元素，因此在正常的战斗中，银龙是绝对不会让自己被黑龙困在黑暗隔绝中的。

失去了魔法元素支持的魔法龙，实力甚至还不如普通的驯龙。

随着阴冷的笑声传来，夜星栩的双手再次抬起，但就在这时，他又听到了叶音竹的声音。

“紫。”

在叶音竹眉心处，紫色的火焰瞬间燃烧。没有任何魔法光芒的出现，一个紫色的虚幻身影，从他身上穿透而出。

虚幻身影变成了实体，那人紫发、紫眸，高大的身体，冰冷的面容，就像一面最坚实的墙壁，出现在银龙离杀身边。

一股令离杀和夜星栩发自内心的恐惧袭上两人心头。

夜星栩骤然一滞，原本准备发出的魔法竟然停止了。

此时，他和离杀的目光，都落在了这个全身散发着特殊气息的紫发男子身上。

夜星栩甚至失声道：“双重召唤！这怎么可能？你不是神音师吗？怎么会召唤系魔法？”

离杀向旁边退开几步，同样骇然地看着紫。对于魔法，她显然比黑龙夜星栩更了解。

“笨蛋，这不是双重召唤。没有魔法气息，这应该是传说中的平等本命召唤。天啊！你是什么？好强的气息。”

紫那深邃的眼眸中闪过一丝憎恶，道：“讨厌的龙。”

左脚瞬间上前一步，右拳毫无花哨地朝着黑龙夜星栩胸前直击而去。

夜星栩大吃一惊，下意识地后退一步，同时将手上凝聚的暗元素瞬间爆发。

一个直径足有半米的巨大黑暗之球直接吞噬了紫的右拳。

一道冷光，仿佛黑暗中惊起的闪电，从紫的眼底掠过。一层紫色晶体瞬间包裹着巨大而坚实的拳头，直接穿过那充满了诅咒和腐蚀之力的黑暗之球，直奔夜星栩胸前轰去。

霸道！绝对的霸道！绝对的力量！这就是所有人对紫这一拳的形容。

夜星栩在仓促之间，双手同时推出，想用两道黑色战芒挡住紫的拳头。

“轰！”整座宿舍都在颤抖。紫的身体停滞了一下，脸上闪过一层紫气。夜星栩则闷哼一声，骇然道：“黑暗免疫！”

紫看了看自己的拳头，仿佛很不满意刚才这一拳，皱起了眉头，紧接着，他又上前一步，以同样的一拳向夜星栩胸前轰去。

面对紫这最简单、最直接的攻击方式，夜星栩有些怕了。虽然他能感觉到，紫身上的能量波动远不如自己，但不知道为什么，自己的气息完全被对手压制住了，甚至连最强势的黑暗魔法对对方也产生不了任何作用。

就在这时，犹如飞瀑流泉般的琴音叮咚响起。没有其他琴曲的低沉吟哦，有的只是那清澈而悠远的叮咚声，仿佛是飞流而下的瀑布，但乐曲之中又充斥着巍峨之气，像高山般凝重。

这是叶音竹在弹奏。

琴弦柔韧而莹润，七道相同的精神气息顺着琴弦在叶音竹心中流淌。

飞瀑连珠琴的悲伤，令这一曲《高山流水》充满了伤感。

直接进入心底的琴音，令在场每一个人都不禁为之一振。

他们都是第一次听到这首琴曲。心弦与琴弦的完美结合，那纯净得如同晨钟暮鼓一般的声音，深深地震撼着每一个人。

带着淡淡的忧伤，带着那抹绚丽的橙色，叶音竹和他的飞瀑连珠琴已经成为这里的中心。

紫口中发出一声低吼，他清晰地感觉到，自己全身仿佛拥有了用不完的力气。

拳头上的紫色晶体瞬间变得更加凝实，又一次穿过了夜星栩的黑暗魔法与他双掌上的战芒碰撞在一起。

夜星栩的感觉和紫是截然相反的。《高山流水》当初可以影响到紫级八阶的安琪，自然也会对他有作用。他只觉得自己十分疲倦，手上的暗魔斗气顿时减弱了许多。

轰然巨响之中，夜星栩直接被紫这强势的一拳轰出了房间。

面对一个怪异而强大的紫，再加上叶音竹和离杀，夜星栩此时心中只有恐慌。没有任何犹豫，他逃跑了。

如果说，在这个世界上谁对叶音竹的琴曲感受最深，那个人无疑是紫。就算是秦殇，在叶音竹练琴的时候也不是总在他身边。

紫伴随着叶音竹一起长大，虽然他们很少交流，但只要是叶音竹弹琴的时候，他就会在叶音竹身边倾听。

他们的兄弟之情就是在琴曲中逐渐建立起来的，所以，叶音竹的琴曲对他影响最深。用飞瀑连珠琴弹奏的这一曲《高山流水》，令紫对叶音竹的实力有了全新的认识。

这一首曲子，也令紫的力量瞬间突破。

紫没有去追，身体迅速横移，一闪身来到离杀身边。他那有力的大手，直接扣在黑暗隔绝中没什么抵抗能力的离杀的脖子上。

离杀只觉得一股无比强大的杀机令她的血液为之凝固，脸色顿时变得苍白，她毫不怀疑，面前这个全身充满了怪异力量的男人会将她立刻杀死。

“紫，不可。她是我的朋友。”叶音竹的声音响起，令紫正准备收缩的大手停了下来。他有些疑惑地看向叶音竹，问道："她是你的朋友？"

叶音竹点了点头。

紫眼中光芒闪烁了一下，才缓缓地松开扣住离杀的手，他沉声道："音竹，我们必须干掉黑龙，跟我来。"说完，他的身体已经从之前夜星栩撞的房间缺口冲了出去。而围绕着宿舍的黑暗隔绝正在逐渐消失。

叶音竹身形一闪，追到紫的身边。苏拉自然毫不犹豫地跟了上去。

离杀咬了咬牙，跟在他们身后。刚一出宿舍，离杀立刻像变了个人，瞬间释放出风系的飞翔术，作为银龙的强大压迫力再一次出现。

"想要追上他就上来吧。"狂风卷起，叶音竹、紫和苏拉只觉得全身一轻，身体已经脱离地面。

离杀不愧拥有着紫级五阶的强悍魔法实力，一个飞翔术居然将三人全部带起。

凭借着银龙对魔法元素敏锐的感觉，离杀循着黑暗元素的轨迹追寻，立刻找到了夜星栩逃离的方向。

夜星栩用最快的速度飞出米兰魔武学院，朝着一个方向足足飞了上百里，才停下来休息了一下。之前挡住紫攻击的双手此时依旧在隐隐作痛，同时使用几个很耗费法力的暗魔法，令夜星栩的精神力消耗不小。

他觉得自己真的很倒霉，原本以为只是一个很简单的任务，抓了人就可以返回黑龙城了，可谁知道撞上了铁板。

双重召唤，还有什么平等本命召唤。如果不是他运气好，事先用出了黑暗隔绝，一旦让离杀也发挥出实力，恐怕想跑都跑不了了。

毕竟，米兰帝国是银龙的势力范围。看来，他只能先返回黑龙城了。遇到这样的敌人，夜星栩猜想，长老也不会责怪自己。

"那个紫发紫眸的家伙究竟是什么东西？真的是传说中的平等本命召唤吗？他的实力明明不如我，甚至不会魔法。

"可为什么在他面前我自然而然地就会产生恐惧的感觉，甚至连我的暗元素也无法对他产生任何作用。暗魔法免疫，这还是第一次遇到。即使是银龙也不能做到啊！他究竟是什么？或许，长老会知道吧。”

“可惜，你没有机会回去汇报了。”冰冷而浑厚的声音在空中响起，身形一闪，黑龙夜星栩身前已经多了一个人。

紫发紫眸，正是他心中所想的紫。

“是你？”夜星栩没想到对方会这么快追上来，顿时心中一惊，下意识地后退一步。

“还有我。在这里，我看你还怎么用黑暗隔离。”浓郁的紫色光芒在空中亮起，空气中庞大的魔法元素疯狂律动，像沸腾的岩浆一般随时都有可能爆发。

离杀的心情很糟糕，在黑暗隔绝中被夜星栩压制了不说，还被紫威胁。如果不是叶音竹，说不定她已经死在紫手中了。

作为高傲的银龙，这口气她实在咽不下去，但此时又无法对紫做什么，只能将所有的怒火都发泄在黑龙夜星栩身上了。

为了抵御离杀的魔法压制，夜星栩不得不催动自己的暗魔法，紫雾般的魔法波动护在他身体周围。

夜星栩发现，在自己面前不远的紫，对于他和银龙离杀带来的压力竟然根本就没有感觉。

这一点，让夜星栩心中大惊：难道这个怪异的男子除了免疫暗魔法以外，还能免疫银龙的全系魔法吗？如果真是这样的话，那这个家伙也太可怕了。

首先发动攻击的既不是紫，也不是飘浮在空中的离杀，而是叶音竹。

那犹如飞瀑流泉般的琴音再次响起，依旧是琴宗九大名曲中的三大神曲之一的《高山流水》。

虽然大范围使用这首琴曲叶音竹还做不到，但仅仅是面对这么几个人，他还是能够轻松控制的。

神器配合神曲，无形中将叶音竹的琴魔法提升了几个档次。在这《高山流水》之中，紫的气势变得更加威严了，而离杀周围的元素波动也变得越来越强烈。夜星栩面对巨大的压力，有种喘不过气来的感觉。

除了那动听的琴曲，此时的场面显得有些安静，谁都没有先出手，都在等待最好的机会。但是，因为那一曲《高山流水》的削弱与增幅两重效果逐渐发挥出来，所以夜星栩感到越来越不妙了。

不在沉默中消亡，就在沉默中爆发。无疑，夜星栩选的是后面一种。

围绕在他身体周围的紫雾瞬间爆发，澎湃的雾气接触地面，甚至使空气发出噗噗之声，飘散着令人作呕的气味。

连空气都能腐蚀，可见这个暗魔法有多么恐怖。

巨大的紫雾形成一个半圆形的护罩，将黑龙夜星栩的身体笼罩在内并快速扩张。夜星栩注视着不远处的紫，心中暗道：你对暗元素免疫，我就不信你连腐蚀之雾也能免疫。

在夜星栩动手的同时，离杀瞬间释放出大片的瞬发魔法。强烈的紫光将夜空照亮，一团团绚丽夺目的光彩在那腐蚀毒素中扩散，在冰冷的冬季，给空气中带来一片狂热的爆裂。

不知道是不是因为腐蚀毒雾确实能伤害到紫，黑龙夜星栩的毒雾刚一释放，紫就快速地后退了几步，同时，他眼中的光芒更盛。

“地狱最深层的邪魔啊，请您张开您沉睡了亿万年的紫眸，倾听您于无数世代后子孙的祷告！您的子孙于这里献上拥有强大力量的祭品，让他成为您身体的一部分。宣告无视这个世界的秩序，以您的意志主宰祭品存在的形式，魔化红莲。”

夜星栩利用腐蚀毒雾挡住离杀魔法的短暂时间，吟唱起了冗长的咒语。

以他与离杀同等的紫级五阶实力也需要如此长的吟唱，可见这个暗魔法有多么可怕。他很清楚，如果不用一个强大的魔法击退敌人，那么自己是没有机会逃走的。

叶音竹就坐在不远处的一棵大树下，听到夜星栩的吟唱，他双手八指立马变得忙碌起来。

《高山流水》在他的全力弹奏之下，释放出一圈圈黄色的光晕，将整个战场笼罩在内。此时他甚至放弃了这首神曲中的增幅作用，只想全力削弱夜星栩的暗魔法波动。

离杀看着夜星栩身上释放出一层层紫雾，她知道这个暗魔法已经无法打断了。

魔化红莲，暗魔禁咒之一。

离杀毫不犹豫地开始了自己的吟唱。

她双手瞬间归拢于胸前，左右手尾指与无名指相互交叉，中指、食指慢慢地靠拢。当双手中指碰触在一起的时候，食指瞬间贴合在中指之上，同时拇指并立，将双手的无名指、小指遮挡在内，做出一个奇异的手势。

一朵朵银莲花一般的紫色元素在离杀双手中心盛开，除了暗魔系以外的其他魔法元素，顷刻间都以最快的速度朝着她那奇异的手印处归拢。

紫有些惊讶地道："银龙准提印！"

"从彼方而来，还彼方回去，闪耀的光辉啊，化为无坚不摧的剑！以大气为弓、光辉为箭，承受我意志的力量啊，划破虚空！"

离杀的咒语甚至比夜星栩还要复杂，她双手外分，左手在空中做出一个虚握的姿态，右手竖起食指、中指斜指天空。

之前所有凝聚的魔法元素，在这一刻完全变成了神圣的气息，通过银龙准提印，她竟然将这些自然元素都转化成了光元素。这才是离杀真正的实力。

"左手光歼破弹，右手穹光之箭，两样应我之名的光之术啊，合体！"

离杀虚握的左手掌心，一个以乳白色光芒为核心，包裹着强烈紫光的光球升腾而起。

右手食指、中指遥指天际之处，一道弧形光箭从天而降。两道强烈的圣光在半空合二为一，迸发出无比强烈的神圣紫光。

当那神圣光芒普照一切的瞬间，离杀的俏脸变得肃然起来。

双手重新回到之前的银龙准提印姿势，离杀沉声喝道："激撞出更光亮的闪耀之辉吧！辉耀天堂！"

就在那空中的神圣光辉化为一道直径超过十米的巨大白紫混合光柱轰然而下

的同时，黑龙夜星栩的魔法也完成了。

紫雾瞬间变成了紫红色，夜星栩的身体刹那间消失。

一朵巨大的紫红色莲花以他之前所在的位置为中心瞬间扩散，每一片花瓣都是那么真实，每一层气息都充满了空前绝后的邪恶。

庞大的魔化红莲，幻化出一圈圈强大的暗元素波动，带着无尽的腐蚀和强大的邪恶由莲心之处爆发。

原本应该瞬间蔓延的魔化红莲，因为空中下落的辉耀天堂而停止。黑暗与光明，两个代表着极端的禁咒，刹那间在空中碰撞。

“凝神。”紫不知道什么时候已经来到了叶音竹身边，用他那高大的身体将叶音竹和苏拉挡在身后。仰天发出一声震天撼地的怒吼，他的身体在那一曲《高山流水》中发生了奇异的变化。

像爆炸一般，一团比那光明与黑暗禁咒还要明亮的紫光从紫的胸前亮起。下一刻，他的身体瞬间膨胀，坚实如同花岗岩般的肌肉疯狂生长着。无比强大的力量似乎要将整个世界撕裂。

紫的身体在长高，在变宽，只是一眨眼的工夫，原本身高两米的紫，身体竟然增长到十倍以上。

紫身上的衣服已经在这强悍的力量面前化为了齑粉。一层凝实而厚重的紫色晶体，就像世界上最坚实的铠甲一般，从紫的皮肤上生长出来，护住了紫身体最细微的角落。

黄金比蒙的身体足够强壮了吧，但此时黄金比蒙站在紫的面前，都要差了数个等级。

紫那宽阔的肩膀，足足相当于黄金比蒙的一点五倍。紫的身高达到了二十五米。

此时的紫，给人的感觉只有一个，那就是凶器，身穿紫晶铠甲的凶器。

叶音竹惊讶地瞪大了眼睛，大喝一声，问道：“紫，你怎么了？”

紫变得更加雄浑的声音响起：“我没事。继续弹奏，不要停，增加我的力量。”

光明与黑暗的禁咒终于碰撞了。整个世界似乎都变成了白色，又或是变成了紫色。

在那一瞬间，不论是叶音竹还是苏拉，六感同时消失。但叶音竹的手没有停下来，他的八指在潜意识下依旧弹奏着那一曲《高山流水》。

禁咒，这就是禁咒的威力啊！真正的禁咒！

叶音竹的身体两旁，仿佛有无数的罡风吹过，周围的一切似乎都在以最快的速度消失着，唯独他没事。

因为在他身前，有着一个无比坚实的身体，像最坚硬的紫晶堡垒，挡住了禁咒爆炸的余波。

经过魔化红莲与辉耀天堂的碰撞，整个龙崎努斯大陆似乎都在颤抖。这次碰撞将除了叶音竹三人以外，方圆十里之内所有的一切都化为了齑粉。

紫红与紫白两道光芒，就像是死神的代名词，抹去了这十里范围内无数生命的烙印。

这才是九阶魔兽真正的实力。

叶音竹的六感第一个恢复的是视觉。罡风似乎已经消失了，紫就在这一刻冲了出去。

那二十五米高的巨大身体扬起了巨大的紫晶剑。

离杀消失了，夜星栩也消失了。

在这空旷如同地狱，到处都是狂暴魔法元素的中心，只剩下一银一黑两条巨龙。

它们的身长虽然都在二十米左右，但此时此刻，在紫那巍峨如山岳般的身体面前，在那高高扬起的紫晶剑面前，它们显得如此渺小。

（本册完）

《琴帝 典藏版》第3~第4册2017年10月上市！